异形：契约·起源

（美）埃兰·迪恩·福斯特／著
李镭／译

新 星 出 版 社 NEW STAR PRESS

致弗兰克和巴比

献上我的感激和友谊

序 章

他们全都要死了，现在，他们已经无能为力了。

死在睡梦中应该不会很糟糕。死于年老或死于身体不可遏制的衰竭，甚至是死于疾病都是可以容忍的。但宇宙是一个冰冷的、毫无温情可言的地方，它根本不会关心怎样会更好一点。此时此刻，这里更是比以往任何时刻都冰冷。

肉体破裂、爆开，被撕成碎片。凌乱破碎的骷髅堆积在建筑物旁边，如同海浪顶端的白色泡沫。鲜血形成的洪流涌过一条又一条街道。这座城市的居住者试图进行反抗，但他们反抗得越激烈，死亡得就越快。那些黑影——那些在他们中间游荡、施暴、毁灭一切的怪物，体内充满了无可遏制的杀戮欲望。

那些怪物没有灵魂，这让它们在行动时有着极高的效率和冷酷的决心。它们从不知道满足，无论多少鲜血都无法浇灭它们屠杀的欲火。它们会一直屠杀下去，直到再也没有任何生命可以死在它们手中。

在所有这些灾难中，先知一直沉睡不醒，在他的周围，经过严格遴选的侍僧们全都在感知他的预见，这让他们战栗不已，让他们愈发确信自己必须采取的行动。先知所预见到的命运正降临到他们身上，但他们绝不允许这样的命运波及地球。

如果为此而必须死去，他们也绝不会有半点犹豫。为了更伟大的利益，就算是让自己的双手沾染鲜血，他们也不会有半分犹豫。

第一章

这艘飞船当然不可能从地面上直接起飞。当它飘浮在地球近地轨道上的时候，它庞大的体积就不会构成任何问题了。在这里，它就像是一头鲸鱼，沉睡在无尽的深邃海洋中。

它的深空引擎无可比拟，安装在它内部的生命维持系统更体现了人类科技的最高水准，并附加了一重重备份和保障措施。而它的目的……是高尚而伟大的。它要在外太空寻找到一个殖民地，将人类的种子第一次播撒到这颗小小的蓝白色行星以外去。

而被选中能够参与这场远征的人们将能够到达一个全新的世界，永远离开这个被他们罪孽深重的冷酷祖先过度开发、使用和污染，已经深陷于腐败的泥潭无法自拔的故乡。

在一架小型穿梭机中，雅各·布兰森被安稳地固定在自己的弹跳座椅上，透过身边的舷窗，目不转睛地欣赏着契约号的一根根曲线。他是她的船长，她是他的船，他的未来。实际上，他只是主母的一名副手。主母是这艘船上无所不见、无所不知的强大人工智能系统。在到达那个已经被选定的遥远目的地——奥利加 -6 之前，他可能除了深度睡眠以外，几乎不必做什么事情。

这一路上，他们会在几个确定的节点脱出超光速行进，以便为飞船充能，不过所有这些行动方案和路线都还只是纸面计划，也许现实会和预想中的完全不同。他只希望一切都能够依照预设计划进行，他和他的船员们不会在这一次远行中遭遇任何需要他们亲手去解决的问题。

他知道因德利·米森正在看着他。那个像鞭子一样细瘦，皮肤黝黑的人正坐在他对面的位子上，装模作样地不断摆弄着安装在他左眼上的智能目镜。实际上，他正在审视这位船长。这种情形从穿梭机起飞以前就开始了。在穿梭机点火的时候，他的审视稍稍中断了一会儿，但在近地轨道上，他的目光又飘回到雅各的身上，这种持续不断的窥视已经让雅各开始感到不耐烦了。

“听着，米森，如果你有什么话想问，如果你的脑子里有什么想法，就直接说出来好了。我可不打算主动问你。”

透过这名维兰德·汤谷公司代表身后的舷窗，雅各能够看到地球闪闪发光的弧形边缘正在随着契约号一同旋转——他所乘的穿梭机就要停泊在飞船上了。因德利·米森显得有些局促不安，他竭尽全力想要让自己更有威严一些，但这只是让他们之间的气氛明显变得尴尬起来。

“我没有被要求派来监视你。”

雅各咬住下唇，明智地点点头。“我也没有要求安排一个监视我的人。所以我们达成一致了。”米森对此不置可否，被激怒的雅各便继续问道，“那么，如果你不介意的话，被监视的人就要问问监视者——你到底在监视我什么？”

公司代表咽了一口唾沫，不再毫无意义地摆弄他的目镜，转而开始调整正装夹克下面的衬衫衣领。他似乎一直都不知道该把自己的一双手放在什么地方。雅各在甬道的另一边眯起了双眼——这让那双手胡乱摸索的速度更快了。舷窗之外，布满群星的黑色苍穹也在缓缓转动，仿佛他们正骑在嘉年华的旋转木马上，观赏着这令人目眩神迷的无尽星光。

“你一定明白，船长，尽管我们拥有高水平的专家和仪器，能够对浩如烟海的数据进行统计和分析，构建模型，确定结果，但为如此规模宏大，意义深远的事业挑选行动成员，仍然难免会留有许多不确定的因素。”

雅各露出愉悦的微笑。“我希望你在谈论这次任务的时候，不会使用‘事业’这样的词。其实我们似乎不用做什么事。”

这一次，米森对于目镜的调整终于有了一些目的。他的表情也从察觉很快就变成了理解。雅各感到一阵失望。本来期待着能够听到一点笑声，或者至少是一点微笑。不过他已经发现，这名公司代表实在没什么幽默感。

“我明白，这是一个笑话。”米森回应道，其实他完全不明白，“我想我的确应该换一种说法……”

“说重点吧，米森。”透过穿梭机的舷窗和头部装置，雅各能看到宏伟壮丽的契约号正逐渐向他靠近。公司代表仿佛也因为不必再玩弄心机而松了一口气。

“实话实说，有人不确定公司是否挑选了一对正确的夫妻来负责这个任务。”

雅各看着对面这个人注视自己的目光，眼睛没有眨动一下。“负责这个任务的是主母。我只是人类船长，我的妻子是货物管理人。我的接替者是奥拉姆，不是她。”

“对丹妮尔丝，”公司代表坚定地说道，“我们不像对你那样担心。”

“我明白。那么，你口中的‘我们’对我又有些什么样的担心？”

现在轮到米森微笑了。“有一些人觉得你过于‘轻浮’，不够严肃，不足以承担如此重大和复杂的项目。”

穿梭机已经靠近主停泊港，逐渐减慢了速度。一点轻微的颤抖掠过雅各全身——他所乘坐的这艘小飞行器已经开始受到企业号人工重力场的影响了。

“他们凭借什么样的科学数据确定我是‘轻浮’的？”

“一些通信，”米森将目光移开，他再一次感到了不安，“你和其他人之间的通信。它们显示出你有着与本项目无关的过多热情。比如说，公司中的一些人就认为你参与多人体育活动的热情可能会让你对自己的责任不够专注。”

“体育活动！”雅各猛然向公司代表俯过身，让米森打了个哆嗦。“听着，我能够指挥这次远征的原因之一就是我对所有这些殖民者的关心和理解。在我们到达奥利加－6之后，我将必须监督整个殖民地的建设。这需要和一名太空飞船的船长完全不同的技巧和能力。”他将后背靠回到座位里。“公司希望这次行动的指挥官同时拥有这两种经验。所以他们选择了我。那些没有名字的‘公司的人’就不必去在意了。”

穿梭机在停泊港中降落，导致了一阵微弱的震动。雅各很高兴重新回到充分的重力环境里。在零重力环境中，想要踢一个人的屁股可不是那么容易，而现在，他正越来越想以这种方式向这名公司代表传达一下自己的心情。

放轻松，他告诫自己，米森一个星期挣的钱也许会比你一年挣的都多，但他只是一个徒有虚名的送信小子。而你——你才是船长。不要和这个小人一般见识。你知道你能做什么，知道你有怎样的未来。要对你的能力、知识和技艺有信心。

不用担心，现在维兰德·汤谷肯定已经来不及找别人顶替你的位置了。

“董事会里对于你的任命是有异议的。”米森在他们走出穿梭机的时候继续说着话，“大多数董事对你抱持认可的态度，汤谷英雄本人也是如此，但在维兰德一方中仍有人持保留意见。”

“你在开玩笑，”雅各说，“他们早就已经是一个公司——维兰德·汤谷了。”他率先走进一条主通道，“我还以为那种流言蜚语早就不复存在了。”

“公司收购从来都不是一件容易的事情，”米森解释说，“能够在这样的合并中生存下来的人，绝大多数都会迅速屈从于他们的新环境。但对于少数一些人，恶劣的心情会一直延续下去。”

雅各开始对自己的这名同伴感到一点歉意了，他让自己的语气温和下来："所以，在董事会里才有那么少数几个人会质疑我作为船长的能力？"

米森的回答很是阴沉，"他们质疑每一件事。"

"所以你才会被派来跟着我，在飞船出发之前确认我是否会不住压力。"

"多少是有这样的原因。"自穿梭机升空以来，这名公司代表细长的脸上第一次露出一点诚实的笑容。这时，两名装卸工跟着一部大型货运平台走了过来，让他们两个不得不靠在了通道边上。货运平台过去以后，他们继续以不急不缓的步伐前进。契约号内部的灯光明亮且柔和，照亮了这里的每一个角落，同时又让眼睛感觉很舒适。

"如果不介意，我能否问一下我做得如何？"雅各一边走，一边问道。

"除了有些喜欢挖苦人，其他都很不错，"米森回答，"我很高兴能这样说。"

"很好，我可不喜欢在就要出发的时候被开除。当然，等到我钻进冬眠仓里，结结实实地睡过去以后，这一切就都没有关系了。除非是紧急情况，否则在计划外唤醒船员或者殖民者都是违反法律的。"他冲公司代表笑了笑，"我可不认为公司还能及时找到一个合格的替代者。"

这一次，米森没有笑。"船长，我发现我几乎有些喜欢你了，"他说道，"所以我要告诉你一些事。如果维兰德·汤谷察觉到他在任何项目上的投资可能受到威胁，无论那投资是大是小，他都会不择手段地保护自己的投资。”

雅各一下子停住了脚步，向这个比自己瘦小的人皱起眉头。“你是在说，即使已经到了这个时候，他们仍然可能会将我从沉睡中拽起来，找人代替我？”

米森挺直了他六十五公斤重的身子。“我是在说，至少在这艘船穿过海王星轨道以前，你都应该完美地履行作为契约号船长的职责，不要做任何有可能让人们对你的能力产生怀疑的事情。”

“谢谢。”雅各勉强露出一点微笑，“我会尽量严格按照规范行动，直到我们启程远行。”

“对此我将非常高兴，”米森回答道，“这样不仅对你有好处，我的报告也将变得简单许多。”

“谁的报告？”

两个男人同时转过身，看到丹妮尔丝向他们走过来。雅各的妻子是契约号的货物管理人和地形改造监督。出发前最后的准备工作让她有些体力透支，但她平静而专注的神态还是给维兰德·汤谷公司的代表留下了深刻的印象。丹妮尔丝比面前的两个男人都要矮，这两个男人却都没有能够俯视她的感觉。她的举手投足之间流露出一种干练强韧的气度，显示出她足以胜任自己的工作。至少在米森看来，这正是她的丈夫所缺乏的。

雅各竭尽全力通过了一系列严格的测试，才争取到船长的职位，丹妮尔丝在通过各项测试的时候则要快捷得多。不过雅各从没有想过，因为殖民船招募船员的条件之一是成双成对的伴侣，也许他能够成为船长与他妻子异常优秀的能力素养不无关系。他们之间的区别也许就是她不像她的丈夫那样——“轻浮”。

在米森面前，他们没有接吻。船员夫妻之间的亲密表示只应该留到私密时刻。而且，现在他们也没有这个时间。

“是我的报告。”公司代表带着歉意说道。

雅各向他的妻子笑了笑，又朝着公司代表点点头。“米森先生被指派来跟随我一段时间，以确认我在出发之后不会做出任何疯狂的事情，或者更糟，做出某些轻浮的事情。”

丹妮尔丝将一双深褐色的眼睛转向维兰德·汤谷的代表，她完全明白丈夫话中的意思。于是，米森的耳朵里响起了已经被船员和为殖民船做准备的大批工人们所熟知的货物管理人镇定有力的声音。

“最好把他看紧一些，”丹妮尔丝板起脸说道，“他可是又疯又轻浮，或者是轻浮得发疯。我对付他已经有好几年了。”不等米森说话，她又说道，“他是维兰德·汤谷能够找到的最优秀的殖民船船长，这就是我能告诉你的。”

雅各向他的妻子露出充满爱意的微笑：“你说得有些过分了。”

“该死的，我说的一点错都没有。公司能够找到你是他们的运气。我能够拥有你也是我的运气，就像你拥有我是你的幸运一样。”

“如果我也有运气的话，”米森竭力想让气氛缓和下来，“我再过几天就能回到坚固的地面上去，离开这个灯光耀眼却又让人感到压抑的地方，重新感受到脚下牢固的地面，离开这种要依靠人工更新的空气。”

雅各同情地点点头，也稍稍放松了一点。“那么，好吧，我们会带你进行你需要完成的例行检查。如果我们的速度够快，也许我们甚至可以让你乘着下一艘货运穿梭机返回地面。”

公司代表流露出迫不及待的神情。“很高兴我能作为货物被运回去。如果有必要，你可以把我塞进箱子里。我不喜欢太空，对此我从不否认。这里又黑，又致命，完全不适合生物存在。”

丹妮尔丝克制着自己的表情回答道：“你肯定无法成为一名好殖民者。”

“殖民者……”这个想法明显让米森打了个哆嗦。

第二章

在这场临时检查中，米森的同事丽珂·卡吉萨又加入到他们之中。除了皮肤上的黑色素要远远少于米森，并且要比米森高六厘米以外，丽珂·卡吉萨几乎就是这位刚上飞船的同事的女性翻版。米森的责任是评估契约号船员的表现，而丽珂·卡吉萨的任务则是检查这艘船本身。

当雅各和丹妮尔丝讨论出发准备的各项相关细节程序和问题时，卡吉萨会向船长和货物管理人提供一系列数字、数据和详细说明。尽管心中不无担忧，但他们仍然欣慰地发现，船上一切正常，所有程序都或多或少正在按照进度表逐步完成。

丹妮尔丝的职责是管理这艘船上供航行和最终在奥利加 -6 行星上建立殖民地时使用的全部物资和器械储备。现在船上还有一项与人员有关的缺失，一直在让她感到苦恼。她觉得自己有必要向这两名公司代表指出这个问题。现在他们四个人正经过一条走廊，一路上不断为货物运输车、设备安装工人、电气技师、管线铺设工和新来的殖民者让着路。

“你们都看到了，我们的工作正在按部就班地进行，”丹妮尔丝说道，“殖民者们进入深度睡眠，为即将开始的旅程做好了准备。安保部队正在完成组建，船员队伍已经满额。”她停顿了一下，才又说道，“但只少了一个人。”这时，他们在主船员区停下脚步。他们身边就是丹妮尔丝和雅各的冬眠仓。丹妮尔丝伸手抚摸着敞开的透明舱盖边缘。

“契约号的船员并不多，”她继续说道，“因为船上的大部分功能都由主母控制，所以我们不需要一支很大的船员队伍。现在我们之间已经很熟悉了，但我们还缺一个关键性的成员。”

卡吉萨低头看着丹妮尔丝，会意地点点头。“你们的人造人还在准备之中。”

雅各不以为然地一摆手。“之前就是这样被告知的，已经不止一次了。几个星期以前，那个家伙——我想大卫系列应该都是男的——就应该上船和我们进行交流了。”

两名公司代表交换了一个眼神。米森显得很是不安。

“你们的设备正在……接受微调。自从普罗米修斯号鉴定失踪之后，我们一直在竭尽全力确保契约号得到所有最先进技术的强化。”他指了指船员睡眠区明亮的无菌环境，说“公司不会忽略这艘船的任何一个系统——其中也包括船上的人造人。”“而现在公司已经不再拥有像彼得·维兰德那样的天才，”米森继续说道，“人造人也从来都不是汤谷株式会社擅长的领域，所以公司认为在这方面多花一些时间是值得的。我们想要百分之百地确保你们的人造人是至今为止最优秀的产品，所以这值得我们稍稍延长一点时间再让他上船。”

他转头望向自己的同事，以寻求支持。

卡吉萨也是一样想对此敷衍了事，不过和她的同事相比，她总算还多了一份迷人的笑容。“维兰德·汤谷的每一个人都知道出发日期已经临近。你们可以放心，契约号一定会在每一项条件都已成熟，每一部分都得到严格检测之后才会启程。我们知道确保人造人和船员之间建立起相互信任的工作关系有多么重要。毕竟当你们进入深度睡眠的时候，他在旅程中的绝大部分时间里都需要保持清醒。”

“在你们到达目的地以前，除了计划中重新充能和对飞船进行常规维护时你们必须醒来，其他时候你们都不需要和他进行交流。不过你们尽管放心，在出发之前，你们一定能有时间和你们的人造人见面并进行沟通。”

“我不打算和他玩扑克牌，”丹妮尔丝没好气地说，“但他是一部关键设备，我还有一份很长的货物单需要签署，而他则位于这张清单的最顶端。我要确认他完全没有问题。”

感觉到紧张的气氛，雅各开了口。“我们不是要催促公司，”他咧嘴一笑，“我的妻子是一个在意细节的人。无论人造人还是半口袋脱水豌豆，只要清单上有一样东西没有被送上船并通过检查，她就不可能睡得安稳。公司雇用她，就是因为她的认真……”说到这里，他向丹妮尔丝瞥了一眼，“而不是因为她会说话。”

“嗨！”丹妮尔丝的眼睛闪动了一下，“我懂得该怎么说话。但为了把事情做好，我可不介意让一些人的脑子清醒一下。”

米森向前面的一道舱门指了指。“我觉得我们可以继续前进了。”他调整了一下自己右手食指上的视频记录环，“要完成报告，我还需要许多信息。卡吉萨也要得到她完成报告所需要的一切，而你同样需要把所有东西都查看清楚，以便在契约号离开近地轨道之前签好清单，那样你才能好好休息。”

丹妮尔丝的态度稍稍和缓了一点。“不管怎样，我们都会有充足的休息时间，不过我们的人造人越早上船同我们认识，我就能越早放下心来。”

雅各理解地看了一眼自己的妻子，“在你住进奥利加 -6 的一幢房子里，同时契约号在地面逐渐氧化生锈之前，你是不会放松下来的。”

丹妮尔丝戳了一下丈夫的肋骨。“我会让你明白，发疯的轻浮船长，我……”

“我们遇到了一个问题。”

突然出现的哈利特下士打断了丹妮尔丝的话。他的上级洛佩中士还在地球上负责完成殖民船安保部队的招募工作。所以现在哈利特是这艘船上职位最高的军官。作为一名参加过真实战争的军人，他看上去却没有多少长官的样子。他留着浅色胡须，有一张看上去很是敏感的面孔，和征兵广告上那种高大威猛的肌肉战士形象有着不小的差别。很难想象他能够保护这艘船，抵挡外星的掠食猛兽或者残暴的星际海盗。看上去他倒更适合成为聚会中餐点之后的闲聊友人。

但丹妮尔丝看过他的面试和训练视频，知道他真正的能力。尽管看上去平易近人，哈利特实际上是一个身手敏捷且耐力极强的战士，对于处理意外状况更是经验丰富。事实上，细瘦的身材正是他的优势之一，这让他不需要为了维持大量肌肉而消耗过多的食物资源。

哈利特同时还是一个细心而谨慎的人。他温和的外表具有很强的欺骗性，能够让周围来来往往的工人完全注意不到他。就这样，他才悄无声息地插入到了船长、货物管理人和两名公司代表的谈话之中。听见下士说话，船长夫妇稍稍显露出一点惊讶，两名维兰德·汤谷公司的代表则是一副兼具气恼和困惑的表情。

哈利特飞快地审视了一下两名公司代表。显然他是打算单独向雅各和丹妮尔丝进行报告，不过看起来是不可能了。而且情况紧急，容不得耽搁。

“我们遇到了一个问题。”他将刚才的话重复了一遍，“在主货舱。”

丹妮尔丝立刻神情一凛。现在，主货舱正逐渐装满各种地形改造设备，从巨型地球车床、大气凝水机到全地形挖掘机，不一而足。那里正是她主要负责的区域，任何与货物有关的问题都会立刻引起她的注意。

“是货物体积有问题吗？”她问道。一个星期以前，两群工人因为都不愿意将一部两层楼高的掘进机纳入自己的堆货区，为此还差一点打起来，结果险些导致装船工作停摆。丹妮尔丝不得不亲自站到这两群工人中间，才阻止了一场即将爆发的斗殴。随后，她安排人将这台机器放到完全不属于这两群工人负责的另外一条巷道里，并分别和每一名工人单独交谈，让他们知道自己是“正确”的，才算抚平他们的情绪，最终解决了问题。

面对着丹妮尔丝询问的目光，哈利特显得很平静，但是丹妮尔丝能够看出来，下士已经有些微微出汗了。这时，哈利特又向那两名神情困惑的维兰德·汤谷代表偷偷觑了一眼，才继续开了口。

“有一个叛变的技师一直躲在船上。至少我得到的消息表明他是一名技师。我还没来得及审查他的文件，因为我一直在忙着阻止他炸毁主货舱的舱门。”

雅各眨了眨眼。“你说什么，哈利特？”

下士用力点了一下头，又向周围扫了一眼，确认除了他们几个以外没有旁人在偷听他们说话。

“那个家伙说他在主舱门的铰链上安放了炸弹，如果这艘船启航的命令不取消，他就会把那道门彻底炸掉。”

大惊失色的米森脱口说出了每个人都知道的事情。“这艘船上没人有权力下达这样的命令，就算是船长也不行。”然后他才仿佛回过神来，稍稍压低声音向雅各说道，“我这么说没有冒犯的意思。”

“我知道，”船长回了一句，同时只是将注意力集中在哈利特的身上，“你是对的，只有董事会能够取消或延迟这次任务。也许那个家伙道这一点。”

下士又点了一下头。“他要求你们和总部联络，停止一切准备工作。他还想要媒体利用这艘船上的系统对他进行采访。他说他需要向全世界发出一份‘宣告’。”

卡吉萨显得非常害怕。“他不能这样做！无论这个疯子是什么人，我们都不能让他有机会在全球平台上散播他的言论！”这名公司代表努力恢复了平静，又说道，“他的胡言乱语当然不可能对这次殖民计划产生任何影响，但这会造成很不好的……”

“……公众效应。”米森用同样焦急的语气替卡吉萨把话说完，然后盯住了哈利特，“你是负责这艘船的安保工作的，那个人是怎么带着爆炸物上船的？”

丹妮尔丝抢在哈利特之前回答道：“我们需要炸药在殖民行星上进行清理和挖掘工作。那个人不用带炸药上船，他只需要想办法解除主货舱的门锁和安全系统，然后就能取得已经被装上船的炸药。”

“他怎么可能做得到？”卡吉萨问。

“等到我们阻止他炸毁这艘船上至关重要的那一部分之后，我会亲口问他。”丹妮尔毫不退让地回答道，“如果他真的能够突破安全系统，那他能取得的炸药就绝不仅仅能炸毁一道货舱门。契约号的那一部分也有可能遭到严重破坏，这会让启航时间延后数个月，而且船体破裂产生的巨大负压会将那里任何没有被锁住或妥善固定的东西吸入太空。许多装备——尤其是那些特殊的地形改造设施都是为这次任务专门定制的，不可能马上从市场的货架上买到。我们可能需要几年的时间才能够重新恢复那些装备。那个家伙可能也清楚这一点。”她转过头看着哈利特，“我们走。”

米森迈出一步，似乎是要和他们一起去。“你打算和他谈判吗？”

丹妮尔丝面色平静地回答：“如果哈利特军士没办法一枪解决掉他，我会和他讲讲道理。首先，我们必须确认他布置了什么样的爆炸物。如果那些炸药会因为他死掉而被触发，那么，我们也没办法先发制人地打掉他的脑袋。”说完，她就转身快步向远处走去，同时又向哈利特提出了一连串的问题。

卡吉萨想要追上去。雅各却伸出一只手臂，温和而又坚定地拦住了她。

“除了碍事以外，我们什么都做不了。把这件事交给我的妻子吧，她是这艘船上最了解货舱和那些货物的人。”

这名身材高挑的公司代表用力咽了一口唾沫，脸上明显流露出不安的神情。“我认为……如果米森和我在场，也许我们能够和他进行谈判，让他知道不能乱来。作为公司的代表，我们可以向他提出条件，促使他投降。我们可以承诺给他金钱，或是在未来让他有机会通过媒体表达自己的观点……只要能让他打消现在的念头。”

雅各的回答依然很温和，却又不容置疑。“我们不知道除了要阻止这次任务以外还想要什么，或者他是否还有同伙。除非维兰德·汤谷准备接受他的要求，让他在公众面前发表宣告，否则你们很可能无法说服他。”看到这名公司代表还在犹豫，船长又说道，“而且你们一定也希望这件事最好悄悄解决，是不是？”

米森喃喃地说道：“你们要怎么悄悄地‘打掉一个人的脑袋’？”

雅各按住那名小个子男人的肩膀，安慰地说道：“哈利特应该已经让那一区域的人都撤光了。货舱区的工人都无法使用契约号和地面的通信系统，所以他们不可能向地面上的任何人传递消息。等到这一切结束之后，我们会把他们聚集到一起，向他们解释这个任务所代表的未来，并让他们明白，除非这件事被隐瞒下来，否则他们的工作就都保不住了。”他又停顿了一下，“我们用不着向他们说得很清楚，我相信我们能够把这件事隐瞒下来。”

卡吉萨赞同地看着船长说：“我相信一位星际飞船的船长肯定能处理好公众信息管理的问题。”

雅各微微一笑。“你们不可能知道我在过去几年里的几十次访问中小心回答了多少问题。”随后，他的目光越过卡吉萨，表情也变得严肃起来，“当然，如果我的夫人能够解决这个问题，同时又保证飞船完整无损，一切就容易多了。”

米森好奇地看了他一眼：“你似乎并不很担心你妻子的安全。”

“我并非不担心，”雅各平静地对他说，“我只是完全信任她的能力，我知道她能够处理好这件事。哈利特也是一个很有能力的人。即使我们的安保主管还在地球上，他也能够处理好这起事件。”然后雅各朝另一条走廊指了指，“我们到舰桥去吧。在那里，我们可以监控货舱区的一切状况。”

两名公司代表跟在船长身后，同时还在紧张地窃窃私语。雅各相信，将这起事件严格限制在殖民船内部是有可能的。如果有必要，他只需编造几个微妙的谎言就足以平息所有人的关注，就像他曾经向米森说的谎言一样。

尽管没有丝毫表露，但雅各心中充满了焦虑。

第三章

计划正在执行中。众人一致做出决定，如果契约号上有人死亡，至少还有数十亿人能够活下来。

只要能阻止这艘殖民船启航，无论采取什么样的手段都不为过。行动绝不能再拖延了，每过一天，探索异星任务的开始时刻都在进一步迫近。地球每旋转一圈，他们的机会都在变得更少一点。每个人都在加紧完成各自的任务。

无论何种犹豫或迟疑侵扰了他们，他们都很容易恢复决心。意欲退缩的人都会消失一小段时间，去重温先知所预见到的强烈幻景。随后，那名心中曾有过动摇的侍僧就会回来，他的决心会比以前更加坚定。

恐惧是一种强大的动力。

“你可以吗？”

丹妮尔丝问哈利特。现在他们正快步跑过这艘船的走廊。如果洛佩在船上，就能够管理一切安保问题，丹妮尔丝肯定会更加安心一些。只是那位契约号的安保官还在地球上，正努力寻找合适的人员来补满他队伍中最后的空额。哈利特并非没有能力，实际上，他是一名具备优秀素质的军人。就像契约号的其他船员一样，这艘殖民船安保部队的每一名成员都经过了严格的军事技能、体能和心理测试——当他们到达奥利加 -6 的时候，最后这一项素质将变得格外重要。殖民船的安保部队将会变成殖民地的第一支警察部队。

哈利特没有说话，只是快速地点点头。

列兵科尔、莱德沃德和安佳正在通向大型货物区的一个单人出入口前等待他们，这些士兵全都穿好了太空服。丹妮尔丝停下脚步，喘了一口气。哈利特向他的士兵们问道：

“有什么变化么？”

安佳手中握着大型 F90 步枪，摇了一下头。缓过气来的丹妮尔丝这时注意到，这名士兵的步枪安全栓已经被打开了。无须多问，她知道这件武器的射速已经得到调整，以便于可以在密闭的飞船空间中被使用。

“没有，”安佳回答道，“他还在卸货大门旁边，躲在一部六轮车辆后面。可能只有肩扛式火箭筒能够轰开那么大的一台车，但我们不能在飞船里使用那种武器。”

“即使我们得到准许能够开火，也不可能一枪干掉他。”莱德沃德说，“他一直让那名伺服技师挡在他前面，而且……”

“等一下，”丹妮尔丝插口道，“他有人质？”看到哈利特向她点点头，她瞪了哈利特一眼。“你没有和我说过这件事。该死的，为什么你不告诉我？”

下士的表情没有丝毫变化。“你真的想让那两个从公司来的穿西装的家伙知道？他们两个看上去已经快要犯心脏病了！”

丹妮尔丝不得不对下士的话表示认同：“是的，好吧，他还有一个人质。那个被用来挡子弹的小伙子现在怎么样了？”

“人质是女的，”安佳纠正了货物管理人，“考虑到她正在一个随时都可能把她和自己一同炸进外太空的疯子手里，现在她的情况应该还算不错。”

丹妮尔丝感到自己的思维正在陷入混乱。“有没有机会让她离开那个疯子？”

莱德沃德哼了一声。“也许有机会，不过那个疯子可能会先朝她的后脑来上一枪。根据我们的观察，犯人只有一把手枪，没有重武器，但这也足够了。毕竟他可以一下子把主舱门炸碎。”

“他似乎对自己的生命并不关心。”哈利特插口道。

“货物区其余的地方还安全吗？”丹妮尔丝又问道。

下士点点头。“监视器显示所有设备上和设备之间的空场全都没人。除了发疯的犯人和他的人质，这里已经没有任何人了。无论那家伙是什么人，他应该是一个人在干这件事。”停顿片刻之后，哈利特又说道，“这是一起安保事故，应该由我来负责处理，但我知道有公司代表正在船上和你们交涉。再加上……”他向窄门对面的大型储藏区指了指。“我知道你要对那里的每一件设备，每一根自动调节螺丝钉负责。我不想没经过你的许可就采取行动。对于眼前的状况，你有什么想法吗？”

丹妮尔丝考虑了一下说：“你说，他宣称已经在这里布置了炸药。我们是否知道那是何种炸药？”

哈利特和他的士兵们交换了一个眼神，然后才转向丹妮尔丝，“不知道。他没有透露细节。但他的确说过，他在不同的位置都放置了包裹。”

丹妮尔丝点点头，开始努力思考。“他必须这样做，炸毁主舱门需要许多炸药。所以……必须在多个点进行多次爆破才能让那道大门足够变形，将它们同时炸开——或者至少炸开一大部分。这表明他需要使用某种遥控装置。”

安保部队的首领注视着丹妮尔丝说：“你真的从没干过安保的工作吗？”

丹妮尔丝摇了摇头，她还在全神贯注地思考。“在我的职责范围内，只要是关系到我的货物，我的责任，我都要尽量思考清楚。”她抬起头看着下士，“遥控装置必须使用某种信号介质，红外线需要能够用眼睛看到，短程无线电射频应该会更合适。”她依次看着每一名安保队员，“如果我们不能阻止他的行动，也许我们可以干扰他的装置。”

“我们该怎么做？”年轻的莱德沃德扣扳机的手指抽动了一下。他只想干净利索地一枪干掉那个破坏者，但监视器表明他们的目标为自己找到了妥善的掩护。无论他的真正动机是什么，他可能是个疯子，但绝对不愚蠢。丹妮尔丝从自己的工作腰带上抽出了步话机。

“田纳西，你在吗？”

舰桥上立刻传来了回应。“正在我应该在的地方，亲爱的，”飞船驾驶员说道，“我听说主库区发生了一些……呃……状况。”

“有个怪家伙在主舱门安放了炸药，还劫持了一名人质。监视器表明他将自己隐蔽得很好，很难被干掉。”然后，丹妮尔丝又看了一下便携指示器上的读数，“搜索结果还表明，他在自己的右手手套上安装了某种小型非标准电子元件，右脚靴子里还有一种配备弯曲电池的东西。我们需要把他身上的这些电子元件关闭掉。”

“告诉我要做什么。”田纳西和他的妻子——副驾驶法瑞丝在舰桥上能够通过独立操作或与主母协同控制契约号的全部系统。

“这艘船的系统能够远程校准和操纵每一部地形改造设备的程序，在它们被卸载到奥利加－6上之前对它们进行全方位控制。”丹妮尔丝说，“现在，这些系统应该都可以正常运转。我希望你让整个货物区被最强大的电磁脉冲充满，用定向波束压制这里所有频道的电磁波信号。这应该能让我们那位令人不快的不速之客无法再用他手套和靴子里的东西发出信号。封闭电磁信号无法找到爆炸物的位置，但如果他手套和靴子里真的是遥控器，那么他也没办法再控制那些炸弹了。”

“这就是你的计划，亲爱的？”田纳西的声音中带着强烈的怀疑，“全频道电磁压制会让那一区里所有没得到屏护的设备全部报废。如果要重新启动它们，就需要彻底重新调试程序。”

丹妮尔丝微微一笑。“我们应该还有这个时间。而且，说到重新调试程序，主母完全能够扛起这副重担。我会为这一行动担负全责。”她注意到哈利特正目不转睛地看着她。

“如果这样做没有用呢？”下士问道。

丹妮尔丝耸了一下肩。“那么我就欠维兰德·汤谷公司一道货舱门了。雅各和我可能也要去其他行当干了。”她又扫视了一遍其余安保队员。“每个人都要戴好装具。我们进去以后，必须用缆索将自己固定。如果失败了，他炸开了舱门，至少我们不会跟着那些货物飞出去。”然后她再一次向手中的步话机说道，“五分钟后开始，田纳西。”

丹妮尔丝转向等待自己的安保部队。“我们行动吧，不要忘记固定缆索。如果有人飞起来，我可不会去拽他。五分钟又两秒之后，我们进去……悄悄进去。”

哈利特点点头。“那家伙甚至看不见我们，而我们能够从随身监视器上看到他。”丹妮尔丝看了他一眼，下士又说道，“我们不会做任何可能危及人质的事情。”

“我也希望大家注意这件事。”丹妮尔丝说，“我会和你们一起进去。”她从门旁的储物柜里拿出太空服，钻了进去，让矮壮的列兵科尔帮她戴好头盔。“我们的随身联络系统也会受到干扰，所以我们将无法和主母进行联系，只能透过手动话筒相互交谈。在和那个疯子进行接触之后，我会试着说服他。”

“我们已经这样做过了。”科尔透过自己厚重的胡须低声说道，“你知道，该死的这么做半点用处都没有。”

“也许我能更有说服力一些。”丹妮尔丝检查了一下手动话筒的音量，“如果没有发生意外，你们可以在我和他交涉的时候各自就位，准备行动。”

“如果他不会首先决定杀死人质的话。”莱德沃德嘟囔了一句。

“杀死人质，他就失去了屏障。”安佳一边说，一边检查着自己的步枪。

“他在威胁要把舱门炸毁，而他就站在舱门旁边，我可看不出他有多在乎自己的生死。”丹妮尔丝提醒那名列兵，“他只想完成他的任务，那就是阻止契约号启航，同时向整个世界宣传他的言论，这两个企图都不能让他得逞。”丹妮尔丝又转向哈利特，“时间就要到了。”

下士点点头，拿起了自己的步枪，站到进入货物区的小舱门旁边。丹妮尔丝已经确认，他们的 F90 步枪子弹射速被调整到可以在飞船内安全使用的程度。

五分钟又两秒之后，莱德沃德开启了舱门。科尔举起步枪，率先进入门内。一走进货物区，他立刻向左边移动，让开小舱门。安佳紧随在后，闪到右边。如果有需要，他们两个会用火力掩护其他人前进。哈利特、莱德沃德，最后是丹妮尔丝，快速进入到货物区。进来之后他们都迅速将太空服和应急缆索连到一起。缆索会挂在他们背后，随着他们的移动不断延长。一旦货物区发生爆炸和骤然减压，缆索就能够拉住他们，让他们不至于被吸进外太空。

他们周围是一座座小山一样的封存物资，这些物资将成为建立殖民地的基础。在这座巨大的仓库远处放置着殖民者们用来采矿、处理矿石、灌溉、播种和建造的各种大型机械。尽管飞船上已经装载了如此大量的货物，更多货物还在源源不断地被运送上来。所以现在货物区还有很多东西没有得到太空航行所需要的妥善固定。如果主舱门被炸开，维兰德·汤谷公司的许多昂贵物资都将飘散在近地轨道上，变成无用的太空垃圾。

丹妮尔丝试了试自己的太空服步话机。就像她希望的那样，所有通讯频道里都只有一片静电噪音。田纳西很好地完成了任务。不过，在货物区的模拟地球大气环境里，她的头盔话筒应该能够充分发挥作用。

“在哪里？”她悄声问哈利特。

这名下士要比丹妮尔丝更懂得沉默是金的道理。他将F90步枪夹在左臂下面，用右手指了一下，然后又向部下示意继续前进。这支小队只以手势相互进行交流，展开队形，逐渐进入货物区深处。在深入了相当长一段距离之后，那名恐怖分子仍然没有发觉他们。

“够了！停在这里！”

丹妮尔丝发现那个人并不是很高大。对一名恐怖分子而言，他的相貌也不怎么出众。他甚至不比丹妮尔丝更高，有一头黑色的直发，前额已经有了明显的秃顶痕迹，脸形应该属于标准的亚洲人，身材略显单薄。他穿着标准的技师制服，拿着一把手枪。一名头发灰了一半的中年女子身不由己地被他按在面前，身材矮壮，睁大的双眼中露出明显的恐惧神色。

看到丹妮尔丝和她身边那四名举着大型枪械的安保队员，女人质丝毫没有感到安慰的样子。她和站在她身后的恐怖分子都没有穿太空服。

哈利特向丹妮尔丝稍稍靠近了一点。“人质名叫卡拉·普莱斯特维茨，是公司的合同员工，负责飞船起飞前的系统安装工作，第四级技师。”

丹妮尔丝点点头，向前迈了两步。当她这样做的时候，恐怖分子用枪口死死顶住了那名女子的头侧。普莱斯特维茨发出一声有些窒息的呼喊，闭上了眼睛。丹妮尔丝清楚地看到她不停地动着嘴唇，无声地祈祷着。

“放轻松，朋友。”丹妮尔丝清晰的声音从头盔话筒中传出来，遮盖住了仓库区微弱的机器嗡鸣，成为这里唯一的声音。在这种严峻的气氛中，照亮了整个货物区的非电气冷光更为这里增添了一种超乎现实的感觉。

“我不是你的朋友！”恐怖分子舔了舔嘴唇。他的眼睛一直在向四处乱瞟，想要找出其余隐藏起来的敌人，“我不会让你们蒙骗我。维兰德·汤谷必须宣布终止前往奥利加 –6 的探险。如果再过半个小时，他们还没向全世界广播宣布这件事，我就拨动我靴子里的开关，引发主舱门关键连接点上的 CT–12 炸药。”说到这里，他的目光向下一扫。

“你们全都穿着太空服，还用缆绳固定住了自己，”他继续说道，“也许你们能够活下来，也许不能。就算你们没出事，公司也要用几个月的时间才能修复舱门，补齐损失的设备。而我的同志们会将你们的这次安保疏失传播到媒体上，逼迫你们取消这次任务。所以不管怎样，公司都会失败，这次任务注定将被废弃。”他推了一下手中的人质。那个中年女子又呼喊了一声，嘴唇翕动的速度也变快了。

“我已经准备好为我的事业献身，”他说道，“但这个女人还没有准备好。这件事的选择权在你们手上。”

丹妮尔丝咬住嘴唇说：“选择已经做出了。”

那个人第一次露出不确定的神情。“你在说什么？该怎么做是由我选的，只由我一个人来选！”

哈利特已经听够了。“别再说了，蠢货。”

丹妮尔丝深吸了一口气。“货物区的所有电子信号都被屏蔽了。你应该注意到，我们没有使用便携步话机，我的同伴和我只是在用太空服上的话筒说话。”她向恐怖分子的脚上指了指，“你能够随便摆弄你的鞋，就算是跳一段爱尔兰踢踏舞也无妨，但你的引爆器已经联系不到你的炸弹了。”

恐怖分子脸上的表情从自信变成怀疑，接着又变为惶恐，最终又恢复成怀疑的样子。

“你怎么知道我用的不是手动压力开关？”

丹妮尔丝露出一个消除敌意的微笑。“飞船的搜索器已经探测到你的手套和靴子里有电子元件。如果你只是压一下就能够引发炸弹，它们就没必要存在了，而且使用压力开关也不合理。它很有可能会因为误触而引发爆炸。”丹妮尔丝停顿了一下，脸上的笑容也变得更加冷酷，“我刚才还不是很肯定，但现在我能确定了。如果你用的是压力传感器，你就不会把它说出来，而且刚刚你还愚蠢地蹬了一下鞋跟。”

恐怖分子突然弯下腰，用自己的左手指尖碰了一下右脚的鞋跟。丹妮尔丝身子一紧。在她周围，士兵们纷纷用手指扣紧了扳机。但没有哈利特的命令，没有一名士兵开火。而且人质的安全也必须是他们首先考虑的因素。

那名恐怖分子早已视死如归，当什么都没有发生，脸上露出了惊讶的表情。他又拍了一下自己的靴子，然后是第三下，紧接着索性将靴子从脚上拽下来，用右手食指拼命摩擦靴跟。还是什么都没有发生。他身后的巨大舱门并没有在一团烈焰中爆开，没有四分五裂，甚至没有一道裂缝。

丹妮尔丝手掌向上，朝他抬起一只手。

“结束了，放开普莱斯特维茨女士，丢下枪，站在那里不要动！”

哈利特转过头对丹妮尔丝说：“事件发生之后，我们对他的全身进行了扫描，无论在他的身上还是体内都没有发现爆炸物。”下士又将注意力转回到一脸挫败感的恐怖分子身上。“我们在他手枪里也没有发现任何爆炸性的化学成分。所以我们认为那应该是一种弩箭或者类似的压力武器。”

科尔咕哝了一声。“不会‘砰’的一声响，但也同样致命。”他举着步枪，向那名正迅速陷入慌乱的恐怖分子迈出一步，“但弩箭可射不穿太空服。”

“このやろう！（这个混蛋！）后退！让开！”恐怖分子将人质挡在自己面前，背靠着稍有一点曲度的船壳，开始朝左边移动

过去。那是货舱区的有舷窗的一侧舱壁。哈利特无声地朝他的两名队员摆手。两个人点头表示明白，然后就开始朝自己的右手边绕过去，想要迂回到目标身后。与此同时，丹妮尔丝抬起一只手，再次向恐怖分子说话。

“你要去哪里？ばかやろ！（蠢货！）你跑不出契约号，也不可能在这里藏起来。无论你在哪里，主母都能找到你。放开普莱斯特维茨女士，放下你的武器，我承诺，如果还能为你做什么事，我都会亲自去做。”她带着警告的意味看了哈利特一眼，然后又转向恐怖分子，“你不会受到伤害。实际上，你还没有造成任何破坏。你劫持一名人质，对她造成威胁，安放了一些爆炸物。但你没有造成真正的破坏，也没有伤害任何人。”丹妮尔丝希望自己能够用微笑赢得他的好感，“如果你交代出你的同谋，让我们知道是谁帮你设置了炸弹，也许对你的判罚会非常轻。”

恐怖分子完全无视丹妮尔丝的提议，只是继续移动，最终到达了舱壁的一个转角处，而两名安保队员恰巧等在那里。

两名安保队员本以为能够轻易控制住这个身材矮小的家伙。但他们没有想到的是，这个人已经向自己注射了大量强化肌肉的t型泵剂，而且他对完成自己的任务还有着一种几近狂热的献身精神。

看到两名士兵一步步逼近，想要活捉自己，这名恐怖分子猛地将高声尖叫的人质推了出去，让她撞向距自己最近的士兵。人质和安保队员一同倒在地上。第二名安保队员向后退去，打算使用她的武器。恐怖分子已经跳了起来，双脚正蹬在她的太空服头盔上，头盔撞上了安佳的太阳穴，安佳倒在地上，昏了过去。这时，安佳的同伴重新站起身，努力挣脱了狂乱挥舞手臂的普莱斯特维茨。而恐怖分子也转过身，一个回旋踢，正踢中这名安保队员的头部。

强猛的力道令安保队员直接撞在舱壁上，头撞到了头盔的一侧，又弹回来撞到另一侧，连续的震荡令这名士兵也倒在了甲板上。

这个貌不惊人的恐怖分子随即又伸手抓住了普莱斯特维茨的手腕，把她从地上拽起来，再一次将她挡在身前。

在这一连串的变故中，面容冷峻的丹妮尔丝注意到，那名恐怖分子一直紧握着他的武器，却完全没有要开枪的意思。也许是他受过良好的训练，完全不需要使用枪械，也许是他的体内充满了强化体能的兴奋剂，让他忘记了用枪。但无论哪一种情况都不重要。

他已经无处可去了，丹妮尔丝暗自思忖，但为什么他还不投降？

“好了，听着，”哈利特开始向恐怖分子施压，“都结束了，省省力气吧。”

陷入绝境的恐怖分子吼着一些无法辨识的言辞，用力推搡着正在轻声啜泣的女技师，让她挡住安保队员们的枪口，同时不断向左边移动。如果由着自己的性子，也许哈利特已经开火了。但丹妮尔丝特别暗示了这名恐怖分子可能还有同伙。现在杀死他，他们就可能损失掉一个非常有价值的情报来源。所以下士仍然只是紧握着枪，等待进一步的命令。

当他们意识到这个人打算做什么时，已经太晚了。

恐怖分子没用多少时间就跳进一个敞开的气密舱，并将自己封在里面，然后才丢下手中的枪。丹妮尔丝扑了上去，冲着透明舱盖大喊大叫，却又马上意识到气密舱里的人不可能听得见她在说些什么。透过舱盖，丹妮尔丝能看到，刚才恐怖分子脸上的惶恐不安已经被一种发自内心的镇定完全取代了。看上去，他几乎显得很满足。

丹妮尔丝来到右手边，开启了那里的通话系统。但就像这片区域中的每一部装置一样，这部通话器持续不断地闪动着黄灯。除非她离开这里的电子压制场，再一次与田纳西联络，才有可能让通话器恢复正常。所以她只能拍打着气密舱的舱盖，努力让里面的人看清自己说话的口形。

“出来！”她喊道，“投降！”

安佳拿起那个人的武器，对它审视片刻，又递给哈利特。下士将手枪递给丹妮尔丝，丹妮尔丝用戴着太空服手套的手接过这支枪，却不小心将手枪的一部分捏瘪了。她抬起头，看着下士。

“硬纸壳，”她说道，“根本就是一支假枪。”

“只够吓唬他的人质。”下士严肃地点点头，“怪不得他上飞船的时候没被查出携带枪械。”哈利特低声骂了一句，“他放在主舱门上的炸药都是真的，这件武器却只是个样子货。我相信，他是在通过安全检查上船之后才用纸折出了这支枪。”

丹妮尔丝把假枪交还给下士，然后又转头看向气密舱。气密舱里的那个人正平静地审视着控制面板。出于功能性的考虑，这种面板的功能不会受到压制电子场的影响。丹妮尔丝明白了这个人的意图，不由得瞪大了眼睛，又开始用力敲打起透明舱盖。

“不要那么做！”

那个人转过身，看着正死死盯住他的丹妮尔丝，露出微笑，同时将一只手伸向面板。丹妮尔丝一遍又一遍地喊道：“不，不！”他听不见丹妮尔丝在喊什么。——主母可以封锁住这个控制面板，但他们没办法联系到主母。

随着时间一点点过去，那个人拔出插销，掀起了控制面板的防护盖。然后，他毫不犹豫地依次按下了三个按钮。丹妮尔丝双手按在气密舱盖上，感觉到一点微弱的震动——是封住气密舱外门的应急栓爆开了。外舱门和它的附属结构都飞进了太空中。

跟随它们向远处飞走的就是那名恐怖分子。

他的脸上仍然带着微笑。

丹妮尔丝从舱盖上转过身，向货舱区内部望去。莱德沃德骂了一声，又向队友们低声嘟囔了几句。但是丹妮尔丝没听到他在说些什么。在众人的窃窃私语中，她只是提醒自己，契约号的船壳没有破损，船舱里价值高昂的货物也都完整无缺。恐怖分子的威胁已经被解决了。人质平安无事。

但她却又不禁感到狐疑，为什么自己觉得就像是失败了一样？

第四章

“维兰德·汤谷公司对你感激不尽。”

雅各和丹妮尔丝正站在个人区主厅中，他们对面是米森。不远处，米森的同事卡吉萨在和一名负责为飞船的最终启航做准备的技师主管交谈。

在与东京和伦敦的公司总部分别进行过联络以后，米森显然松了一口气。他统领所有参与解决这起“事件”的人员，公司已经正式承诺会给予他们升职和奖金。因为他们都不可能再返回地球，所以升职嘉奖在很大程度上只是一种形式。不过金钱奖励可以提供给他们的亲属、朋友或是慈善事业，只要他们确定下接受人就可以。

雅各不在乎职位或金钱。一个新世界正在等待着契约号和这艘船上沉睡的殖民者们。他将负责管理奥利加 –6。他希望能够携带更多的物资，这可不是一个银行户头上的数字能够相比的。尽管他的妻子向他保证，他们的殖民地能够拥有人类科技所能够提供的最强有力的保障，但在他看来，无论契约号带上多少物资都不嫌多。

还有一件事一直让他感到有些心绪不宁。

答案，他们还缺少答案。主母已经对飞船内部进行了快速搜索。那名失败的恐怖分子并没有试图隐瞒自己的身份。他叫佐佐木エリック，单身，33岁，在汤谷株式会社已经工作了十二年，现在是二级伺服技师，工作记录中有两次小失误，除此之外没有任何瑕疵。年假使用也很正常，百分之八十的带薪病假都不曾被使用过，雇佣记录上也没有任何卓越表现。总而言之，档案上的表现要稍稍好过平均值，没有任何异常。

为什么一名看似稳定的、值得信任的、表现平庸的雇员会突然对抗他曾经唯一工作过的公司，企图用暴力阻止公司最具雄心的计划？并且这个计划将要造福的不仅仅是维兰德·汤谷公司，更是整个人类。

他们一定没有注意到某些东西。但无论是他还是他的妻子，都没有时间分析这个家伙可能的动机了。卡吉萨很快就宣布，这次破坏行为只是一个人的单独行动。出于某种未知的原因，他对公司感到不满或怨恨。既然佐佐木已经自杀，他们也没有机会再对他进行询问了。

但哈利特还是采取了加倍严格的登船安检措施。不过令人感到欣慰的是，恐怖分子至少没办法将真正的武器带上船，只能被迫采取欺诈手段。但地形改造爆炸物就没办法令人感到安心了。于是，下士命令在存放爆炸物和一切危险物品的地方安装永久性电子监控装置。

同时，他一直在念叨着，希望他的长官能够马上回来。

“好了，我们要走了。”米森先后与丹妮尔丝和雅各握手，“发生了这样的事情之后，公司和我都对殖民行动的成功更有信心了。我们知道，负责管理这次行动的人有着非凡的能力。”

“我们会竭尽全力。”雅各带着专业的口吻回答道，“而且，我们要负责的人们都会沉浸在梦乡里，这样管理起来一定不会很难。”

“你太过自谦了，”公司代表又转过头看着丹妮尔丝，“你们两个都是。”

“我还是想知道，那个叫佐佐木的家伙为什么会干出这种事。”丹妮尔丝比她的丈夫更执着于这个问题。“我知道，当我们飞出海王星轨道之后，这就不再是什么问题了，但我还是很想知道。”她的语调很严肃，“为了能够使用那些炸药，他必须事先进行一些研究，或者接受一些不属于他技能领域的训练。”丹妮尔丝又看了一眼自己的丈夫，“在这种忙碌的时候，他不应该有时间做这种事。”

“我向你保证，”米森对她说，“一旦那名犯人的动机被查清楚，我们就会立刻把相关信息传递给你们。你们会在入睡之前知道事情的来龙去脉，或者可以在给飞船重新充能的时候查看我们的留言。”说到这里，米森又犹豫了一下，皱了皱眉，“当然，有一些维兰德的雇员肯定不高兴自己的公司被汤谷英雄掌管。也许问题就出在这里。”

“如果一个人打算破坏殖民船，阻止它执行任务，那可是要非常‘不高兴’才行。”雅各对这名公司代表的推测颇有些怀疑，“而且作为维兰德·汤谷公司的一分子，汤谷的雇员一定都非常期待契约号的任务能够成功。”

丹妮尔丝赞同地点点头。他们身后的灯光忽然暗了一下，又迅速恢复明亮。电气技师们正在测试系统。

“在掌握了公司之后，汤谷英雄将公司的名字改成维兰德·汤谷，正是为了向每一名维兰德的人致敬。否则公司现在的状况肯定是另一番样子。”

卡吉萨低头看着这名货物管理人。“我相信，公司的名字的确是为了尊重彼得·维兰德和他所付出的一切努力。但汤谷英雄除了是公司资本的掌握者以外，几乎没有什么存在感。作为一名日本实业家，他一直都非常低调。而彼得·维兰德几乎是这颗行星上人尽皆知的一个名字。更重要的是，他的个人品牌效应是汤谷株式会社绝对无法与之相比的。对于汤谷先生，就算是他把姓放在公司名字的最前面也说不上有什么荣誉可言。”

米森不安地看了自己的同事一眼。“你可不要在公司会议上说这种话。”

“我不会的，”卡吉萨说道，“但这不妨碍我以私人名义这样说。就算是当着汤谷的面，我也会这样说。当然，我会保持礼貌的口吻。我不认为他会因此而觉得自己受到了冒犯。实际上，我相信他会赞同我的话。”

米森哼了一声，“你比我厉害”。突然间，一阵轻微却又持续不断的铃声从他的通讯终端上传出来。他朝通讯终端瞥了一眼，又转头看着船长夫妇。

“除了奖金和晋升之外，我还会建议公司向你们二位以及哈利特下士和他的安保队员发一份嘉奖状。”

雅各耸耸肩：“不必如此。”

“应该这样，”卡吉萨也在看着这对夫妇，“对我而言，我打算签署一份处分令，因为一名未经授权的技师竟然能够取得危险的地形改造物资，并以此对飞船和整个任务造成威胁。”她又露出愉悦的微笑，“所以嘉奖状和处分令的作用相互抵消了，最终的报告不会有任何变化。”

“那为什么还要费力做这种事呢？”丹妮尔丝没有掩饰自己的气恼情绪，“但你们要知道，让佐佐木能够取得炸药不是我们的错……”

她的丈夫打断了她。“谁由谁负责并不重要，关键是这次破坏行动失败了。哈利特和即将返回的洛佩会全面对这艘船进行检查，在我们出发之前确保这艘船再无任何危险。”他伸手轻轻捏了一下妻子的肩膀，“作为船长，我要为契约号上的一切事情负责，无论是好还是坏。”

“正是这样的态度才让你成为了船长。”米森的通讯终端又响了。这一次，铃声持续的时间更久。他转向自己的同事。“我们必须走了，可不要错过穿梭机。”

卡吉萨点点头，伸出手，雅各和她握手。然后丹妮尔丝也和她握了手，但显然有些不情愿。她和她的丈夫一直看着两名公司代表消失在一个转角后面。

“作为公司代表，”雅各像做总结一样说道，“这两个人还不错。”

他的妻子点点头。“友善，但又没有灵魂。”

“沿着维兰德的升职梯子往上爬，从什么时候开始需要灵魂了？”雅各向妻子露出微笑，“也许是维兰德·汤谷公司。不，他们关心的只有结果。任何与灵魂、原则和道德相关的事情都可以敷衍过去，或者直接被丢弃。”

丹妮尔丝重重地叹了口气。“我会想念地球，但我可不会想念地球演化出来的许多东西。”

“这只是进化的常态而已，”她的丈夫回应道，“也有可能是退化。”然后，雅各转向一扇舷窗，望向他们身旁的那颗行星和更深远的太空。“这也是那么多人愿意参加这次行动的主要原因之一，地面上许多人都在期待着一个新的开始。”

丹妮尔丝理解地点点头。“就像我和你。”她转身打算离开，“我需要监督对主货物区的详细检查，确保不会有任何细节被遗漏。”

雅各伸出一只手，拦住了妻子。

“哈利特知道自己该做些什么，我需要对主货物这儿的详细检查进行监督，就让他和他的团队去完成他们的工作吧。”看到妻子想要反对，他将一根手指放在妻子的嘴唇上，“我知道货物区是你的地盘，那些地形改造设备都是你的孩子，但你不可能一个人做好所有事。如果你回到那里……参与他们的工作，哈利特会觉得我们不信任他和他的人。难道你没有别的事情需要做了？”

丹妮尔丝只好笑了笑。“是的，倒是有那么‘一两件’……或者是上千件。你是对的。”她的脸上露出若有所思的表情，“你有没有想过，如果这个佐佐木真的只是想要阻止这次任务，那么他只需要放好炸弹，引爆就可以了。为什么他要这样暴露自己？这样的话，货物区不久就会受到警戒和清查了？他真的是为了向全世界散播他的疯狂言论？”丹妮尔丝抬起头看着丈夫，“他的行为表明他想要阻止契约号启航，但又不想伤害任何人。”

雅各也开始思考：“那么，他就是一个有同情心的狂热分子？只打算毁掉这次远征，却不打算让任何人受伤？他可从没这样说过。”

“他是没有说过，但他的行动已经说明了一切。”丹妮尔丝露出不安的神情，“他只是单独行动吗？这也很不合理。至少应该有人教会他如何安放炸药。”

“没有必要，”雅各摇了摇头，“他是一名训练有素的技师，能够从图书馆学习到他所需要掌握的一切技能。”

“如果我能把他留在那个气密舱里就好了。”一阵嗡嗡声从丹妮尔丝自己的步话机中传出来。她认得这个要和她通话的人——一名货舱技师。也许又发生了储货冲突，需要她去解决。职业精神在催促她，让她没时间继续沉浸在自己的好奇心里。“我要走了，”她吻了一下雅各的面颊，“我答应你，不会去打扰哈利特。”

“我也不会去打扰他，如果有什么问题，他可以等到洛佩军士回来以后再和他的长官去讨论。我需要去找奥拉姆和凯莉恩，确认最后一批殖民者已经安全地进入了睡眠。”他向妻子笑了一下，“这是指挥殖民船的好处之一：等到我们启航之后，我完全不用担心听到乘客的抱怨。”

他们朝不同的方向走去。雅各前往舰桥，丹妮尔丝去货物区看看是不是发生了冲突。

丹妮尔丝知道雅各是对的。哈利特和他的团队会有条不紊地彻查货物区，确认在初次排查之后是否还有爆炸物遗漏在那里，下士不需要她在身后监督。而且那场意外已经让她的工作进度拖延了。

但就在丹妮尔丝去追赶工作进度的时候，她发现自己还是很希望能够有机会去问问那个神秘的佐佐木先生一两个非常敏感的问题。

第五章

这几十年里，没有人知道大伦敦区到底居住着多少人。大量移民从这颗行星的其他区域迁移到这里，就连人口调查局也最终放弃了对这里的统计。于是，在过去的四十年里，这里的人口只能进行粗略估计，再没被严格统计过。

如果没有扫描无人飞机的帮助，就连估计这里的人数也是不可能的。但这些无人机不可能像人类一样数到居住在下水管道中的拾荒者。他们都蜷缩在那些连接不同建筑物的地底隧道里，在那里吃饭和睡觉。而先进技术不断被采用的伦敦内城却越来越像是老香港的九龙城寨——越来越密集的建筑物堆积在道路上方，淹没了古老的地标。

尽管越来越严格的反污染法案不断地被制订并执行，但政府的权威在这里能发挥的作用相当有限。当冬天到来的时候，冻雨和融化的雪水汇聚在一起，产生一片片肮脏的沼泽，走在上面是非常危险的事情。泰晤士河的闸门还在勉强运作，能够抵挡北海大潮造成的洪水和涌进河口的浮冰。这种情形直到春季才会逐渐好转，在秋季，各种危险也绝不少见。

而现在正是夏天。

夏季会将任何还能够维持正常生活的人都赶出这座城市。但仍然会有数百万人无法离开伦敦，只能忍耐覆盖这座城市的热浪，呼吸着不仅危险更有可能致命的湿热空气。和这种憋闷的浊气相比，古时那种伦敦的“雾气”也可以被称为新鲜空气了。

政府和科学家们将这种灾害性天气归咎于融化的格陵兰冰川将北海湾流推向了东南方，远离了不列颠群岛。这导致从爱尔兰都柏林到丹麦，以及更加广大地域的气候模式都发生了剧烈改变。除了在毁灭之前继续忍受下去，或者彻底离开这颗行星，他们也找不出更好的方法了。

洛佩中士正想休息一下，看看视频。这种天气是促使他做出这种人生选择的诸多因素之一。作为殖民船安保部队的长官，他也因此而成了外星殖民者之一，洛佩属于那种因为能够告别地球而感到格外轻松的人。到达奥利加 –6 之后，他就会成为那颗行星的治安长官，而他的伙伴哈利特将会成为他的副手。他会在最初的行星政府中占据一个重要职位。

实际上，他对政治地位并不怎么感兴趣。他只希望能够在余生不必戴着面罩呼吸空气，用过滤器喝水，还要和各种化学品打交道。他希望能够安静地散步几个小时，而不必在成百上千个发臭的人类中被来回推搡挤撞，还要忍受那些人无穷无尽的咒骂声。

现在，他只担心殖民船无法尽快出发。

他必须等到殖民船的安保部队齐装满员的时候才能离开。不过，这个目标眼看就要实现了。现在，他只需要再签署一名雇佣兵的委任状，然后和他最后的雇员就能前往殖民船——或者分开行动，或者一起走。如果运气好的话，这将是他最后一次让自己的双脚踏在这个破败的人类摇篮里。

这应该很容易——至少当公司开始核查应征人员申请的时候，他是这样以为的。但现在有大量合格的候选人应征为数众多的殖民者位置，这使得安保部队的职位变得非常敏感。在雇佣安保人员的时候，公司尤其吹毛求疵。数千人中遴选出了数百名合格的志愿者，到最后，洛佩却只能挑选其中一个人。

不管怎样，就要完成了。洛佩对自己说，只要再填满一个空额，再同意一份申请就行了。然后他就能够登上前往北方沃什航天港的快速列车，他甚至不需要预约座位。作为契约号的安保长官，他能够登上维兰德·汤谷公司前往近地轨道的任何一艘穿梭机，坐到那里面的任何一个座位上。

他进行面试的房间位于八十层高的公司副塔的第四层。这间办公室很小，相对比较隔音，没有向外的窗户。如果是一名中层经理被安排到这样的办公室里，一定会感觉自己受到了亏待，对此洛佩则完全不在乎。他已经习惯了户外生活，士兵粗犷的野营环境才是他所熟悉的。任何奢侈的安排对他都是一种浪费。

他在成年之后的整个人生都是属于工作的，这些工作全都与生存有关。而在这样的人生中，他损失的永远不过是一颗后槽牙，而这也不是他在格斗中失去的——这比任何闪闪发亮的勋章都更能够证明他的军事技能。他曾经被打倒、受伤、骨折，衣服下面也藏着许多疤痕，但无论身体上还是精神上，他都是完整无缺的。这种特质对一个新殖民地而言将变得非常宝贵。

作为一个血管里的睾丸酮似乎和血液一样多的人，他尤其善于和别人相处。正是因为同时具备丰富的战斗经验和深刻的同理心，他才能够成为这支安保部队的长官，才会最终负责安保队员的审核。他不是只注重军容风纪或是脑子里只有类固醇的军官，早已决定前来面试的人不需要穿制服。在他看来，日常穿着让人更感到轻松自如。

最后的面试步骤肯定不会有什么特殊的地方，也许一百年前拥有相似职位的人也是这样做的。每一名等在办公室外面的申请者都已经通过了笔试和身体测试。每个人都由其他面试官进行了初级和中级面试。

现在他们要做的只是说服一个态度生硬却又不失礼貌的退役军人，他们是在深度睡眠中度过了漫长岁月，然后在一个新世界建设和维护一个新人类社会的最佳人选。他们将背井离乡，舍弃他们的家人和宠物，还有那艘殖民船以外的其他一切人类，但这并不会对他们造成任何影响。

出于必要性和有意地设计，这支安保部队的规模很小。如果是一般的紧急情况，船员们尽可以进行处理，他们全都接受过基本的军事训练。但对于一些高风险或是难度较大的问题，就需要专业的安保部队来应付了。不管怎样，任何与飞船和殖民地安全有关的问题都会首先被交给洛佩，该如何处置也要由洛佩来做最终决定，自始至终，这样的事情都将由他来负责。

这正是格外吸引洛佩的地方——尽管不喜欢这座城市，但他还是愿意用一些时间来确认将要填补最后一个安保队职位的候选人。毕竟，一名指挥官的成功取决于他所指挥的部队。等到战场在许多光年之外开始嘶鸣，他将没有机会把不服从命令的下属赶回家去。他们必须永远一丝不苟地遵循纪律。

考虑到这样的现实，他更不能匆忙，必须小心谨慎地选择将要在他麾下服役的士兵。

列兵莱德沃德、安佳和科尔已经满足了这次任务的一切要求，包括洛佩的面试。现在他们正在契约号上忙碌着，在哈利特下士的指挥下履行他们的职责。他们会继续这样做，直到离开近地轨道以后的一小段时间。然后，安保部队和船员们也会和殖民者一样进入深度睡眠。

洛佩期待着加入到他们之中。对于所有在身体、精神和情绪上都做好了准备的人们，深度睡眠其实只是暂时脱离真实工作的一段令人愉快的休息时段。

“边睡觉边赚钱”，这是维兰德公司里正在流行的一句话。只不过你的薪水支票只会寄给你的亲属、朋友和其他由你指定的受益人。

洛佩轻轻哼了一声，关掉了他正在看的视频，梳理了一下带一点灰色的胡须。他可以在面试期间稍稍休息一下，恢复精力，他不会放过任何这样做的机会。但他不可能永远这样耽搁下去，而且也不希望如此。他知道，自己很快又要见到新人了。

现在的问题是，过去一个月里，他面试的每个人都是……不完整的。他见到了能够横扫战场的超级战士，但他们太喜欢先开枪再进行分析；有一些人的档案表明他们拥有令人惊叹的智力水准，只是这些非凡的电子战士在徒手格斗时可能连恒河猴都打不过。

还有一些状况表明不少申请者离开地球的原因都有问题。感情破裂、婚姻失败、对工作不满意、想要摆脱专横的上司等。更有一些退役军人只是因为害怕在普通人的社会中生活，那么他们对殖民地又有着怎样的设想？就这样，许多条件非常优越的人却因为错误的动机而被淘汰了。

每一个人都有一些缺憾，或者是在身体上，或者是在技术上。既然他的团队只剩一个空缺，洛佩自然可以好好进行挑选。只是时间压力正越来越令他感到沉重。

他从椅子里转过身，靠在一层大约两厘米厚的空气垫上，朝椭圆形的单向玻璃窗望过去。透过这扇大窗户，洛佩能够看到外面等待区中的状况。但那些申请者看不到他——他们只能看到一些圆形的风景画，让他们所在的等候室不会显得过于单调沉闷。

从外表来看，这一组候选人都相当不错。当然，他们的身体都很健康，其中绝大多数很年轻，只有屈指可数的几个中年人。自从洛佩开始面试以来，每一天的情形大抵都是如此。不过，至今为止还没有人能够满足他的每一项个人标准。

即使没有别的原因，他们一定也很愿意留在这座城市中的一幢可以自行调节环境的宏伟建筑里。和充满污泥、雾霾和闷热雨水的外部世界相比，维兰德·汤谷公司的大厦内部则是一尘不染，在这里，来自室外的一切污染物早已被过滤掉了。洛佩几乎很不愿意一个接一个地把他们赶出这幢大厦，进入一个早已不适合人类生存的世界。

他期待着能够回到契约号上去。他很想念哈利特，很想完成现在的工作。但他提醒自己，如果不做好这项工作，他就不可能顺利地回去。于是他不情愿地对着身前的桌面，也是一台厚重透明的智能面板说：

“让下一个应征者进来。”

第六章

随着屋门滑开，洛佩首先听到的是来自等候室的一阵闲聊。进入办公室的是一名相当有魅力的女人——个子很高，一头左半边被剪得很短的红发，右半边则一直垂到肩膀，一双波澜不惊的蓝眼睛，一张小嘴，一只高俏醒目的鼻子。她没有化妆，身上也几乎没有任何多余的东西，只是紧贴着左耳垂挂着一粒小银珠。穿着跳伞连体服和与之相配的长袖短上衣，上面没有标牌。不过洛佩饶有兴致地发现这两件衣服上有几处拆除标牌以后留下的痕迹。洛佩提醒自己，在面试时要问一问她为什么要拆掉衣服的标牌，难道她不为自己曾经服役过的部队而感到骄傲吗？

很快，洛佩就能知道了。

洛佩能够清楚地看到这副被跳伞服包裹的身躯是多么苗条而紧致。袖子下面伸出的手臂更让他知道这个人即使在退役之后也一直在进行着高强度的规律性锻炼。对这一点，洛佩感到满意，但外表绝不是全部。这不是说外表具有欺骗性，只是只关注外表通常是不够的。

洛佩朝桌子上的内嵌投影仪摆摆手。刚才他所看的视频已经被站在面前的这名年轻女子的旋转全息像所取代了。全息像的旁边还有一些立体数据清单，随着洛佩瞳仁的移动而上下翻卷。

“梅耶美·泰蒂珂，”洛佩说道，“很高兴见到你。我是你的面试官，卡尔·洛佩军士。”

“感谢你愿意见我，洛佩军士。”女子向洛佩报以微笑。那笑容看上去有些勉强，不过这也在洛佩的意料之中。所有认真的申请者都会感到紧张，至少在开始时是这样。而那些泰然自若的人往往会因为过度自信而被淘汰掉。

洛佩继续查看显示在他眼前的数据，了解面试者的教育背景、服役经验，以及受到的嘉奖。

“未婚，有长期的情侣关系，在两年以前突然终止。”洛佩向这名女子瞥了一眼，“考虑到你的经历、年龄和外貌，这么长的独身时间让我感到有些惊讶。”

女子耸耸肩，在椅子里挪动了一下身子。“考虑到我的经历、年龄和外貌，我在相当长的一段时间里很难找到能合乎我标准的人。”

洛佩压抑住微笑的冲动。“船员和殖民者都必须成双成对地登船。安保部队成员则不必如此——不过你一定已经知道这一点了，否则你就不会提交申请。”他伸手指向悬浮档案中的一行蓝字，

“这里有一小段文字，是关于一个名叫姆巴·埃索基的人。他出了什么事？为什么你们没能在一起？”

“我发现他有了别人。”泰蒂珂的回答礼貌且单调，“后来他想要向我道歉，当他躺在医院里的时候。”

洛佩理解地点点头，没有再纠结这个话题。他眨了两下左眼，立体文字马上停住了。“这里说他从你的身边逃走是因为你在自己的职责之外又参与了太多其他行动。”

泰蒂珂的嘴唇微微绷紧了一下。绝大多数人不会看到她的这个表情，或者就算看到了也不会在意，但洛佩则不然。就像对于每一名进入最后阶段的候选人一样，洛佩从泰蒂珂走进门的那一刻开始就在密切地观察她。现在，洛佩对她更加注意了。

“我看不出我的私生活和我的申请有什么关系。”年轻女子说道，她有一点失控了，“当我永远离开地球的时候，我的过去也就毫无意义了。”

洛佩略微向前俯过身。“但你不会永远离开和你在一起的人们。你需要照看他们，最后很有可能会负责调解他们之间发生的纠纷。这需要一定程度的同理心。”

女子的一条长腿搭在了另一条长腿上，然后两条腿又交换了位置。洛佩觉得那两条腿很好看，不过它们移动得太频繁了。

“我通过了所有心理测试，”泰蒂珂又恢复了刚才的镇定，“我在这方面肯定没问题，否则我也不会坐到你面前。”

洛佩点点头。“既然通过了那些测试，你一定也知道，最终的面试官可以询问他想的任何问题，无论这些问题是多么没有必要，看上去和这场面试是多么没有关系。”

“抱歉。”这一次，女子脸上露出了灿烂的微笑，“只是因为我知道，这场面试对我来说生死攸关，所以我难免会有一点紧张。”

“我理解。”洛佩将目光移至另一端，对她说。“这应该能解释为什么你的心率会变得这么快，血压会突然升高，为什么你的神经模式会突然显示出模糊现实的倾向。”

女子那道整齐向上卷曲的眼眉抽动了一下。“你是在指责我说谎吗？”

“谁，我？”洛佩表现出一副受到冒犯的样子，“我可没有！这可不是我说的。”他一指飘浮的读数。那些出现在他眼前的文字是泰蒂珂看不到的。泰蒂珂在椅子里挪动着身体，努力压抑住自己的愤怒。

“我来到这里不是为了受到羞辱。”泰蒂珂用僵硬的声音说道，“更不希望羞辱我的是一个没头没脑的程序。”

“这完全可以理解，也很容易纠正。”洛佩挥动了一下自己的左手，飘浮的文字立刻向这名候选人显示出它的镜像。“程序没有说你在撒谎，”军士的声音也变得刚硬起来，“这是你说的。程序认为你只是在逃避，逃避不是谎言。但这样还是会受到怀疑。如果你没有对某件事说谎，那么很有可能你是隐瞒了什么。”他向前俯过身，越过传感型桌面的边缘，压低声音问道：“你在隐瞒什么，泰蒂珂女士？”

“我没有隐瞒任何事！”尽管这名女子在努力控制自己，但还是不由自主地抬高了声音，“这样做对我又有什么好处？就算我想要隐瞒，又能对维兰德·汤谷公司隐瞒什么？没人能够向公司隐瞒任何事。即使是你也不行！”

洛佩坐回到椅子里。“你不可能知道这一点，除非你已经尝试过，并且失败了。”

泰蒂珂怒不可遏地从椅子里站起来。“忘了我吧，我已经受够了。”然后她转过身，朝外面的等候室一点头，“一定还有三四十个最终候选人正等在那里。从他们之中挑一个吧，我和这件烂事没关系了！”

“看来你已经做出了选择。”洛佩也摆出了要站起来的架势，“不过我还没打算让你走，泰蒂珂女士。我想，我还需要问你一两个问题。”洛佩露出愉悦的微笑，“只是要让这次面试的记录完整一些。你不介意吧？”他站起身，指了指泰蒂珂刚刚离开的椅子。

“但我的确介意。”泰蒂珂冲口说道，“你污损了我的名誉，洛佩先生。我可不打算让你继续侮辱我。”

污损？洛佩回想了一下自己所做的事情，他不过是问了面试官会向每一个申请者提问的问题。一部分是为了了解对方的个性，一部分是为了澄清个人历史上不清晰的地方，同时也是为了观察每一名候选人如何面对个人问题所带来的压力。有一些人会说谎；有一些人则支支吾吾，语焉不详；还有一些人会感到愤怒，但绝大多数人都会尽可能平静地如实回答，无论这些问题可能会让他们感到多么尴尬。

但这个梅耶美则完全不同。她一直在保持克制，同时又随时在准备爆发。洛佩不需要程序告诉他就能察觉这一点。他能够从她的眼睛里，从她绷紧的肌肉中看到这一点。他只要开口说一句话就能让她离开，再开始下一个候选人的审核，但他作为军人的好奇心被勾了起来。如果这名女子开口对他咒骂，也许他还会感觉更舒服一些。这种咒骂甚至可能不会阻止他雇佣她。但这名女子一直都保持着防御和躲避的态度。

为什么？

“只需再问一两个问题，泰蒂珂女士。”洛佩坚持说道，“请注意，我还没有取消你的候选人资格。”他绕过办公桌，又指了指泰蒂珂的椅子，“如果你能坐回……”

“不。”泰蒂珂从他面前退后，向门口走去，“我不认为我还会坐回去。我告诉过你，已经结束了。我要走了，你去找其他人的麻烦吧。”

洛佩遗憾地摇摇头，继续向泰蒂珂走去。“问一些常规问题肯定算不上是‘找麻烦’。愿意接受审核的人肯定不会说这样的话，无论他们被问了什么样的问题。”然后他伸出手，温和地抓住女子的右侧小臂。

这只手臂的硬度让洛佩吃了一惊。

泰蒂珂甩掉了他的手。“不要烦我了，军士。去找别人吧。”当屋门打开的时候，洛佩再一次试图拦住她。她抬脚踢向洛佩，这一记侧踢又快又狠。训练有素的军士伸出手臂进行格挡，但强猛的冲击力迫使他踉跄着向办公桌退去。

“停下！”随着军士的喊声，那名女子已经如同闪电一般冲过了等候室。让洛佩感到失望的是，等在外面的候选人根本没想到要拦住那个女人。

“嗨！给我停下！”坐在椅子上的候选人惊讶地看到军士从办公室中冲出来。站着的人们立刻为他闪开道路。

洛佩还是没能追上那名女子。他在走廊尽头停下脚步，这里的两部电梯正朝着相反的方向一升一降。公司的雇员们都在用不安和困惑的眼神看着他。

“一个身材很高的女人，一头红发，左右两边的发型完全不同，大约二十多快三十岁。”洛佩喊道，“她跑到哪里去了？”十几个惊讶的员工只是目瞪口呆地看着他。“有没有人能告诉我一点什么，天杀的！”

让洛佩完全没有想到的是，一名身穿高级经理装的年长女性开了口：“我想应该是这边——”她朝自己的右侧指了指。

楼梯。军士迈步冲向楼梯口，自动门差点儿没能及时在他面前打开。他沿着楼梯一路向下飞奔，一步就会迈过两三级台阶。他很庆幸这里没有火警话题，否则泰蒂珂现在肯定已经到了一楼，消失在这座大厦门口不断进出的人群中了。

就在他围绕楼梯井向下飞奔的时候，他的双脚刚离开地面，忽然有什么东西撞在他左侧的墙面上。他看见了一道火光，听到爆裂的声音，还嗅到一点浓烈的臭氧气味。如果这种阳极充电塑料子弹击中了他，他的神经系统就会受到电击，造成短暂瘫痪。他将无法控制自己的肌肉，只能一头栽倒在楼梯上，翻滚到下一层去。有一些这样的充电子弹能量强到足以造成心肌梗死，能够直接杀死他。

洛佩知道，塑料电极和电容不一定能够被这幢建筑物的安保系统检测出来，尤其是当它们被放进包裹中隐藏起来的时候。洛佩决定随后要对大楼的安保系统说上几句，如果他现在没有被打中的话。

随着他迅速向下奔跑，又有一颗子弹擦着他的头飞了过去，甚至让他的右侧耳朵和面颊感到一阵发麻。如果在随后六个小时里吃任何东西，他都可能会控制不住地流口水。但现在除了追上那个不愿意合作的泰蒂珂女士以外，他已经不在乎其他任何事了。很明显，这个泰蒂珂所担心的事情远远不止是与她的感情生活有关系的几个尴尬的问题。

洛佩稍稍放慢了脚步。这个女人有武器，但他没有，所以他必须谨慎选择自己的位置，才有可能制伏对方。而他的选择又必须很快。那个女人的身高和发型让她很有特点，但还算不上完全与众不同。如果她成功地溜出这幢大厦，进入川流不息的人群中，洛佩就永远也找不到她了。

现在洛佩的选择很有限。如果他在这幢大厦里发出警报，很有可能在这里的数百名雇员和来访者之中造成大范围的恐慌，而泰蒂珂正好可以趁机浑水摸鱼，安保人员同样可能造成麻烦。尽管这幢建筑物中的卫兵都没有携带致命武器。但那些人群控制装置如果被误用，也会造成严重的伤害，尤其对于身体虚弱的人和老者而言。

某种意义上，他现在所处的情况很像是一片精神模拟战场。只不过这片战场中只有两名战士，其中一个还没有武器。这绝对不意味着洛佩无力自保，但接受过最优秀的徒手格斗训练的战士也不可能击败有武器的对手，无论哪个对手多么孱弱。而且无论哪个逃走的红发女子是什么人，洛佩相信她肯定不是弱者。

而现在洛佩最想搞清楚的问题是：为什么这个女人会突然逃离面试，难道她发现洛佩起了疑心？每当有人向洛佩射击的时候，他的兴趣总是会难以避免地被勾起来。只不过通常他都知道自己的敌人有什么动机。他非常想知道到底是什么事情刺激了泰蒂珂。

他一直跑到二楼，仍然没有看到泰蒂珂，这让他的心情越来越糟糕。幸运的是，这里的空间宽敞，也不算拥挤。大部分访客和员工或者是在上面的办公楼层，或者是在下面的人造大理石中庭。这里的金色栏杆和回旋状态的金属墙壁都在他的周围闪闪发光。悄无声息的维兰德·汤谷无人机正忙碌着为这些金属表面抛光，让它们更加耀眼夺目。透过这些无人机具备接触反应性能的流动金属外壳，能清楚地看到它们的内部器官结构。

他发现她了。这里有两道弧形宽楼梯通往一楼，泰蒂珂正在朝其中的一道快步走去。她的脚步很快，但并不是奔跑。她不想吸引人们的注意。洛佩没有看到她手中是否拿着塑料手枪，他怀疑那把枪已经被她丢掉了。现在泰蒂珂正努力要混迹于人群之中。也许她以为洛佩在楼梯井中就已经放弃了对她的追赶，也许她以为洛佩拐错了弯，或者是去寻找援兵了。

如果是这样，那么她肯定不了解洛佩。一个稍稍遇到阻挠就放弃任务的人是不可能成为殖民飞船的安保长官的。

洛佩利用懵然无知的员工作为掩护，慢慢缩短着他和泰蒂珂的距离。有一次，泰蒂珂回过头来查看是否有人在跟踪她，洛佩立刻躲到了一根柱子后面。这根柱子外周包裹着一层屏幕，上面映出流水的画面，使这根柱子仿佛被一圈瀑布环绕着。当泰蒂珂的注意力全部集中到她面前的那道弧形楼梯上的时候，洛佩便从柱子后面蹿出来，又向前走去。

除非泰蒂珂在最后一刻因为恐慌而拔足飞奔，否则洛佩有信心在她到达这幢大厦的门岗之前追上她。当然，出大厦的人不会受到门岗盘查，不过洛佩尽可以在抓住她的同时向门卫亮明身份，得到门卫的协助。

当洛佩跟踪泰蒂珂走下楼梯的时候，没有人多看他一眼。这道楼梯很宽阔，扶手和台阶都光彩夺目，很像老电影里的那种楼梯，不过规模要大得多。当泰蒂珂走下最后一级台阶，到达一楼大厅的时候，洛佩距离她大约还有二十级台阶。再过几秒钟，他们就要接近大厦的正门了。洛佩自信能够抓住泰蒂珂，即使泰蒂珂会再拿出隐藏的武器，他也能够制伏她。

在他的左边突然爆发的一场骚乱打乱了他的计划。

一楼大厅中央的地面上镶嵌着由大理石和彩色工业玻璃拼成的巨大的维兰德·汤谷徽章。在那个徽章附近，突然有两个人扭打了起来。

他们一个是身材矮小，橄榄色皮肤的女人，圆瞪着双眼，有着一双丰满的嘴唇；她的对手则身材细瘦，穿着一套满是皱纹的建筑工人的制服，但那个人的样子完全不像是一名蓝领，倒更像是一个在大学里混了十五年，却没能讨到什么好处的家伙。

洛佩这时看到了那个瘦男人手中拿着一副音波发生器，不由得稍稍睁大了眼睛。作为一种工程工具，音波发生器一般不会被普通的安保检查扣押。这种装置能够发出超声波，对大块岩石和金属进行切割和定位。但洛佩知道，这种强烈的声波震荡也足以将一个人的脑袋从他的脖子上挪走。

他朝一楼冲了过去。

那件音波工具射出一股强烈的音爆。不过它被工业消声器包裹着，所以这股音爆能量虽然发出了巨大的声响，却没有伤到中庭中的任何人，只是在四层楼高的透明外墙上炸出了一个圆形大洞。洛佩担心的事情还是发生了——音爆所引起的恐慌让员工和访客们尖叫着四散奔逃。数名保安举起了武器，向那个制造破坏的人冲过去。只是混乱的人群阻止了他们迅速接近罪犯。

洛佩抬起头，看见那个矮小的女人虽然用尽了全力，但还是很难对付那个比她高大的男人。军士又朝另一个方向望去，看到他追赶的红发女子挤进了一群逃亡者之中，正打算从那个刚刚被轰出来的大洞逃到外面的街道上去。就在她即将走出大洞之前，她回过头看了洛佩一眼。

她的目光直指洛佩。

两个人的目光对在一起，大约持续了一两秒的时间。洛佩在这段时间中已经想明白了。泰蒂珂的从容不迫不是因为她以为洛佩已经放弃了追赶，而是因为她的支援正在一楼中庭等她。她知道洛佩在跟着她。

洛佩差一点儿闯进了一个致命的陷阱。

洛佩纵身朝那两个仍然在扭打的人飞奔过去。他知道，现在最重要的事情是将音波发生器从那个不知名的男人手中夺过来，阻止他再一次充能和发射。也许那个人的第二次射击也还无法击中他，但现在中庭里充满了惶惑不安的无辜者，甚至还有人带着小孩子。

看到洛佩冲过来，那个人丢下了音波发生器，将全部力气和注意力都集中到缠住他的女人身上。他使出一个柔道动作，想要将那个女人越过自己的右肩摔出去。那名女子躲过了他的抓握，一矮身，以充满军人风格的姿势伸腿向他横扫过去。那个人的两条腿全都被扫中，重重地跌倒在抛光的石头地板上。

他站起身，斜睨着迅速逼近的洛佩。军士和他还有一段距离，这是他逃跑的最后机会了。于是他从自己的衬衫里面抽出一把匕首，高高举起，向挡在他和电梯与楼梯之间的女人刺过去。

女人本可以躲开这种攻击，但她仍然只是站在原地。罪犯高举起匕首的动作看上去只是出于本能，并不是很专业。随着匕首向女人的面孔落下去，女人挥起小臂，挡住了这一击。然后她手掌一弯，勾住罪犯的手腕，把罪犯的手臂越过他的头顶拽到他背后，用力一拧。

罪犯发出一阵痛呼。

“放下匕首，”女人喊道，“否则我就折断你的胳膊！”罪犯没有服从，女人便将罪犯的手臂向他的肩膀拗过去。罪犯哆嗦了一下，发出一阵呻吟，匕首“当啷”一声落在石板地面上。

这足以让那个女人稍稍松懈一点，也足以让罪犯抬起右腿反脚踢出去。女人勉强闪到一旁，只是被罪犯的靴子擦过了大腿。与此同时，女人伸手捞住罪犯的另一条腿。罪犯猛然向前栽倒，笨拙地将面孔撞在瓷砖地面上。血从他断裂的鼻子和额头上流下来，就像是打碎的鸡蛋里流出了蛋液。

“留在原地，”女人的声音平静充满了威严，“不要动。”

罪犯的确没有动。等到气喘吁吁的军士跑到他身边的时候，鲜血已经在那名罪犯的面孔和坚硬的石板地面之间逐渐扩散开来。

洛佩向跑过来的三名警卫表明了自己的身份。那些警卫手持武器，目光在军士和趴在血泊中、身体微微抽搐的那名罪犯之间来回游移。

“叫大厦的医护人员来，把他们都叫来。”洛佩说道。这名军士紧紧抿住嘴唇，看着本打算杀掉他的刺客。“我们需要把这个人救活，要查清楚他是谁，从哪里来，是谁派他来的。”他抬起眼睛，朝外墙上的那个洞口望去。现在那里还充满了向外逃窜的访客。那名高个子的红发女人已经不见踪影了。

一名警卫立刻拿出步话机。与此同时，洛佩开始仔细审视这名倒地不起的刺客。然后他摇摇头，站起身，大步走到那名和刺客搏斗的年轻黑发女子面前。现在这名女子还在剧烈地喘息着，看着他一步步走近。

洛佩停住脚步。“我的名字是卡尔·洛佩，你很可能刚刚救了我的命，为什么？”看起来这名女子没有受伤，这让洛佩感到很欣慰。

女子耸耸肩。“这很重要吗？”

“对我来说很重要，”洛佩清楚地回答道，“你也可以将此看作我的职业兴趣。”

女子抬起头认真看着洛佩。“好吧，我不喜欢有人在我面前被杀死，这有违我的常识。所以当我看到这个人手持武器，我相信我应该尽一份作为公民的责任。你满意了？”

“很满意。”

然后女子低下头，目光越过洛佩问“不过，为什么他想要杀死你？”

洛佩考虑了一下。“我完全想不出来，所以我才希望他能活下来。”这时，他看到一支医疗队从女人背后的电梯中快步跑了出来。他们推来了一辆动能急救床。“这实在很让人恼火。”他将注意力转回到他意料之外的救星身上，“你救了我的命也得不到奖金，不过现在已经快到中午了，如果你愿意，我很高兴能够请你吃一顿非常贵的午餐。”

女人摇头表示拒绝。

“我也很希望能够享用一顿美餐，不过我只能拒绝你的好意。”她指了指右后方的电梯，“再过半个小时，我就要参加一个工作面试，这是我绝不能错过的。”

洛佩继续审视着这名女子，回想她刚才所做的一切。“你应该不会是恰好要应征维兰德·汤谷公司在契约号上的位置吧？”

女人一下子警惕起来，她也开始审视洛佩的面孔。“怎么了，这和你有什么关系？”

“我是卡尔·洛佩军士，契约号的安保部队长官。”

女人更加仔细地端详洛佩。“所以你就是那个应该面试我的人？”

洛佩重重地叹了口气。“不会有面试了，谢天谢地，这个位置已经有人了。”

女人流露出沮丧的表情。“该死的，我猜我来得太晚了。”

“不，”洛佩的表情没有变化，“你来得正是时候，你的名字是什么，列兵？”

女人用了一点时间才明白洛佩的意思。然后她缓慢地点点头，压抑住一阵笑意。

“萝丝塔尔，莎拉·萝丝塔尔。”

“欢迎加入契约号安保部队，莎拉·萝丝塔尔。”洛佩伸出一只手。就像洛佩所预料的那样，萝丝塔尔的手非常有力。“我们共进午餐的时候，我会将必要的文件和登船许可发送到你的通讯终端上去。当然，如果你还愿意接受这个职位的话。”

“这感觉很奇怪，不过我真的是突然非常有胃口了——军士。”萝丝塔尔低头看了看自己，“我在这场战斗前就需要洗个澡了。现在就更需要了，我只洗淋浴。”

“你的个人卫生习惯与我无关，”洛佩打趣地回答道，“你以后有的是时间处理这件事。首先，我们需要聊聊，彼此认识一下。”军士的脸上露出了开心的微笑。“毕竟我们要在一起睡上许多年。”

“在午餐之前，我从来不和男人睡觉。”萝丝塔尔已经完全不再掩饰她的感激和欣喜，“当然，你请客。”

“维兰德·汤谷请客，尽管我觉得这次的确应该是我请客。你想要在哪里吃？”、萝丝塔尔说出了附近一家餐馆的名字，显示出令人惊讶的品位。那家餐馆相当有名，而且更是以昂贵出名。

“如何？如果你愿意，我们可以找一家便宜一些的。”

“没问题。”洛佩的表情仿佛是在喊着“天哪”！不过他欣然说道：“我应该在那里花掉一些钱。我可不相信到了奥利加 -6 还能再动用我的账户。”

第七章

如果要挑选一个看上去绝对人畜无害的人，那么肯定非这个正在驾驶厢式维修车的人莫属。他身量中等，微微有一点发福，穿着一身普通公司员工的衣服，还有与之相配的靴子和帽子，以及身份证章，只不过这些都需要特别清洗一下。

他刚刚狼吞虎咽地吃完了饭，身上还带着一股合成金枪鱼盒饭的气味。在他右侧衬衫口袋上的深色污渍应该是可乐和绿茶混合饮料留下的。他的嘴里还嚼着一些无从分辨的东西，可能是泡泡糖，也可能是阿拉伯茶。

他的助手要比他高一些，也同样是刚刚填饱了肚子，正一言不发地坐在维修车的副驾驶座上，聚精会神地看着投射在他眼前半米远的色情漫画。他每眨一下眼，漫画就翻过一页，单独眨一下左眼则能够让画面活动起来。

在维修车周围，东京的高楼大厦正在黄昏中闪耀着明亮的灯光。这些摩天大厦充满自信地挑战着夜晚、月光，还有随时可能爆发的地震。只有富人才可能住在这些大厦中。还有一些关键的工作人员能够睡在这些大厦的办公室里。在每一幢底部都是五光十色，异常喧闹的商店和餐厅，人头攒动的弹珠赌场，还有刺青店、咖啡屋、摄影屋和呼吸吧——一个人可以付钱在这里吸到从调香空气到氧气的各种空气。

这名维修车司机和他的助手对所有这些诱惑都视而不见。他们的自动车辆此时向左拐了个弯，进入到一条偏僻的服务巷道里，慢慢停了下来。巷道两侧墙壁上的安保扫描仪开始对这辆车进行检查，一名武装卫兵从附近的警戒室出来，走到这辆车的司机所在的一侧。礼貌地打过招呼之后，他粗略地对维修车内部进行了一两分钟的查看。

如果这辆维修车里藏了什么值得怀疑的东西，它首先就绝对不会被允许进入这条巷道。人类肉眼的查看只不过是做做样子而已。

司机低声抱怨着他们的时间被耽误了，还有他们不得不晚上进行工作。他的助手一直盯着自己的漫画投影仪。最后和司机说了几句话之后，那名警卫拍了拍维修车敞开的窗框，向后退去。在这辆车的前面，一排栅栏仿佛是一道当代的城门铁闸一样向上升起，允许维修车开进去。

进入密闭式的多层车库以后，司机没有继续让智能驾驶系统负责停车，而是恢复了手动控制。他让维修车停在一根巨型圆柱旁边的停车位上。正是这些圆柱支撑着这幢一百零一层的建筑物。

就像这幢建筑物的许多支撑这座大厦的圆柱一样，维修车旁边的这根圆柱是中空的。一些这样的圆柱中安装了贯通整座大厦的管线。有几根圆柱，就像司机选中的这一根，里面安装了电梯。在这幢有着重重监控的大厦中，圆柱电梯是来往于各层的主要通道。另外有一道被锁住的外部便门通往大厦的副通道。和这座大厦的其他出入口一样，那道金属门也处在一天二十四小时被监控的状态。

司机和他的助手分别从维修车的两侧下了车。他的助手完全不再是刚才那副懵懵懂懂的样子，他们迅速开始工作。第一件事是在这根圆柱的电梯门前竖起并打开两部镜像生成器，让它们分别对准电梯门上的两个摄像头。这两部仪器会显示出这座车库中的正常镜像，包括来往车辆，但是会遮挡住那辆维修车的一切变化。

安装好那两块屏幕并确认无误之后，司机和他的助手开始对付那道电梯门，他们没有试图覆盖钥匙密码，这样做只会引发大厦保安室的警报。他们只是麻利地卸掉了一侧门扇的铰链，将两扇仍然锁在一起的门从墙上移开一道足以让一个人钻过去的缝隙。

在镜像生成器的掩护下，又有三个人从维修车底爬了出来——他们一直躲在一层伪装的车底上面。与司机和他的助手不同，这些人没有穿工作服。他们从头到脚都被吸光的黑色布料包裹着，手中拿着各种与维修电器完全无关的器具。

他们迅速钻进了那道门缝。司机和他的助手立刻将门扇推回到原位，取下生成镜像的屏幕，然后便开始更换附近墙壁上功能完好的电路插座。

进入巨型圆柱的三个黑衣人发现他们正站在一道竖井的边缘。他们打开带来的最大的设备。两个人定位好一副便携式石墨烯升降机，第三个人将一个自供能环索套在电梯的一根主缆绳上。然后三个人都踏在打开的石墨烯平台上，小心地平衡了一下中心——毕竟这个平台只挂在一根缆绳上。根据他们的勘察，这部电梯真正的轿厢在他们下面，直到第2天早晨的上班人流到来之前，它都会一直停在那里。

一个黑衣人伸手摆弄了几下，一台大马力的微型电动马达在环索上发出微弱的嗡鸣声。这三名未经授权的来访者便开始向上升起。因为真正的电梯上没有任何机器被启动，所以不会有人知道这里面到底发生了什么。折叠石墨烯平台上升的速度不快，不过这一切都在计划之中。

这种缓慢地上升也让三个人有充裕的时间准备好各种武器。

在汤谷楼群最高的一座大厦外面，大东京都的灯光照亮了人们目力所及处的夜空。而这片夜空的下面就是日本的公司员工生活和劳作的地方。在它的东北方，一片七彩纷呈的灯光正是浅草休闲街上狂欢的标志。

这座大厦的建造者谨慎地计算了它的精确高度，让它比伦敦码头区的维兰德大厦严格地高出了一层也就是七米。如果彼得·维兰德还活着，率领维兰德企业吞并了汤谷株式会社，那么很有可能位于大伦敦区的那座大厦还会被增高两层。

但就算是工业的巨人也会有遭到碾压的时候。

最终，汤谷株式会社成了胜利者。现在，公司位于隅田川岸边的总部位置实际上要比它的任何一座大厦的高度更令人瞩目。在大东京的高端房地产市场中，这个地段本身就比建筑物的高度更能彰显公司非凡的财富与成功。

这座中心大厦的顶部三层被用于控制大厦的内部环境和信号网络。而最重要的法人办公室位于第九十七层。在这里，玻璃墙壁让人们可以毫无障碍地观赏这座巨大城市的景色，另外一道内墙将办公室与一条宽阔的走廊隔开。一场维兰德·汤谷法人代表的紧急会议正在这里进行着。因为时间已经很晚，这一层只剩下了自动清扫设备和几名无聊的保安，所以办公室的内墙并没有被改变成不透明的状态。

尽管这场会议举行得有些仓促，但八名高级董事全部出席了。他们环绕在一张精致的抛光扁柏长桌周围，桌上整齐地摆放着取自于西伯利亚的冰川水，还有小瓶的山好き 24 威士忌，以及与之相配的玻璃杯。三名维兰德代表坐在桌子一侧，四名汤谷代表坐在另一侧。坐在桌子首位的是公司的主席和首席执行官，汤谷英雄。

他一点儿也不高兴。

汤谷打开进度表，同时用严厉的目光看着代表公司英国一方的两男一女。为了照顾他们，这场会议才会在深夜里如此仓促地举行。公司主席用足以让任何伊顿公学的毕业生感到钦佩的英语向他们开了口。

“你们全都有足够的时间整理我们派去契约号的代表所做的报告。在来到这里的路上，你们一定也都收到了伦敦发生意外的消息。很明显，我们的安保措施存在漏洞。我很想听听你们的解释，就是现在。"

办公室随后陷入一片寂静。维兰德·汤谷的首脑在等待回答。尽管所有坐在这张桌子旁边的人们都管理着大批雇员，能够调动强大的资源，甚至拥有私人飞机和其他诸多权利，但此时此刻，这七个人看上去却都像是被发现忘了写家庭作业的学生。

"好了，"汤谷说道，"有人要说话吗？"

公司主席的女儿说话了。珍妮·汤谷大约三十多岁，继承了父亲的敬业精神和聪慧，也有人说她和父亲有着同样的脾气。和父亲不同的是，她是一个不折不扣的美人。作为带有父亲基因的人，她能够毫无惧色地面对父亲说话，这往往是别人做不到的。

"让我感到困扰的是这件事的微妙之处。"珍妮说道。

寂静被打破了，一名英方高管感觉自己有必要说几句。说话的是一位女性，尽管和首席执行官没有亲戚关系，而且要比他的女儿更年长，但她却使用了日文。

"一次刺杀行动有什么微妙之处？"女高管反驳道，她向其余高管看了一眼，"伦敦方面已经查明，这次行动是为了除掉飞船和殖民地的安保长官。"

"那为什么刺客要费力地将那名军士从面试办公室中引出来？这样岂不是更容易暴露？"一名日方主管问道，"为什么不直接在办公室里杀死他，然后安静地离开？为什么还要牵涉到第二名罪犯，而且要在一楼中庭进行刺杀？那里有上百个旁观者，大门处还有武装警卫。"说话的人名叫武，是在座之中个子最矮的，必须要加高座椅才能适当地坐在这张桌子边上。尽管身材短小，但人们都说他的半个身子里都是大脑。

武的右手边坐着一名衣冠楚楚的高管。这时他说道："很明显，刺杀军士只是他们的次要目的。"

"那他们的主要目的是什么？"来自伦敦的女高管问道。

刚说话的那位高管显然对这一问题已经做好了准备。"让那个红发女人受雇成为契约号安保部队的成员，让她登上殖民船。"他停顿一下，以强化发言的效果，"可以想见，那时破坏分子就能造成更大规模的灾难。"

珍妮·汤谷赞同地点点头。她的家族拥有全日本最奢华的珠宝收藏，但她却只戴着一副外形极为朴素的耳环，当然，这对耳环肯定相当昂贵。在公司会议上炫耀财富是不适当的，尤其是这样一个讨论紧急事务的会议。

"我们先是在船上遭遇了意外，"珍妮说道，"那名犯人要发布公开声明，要阻止契约号启航。随后我们位于伦敦的部门就遭到了歹徒的袭击。他们的目的又是什么？"她向应该对此做出解释的高管点了点头，"应该是让他们的人上船，因为之前被安排在殖民船上的人失败了。如果这个……"她转向自己的信息终端，"梅耶美·泰蒂珂成功登船，她又会有什么异样的举动？"她停顿一下，好进一步吸引人们的注意力，"她几乎肯定会尽全力完成前一名犯人没能成功的任务。换言之，她会不择手段地破坏契约号，阻止那艘船出发完成任务。"

另一个英国人立刻表示同意。"这种推测有道理。"他向会议桌扫视了一圈，"某个人——或者更有可能是某个组织——不希望契约号的任务成功。他们不愿意奥利加 –6 上建起殖民地。无论那是个什么样的组织，可以肯定的是它的成员愿意不惜一切代价实现它的目标，甚至牺牲生命。”说到这里，他又犹豫了一下，“但那些到底是什么人？他们为什么要这样做？”

一名汤谷方面的高管倒了半杯威士忌，拿起杯子吮了一口这种昂贵的金色液体，又小心地将杯子放回到木质桌面上，没有发出半点声音。然后，他说出了一个词，尽管努力保持着礼貌，但他的愤恨之情还是难免溢于言表。

“巨图。”

在彼得·维兰德失踪之后，不止一家企业想要吞并维兰德公司。而其中给汤谷带来最大麻烦，让他在竞争中最感觉吃力的莫过于这家来自中国的巨型企业。在那段时间里，海量资金四处涌动，无数承诺在这张扁柏会议桌以外的地方被达成。许多人的人生发生了改变，无数人不得不做出妥协，更有不少公司在这场激战中血洒疆场。

到最后，汤谷英雄和他的公司终于赢得了胜利。他们完全吞并了维兰德，做得干净彻底。其他所有出价的公司无论多么不情愿，也不得不接受这个事实。

只有巨图的那些人除外。

他们还在不断刺探情报，提出质疑，在这次合并中寻找各种法律疑点，甚至开始对员工进行挖角，竭尽一切可能削弱汤谷取得的利益。现在他们的竞争态势早已人尽皆知，巨图绝不会就此善罢甘休。这桩买卖的回报太丰厚了：彼得·维兰德的科学遗产，他的大量产业、工厂、无可取代的人力资源，甚至还有对人类空间殖民开发的控制权。

还有大卫的专利权。

维兰德·汤谷现在拥有了这一切。巨图企业仍然想要得到它们。正如同那家公司历史所表明的，只要有值得竞逐的资产，那个中华巨人就绝不会袖手旁观。它拥有无与伦比的力量，能够采取一切必要的手段赢得它的目标。

第三个英国人开口了：“巨图当然很可能是一个合理的解释，但他们真的会采取如此过激的手段，甚至进行暴力破坏，进行刺杀？”

“戴维斯先生，恐怕你还是太过天真了。”

这句话是汤谷英雄说的。尽管声音不大，但仍然具有十足的震撼力。那个名叫戴维斯的高管仿佛一下子缩进了椅子里。公司主席则将注意力转向桌边的其他人。

“就我自己而言，我不相信这件事和巨图的那些人没有关系。在发生最近这些事以前，我早就和他们打过交道，很了解他们。但我们还没有证据能够证明他们要为此而负责，现在就此采取行动还过于草率。如果直接对他们提起指控，难免会让他们反指我们诽谤。在能够公开对他们进行挑战之前，我们还需要推测更多的东西。”

“如果能从他们派遣的人员那里得到供词，应该是很好的第一步。”一名汤谷高管说道。

“的确，”汤谷将双手按在身前的桌面上，“很不幸，我们在这方面缺乏人选，攻击我们的人有两个死了，还有一个成功地消失在伦敦街头。我们没有证人，也没有证据可以证明巨图需要为其中的任何事负责。”他靠进自己的椅子里，长长地呼出一口气，“我们有的只是怀疑。”

早先说话的那名高管喝光了杯子里的威士忌，又想给自己再倒上一杯。随着汤谷英雄将目光转向他，那个人动作一僵，伸向酒瓶的手停在半路上。气恼的公司主席不耐烦地向他挥了挥手。

“请随意，四郎。也许威士忌能给你一两样灵感。看样子，我们就算是头脑冷静也找不出什么端倪来。”

主席邀请他喝酒，但不允许他喝醉。四郎能够在汤谷英雄脸上的皱纹中清晰地看到这一点。另外两名主管也给自己倒了些烈性饮料，其他人仍然只是在喝水。终于，那个英国女人打破了沉寂。

“如果巨图是幕后主使，他们阻止契约号又能获得什么利益？”

“我认为这个问题的答案非常明显，”珍妮·汤谷说，“无论是破坏飞船、伤害人员，还是用舆论手段迫使我们推迟计划，他们能够拖延契约号越久，维兰德·汤谷的能力就越有可能受到人们的质疑。人类殖民太空的行动承载了太多人的一生，甚至是整个人类的未来，会有越来越多的问题被提出来，公众对我们的看法会变得越来越苛刻。到最后，我们合并的合法性也会受到质疑。”

她环顾了一圈会议桌。

“如果这只是一项公司业务，那还无妨，”她继续说道，“但媒体不知道边界，他们会开始大谈特谈‘人类命运’‘无辜者生命’之类的问题。这种无形的舆论是很难与之对抗的。当我们不得不与这些问题对抗的时候，巨图会在幕后做出各种事情，他们还能得到政府的各种帮助，完全有可能破坏我们的合并。如果两个公司被拆开，合并解体，巨图肯定会是那个打捞残骸的公司。”

戴维斯又开了口。“没有任何力量可以打破维兰德和汤谷的联合。”他的声音中明显流露出激动的意味，“没有任何公司，没有任何个人，甚至没有任何政府能做到。没有！”他的声音越来越高。

汤谷英雄眯起眼睛，目光落在他身上。

“戴维斯先生，对我们的联盟和公司的未来我们都非常有信心。你的热情值得赞美，但在这件事上，热情是没有用的。我需要答案，而不是表达热情。”他的微笑中充满鼓励，但又显得异常冰冷，“你看上去已经很累了。用清水洗洗脸也许能够让你振作一下，平静心神。”

戴维斯面色一白。这句话几乎相当于将他解职了。他站起身，绕过桌子，向门口走去。透明墙壁上的屋门自动为他打开，没有人目送他离去。随着屋门在他身后关闭，会议室中的讨论再次开始——只不过没有了戴维斯。

戴维斯稳稳心神，向盥洗室走去。那里和会议室有一段距离。走到半路上，他无意中向另一道透明墙壁瞥了一眼。那道墙壁将一大片待客区和这一层的其余办公区域分隔开来。通常在深夜里的这个时候，那里已经没有秘书和前台在工作了。还待在那里的只有公司保安还陪伴着这些公司高管们，包括他们的老板和老板的女儿。

戴维斯困惑地停下脚步。

那些保安非常忙碌。

三个全身黑色的人正在和四名保安徒手格斗。戴维斯看到的仿佛是一幅幅慢动作的画面：保安被缴械，刀刃的闪光，鲜血喷溅到墙壁上。那些保安和攻击者都在全神贯注地战斗，完全没有注意到愣在一旁的公司高管。

戴维斯转身就跑，同时哆哆嗦嗦地摸出自己的信息终端，向楼下的保安发出警报。仿佛过了几小时，他才得到应答。他悄声说明自己看到的情况，唯恐说话声太大，让暴徒听见。终于，他冲回会议室，完全不理会同事们惊讶的注视和汤谷英雄无声却充满怒意的表情。

“我们遭到攻击了！我们的人正在战斗——我不知道和他们战斗的是谁！”

他的一名同事猛地站起身。“这不可能！没有人能够到达这一层却不会惊动安保系统。”

戴维斯转头盯着他。“你把这话说给那些入侵者听吧，他们手里还拿着染血的刀子呢。你去告诉他们，他们不可能出现在这里！”然后他又看向汤谷，“我已经通知了安保中心。他们已经在路上，现在我认为我们真的应该考虑一下使用紧急逃生通道了。”

“我们只能到屋顶上去。”汤谷的声音依然保持着平静，但他的表情却已经有了变化。“如果这些入侵者已经到了外部办公室，我们进入电梯的道路就被阻断了。”他向会议桌周围的人们扫视了一眼，“我们只能等在这里，希望我们的人能够战胜那些歹徒。”

“如果他……他们，赢……赢不了呢？”维兰德的一名男性高管结结巴巴地说道。

“一次解决一个危机，贝克曼先生。”汤谷伸手拿起自己的那瓶山好き，“现在，我建议我们全都追随酒神的率领，尽可能做好迎战的准备。”他给自己倒了半杯酒，用它向戴维斯致敬，“你能够及时向安保中心报警，我为你敏捷的反应鼓掌，戴维斯先生。如果运气够好，我们的人能够将那些入侵者挡在走廊里，直到整栋大厦的保安赶过来。”他又向其他人露出鼓励的微笑，“这应该用不了多长时间。”

第八章

五分钟以前……

这些保安都经过严格训练，但现在已是深夜，他们全都累了。而且看不出他们有什么值得警惕的异常状况。就他们所知，他们要做的只有聊聊天，偶尔朝电梯瞥一眼，等待他们的雇主老爷们开完会走出来。如果电梯在这时候上来，电子屏幕和警铃都会提醒他们。

电梯指示灯完全没有亮起，三名黑衣人却已经从电梯里蹿了出来。四名武装保安中只有一人听到了这一层的另一个地方传来的微弱开门声。他转过头，同时从肩头的枪套里拔出手枪。一看到异常动静，他便向他的同事呼喊示警。但一只电能导航手里的剑已经准确地击中了他的喉咙。

终于其他保安都被惊动了。他们打出了几枪，大部分都没有击中目标。有两枪击中了，子弹却被入侵者的防弹软甲挡住。而这些入侵者则采用了更加传统的杀戮方式——尽管也有动力飞镖，但他们真正倚仗的武器还是冷光耀眼的匕首。

这幢大厦的保安就像入侵者一样，在衣服下面穿着贴身软甲。但这并不足以保护他们——入侵者手中的“传统武器”都经过了现代技术的加强。一名保安冲向入侵者，却在额头上中了一镖。如果是古代的飞镖，这名保安可能只是额头上多了一道伤口。而这只飞镖被一个小型马达推动，并拥有自主导航系统。它割穿皮肤、肌肉、骨骼，一直穿透脑浆，从目标脑后飞出来，再刺入远方的墙壁上，它的微型引擎仍然没有停转。许多被割断的动脉在这名保安头上的伤口中喷出鲜血。他踉跄着放慢了脚步，依旧睁着眼睛，倒在地上。

一名块头比入侵者更高大的保安成功地抓住了一个敌人，用强有力的手臂压住敌人的手臂。那名入侵者立刻松手放开了他所握持的匕首。

陶瓷匕首受到埋在主人左眼睛里的传感芯片的引导，在离开主人的手心之后插进了那名吃惊的保安的喉咙。身材魁梧的保安踉跄着后退了一步，用粗大的手指握住那柄动能武器，努力想要把它拔出来。当他拼命挣扎的时候，刀柄上的引擎还在继续让刀剑扎得更深。鲜血从被刺破的颈动脉中喷涌出来，洒落在原本片刻之前还干干净净的保安制服前襟上。

保安一个接一个地冲上去，又流着血倒在地上。维兰德·汤谷总部的顶端出现了一幕奇异诡谲的景象。剩下的几名武装保安带着惊愕和恐惧的神情看着入侵者们迈过四具已经不再动弹的同事的躯体，向会议室一步步逼近。

随着入侵者进入会议室中众人的视野，汤谷英雄装出一副冷漠的样子，维持着他著名的泰然自若的神情。当其余与会人员带着程度不一的警惕甚至是恐惧的神情站起身的时候，身材短小的武却完全无视门外的拼死厮杀，只是有条不紊地啜饮着他身旁的同事完全没有碰过的那一瓶山好き 24。

“所有人保持平静。”汤谷说道。此时黑衣入侵者已经杀到了玻璃墙壁的另一侧。他们手中的匕首都在滴着鲜血，这让汤谷更加难以保持平静。但不管怎样，他认为自己有责任继续坐稳在椅子里。

“那些强盗还在墙的另一边，我们之间隔着一层坚固的水晶玻璃。”汤谷继续说道，“我没有看到他们携带炸药，门锁密码每天都会改变，所以他们也不可能拥有密码。”

他和四郎交换了一个眼神。那名年轻的主管放下他的信息终端，缓慢地摇摇头。汤谷点头示意。那些入侵者如果没有使用某种通信屏蔽手段就冲杀进来，他们就一定是十足的蠢货。

汤谷又转向会议室的内墙，看着两名入侵者各拿出了一部激光钻。几名高管向会议室深处退去。此时一名歹徒已经开始在墙壁上进行熔钻了。他的一名同伴开始对付门锁，第三名歹徒则忙着装配一台机器，看上去很像是一支工业水枪。

第一名入侵者很快就在墙上钻出了一个窟窿。他退到一旁，把位置给那个使枪的同伙让出来。那名歹徒将枪管插进窟窿，扣下扳机。

戴维斯和他的女性同事钻进扁柏会议桌下面，另外几名高管纷纷在其他地方寻找掩护。但那个枪口没有发射出弹丸，房间里的空气却突然诡异地弥漫起一股淡淡的樱花香气。

桌子显然无法提供任何保护。戴维斯觉得这股气味非常好闻，随后他就瘫软在厚厚的地毯上。武已经因为喝了太多威士忌而醉了一半，现在头枕在桌子上就晕了过去。

当第二名使用激光钻的歹徒割开门锁，三个黑衣人走进会议室的时候，会议室中已经没有清醒的人了。他们身后远处传来一阵微弱的嗡鸣声，主通道电梯终于开始运作了。

“快一点！他们就要来了！”说话的人跑回走廊，冲到保安可能使用的电梯前，使用激光钻封死了第一道电梯门，然后是另一道。这不可能永远挡住楼下的保安，但至少能减慢他们的速度。毫无疑问，肯定还有保安到沿着防火楼梯跑上来。不过他们需要提防偷袭，所以上来的速度不会很快。

“这边！”一名入侵者双手伸到失去知觉的珍妮·汤谷的腋下，把她抱起来。他的同伴从腰间的口袋里抽出一只小喷雾瓶，放到珍妮的鼻子下面喷了两下。当珍妮开始眨眼和咳嗽时，他立刻塞住了珍妮的嘴，这种解毒剂就像刚才的迷药一样强力。他们迅速将珍妮的双手捆在背后，又将她的双腿在膝盖处绑在一起。这时，珍妮已经完全恢复了清醒。

“她在用眼睛诅咒我们，”第一名入侵者说道，“很高兴你听不到她在想什么。”被塞住嘴的珍妮还想抵抗，但黑衣人完全不理会她的一切挣扎，只是半推半拽地把她带出房间。看到珍妮焦虑地回头望了一眼，第二名入侵者急忙安慰她。

“不必这么担心。他们全都会睡上一个小时，醒来以后会感到可怕的头痛，但这种气体不是致命的。等到天亮的时候，就算是你那个无知又冷酷的父亲也会平安无事的。”随着他们到达伺服电梯门口，珍妮开始更加用力地蠕动身体。这时黑衣人又用更加严厉的口吻说道：“请注意，如果你掉下去，不会对我们有任何好处，而对你更没有好处。我们会抬着你，但别以为我们会很温柔。”

珍妮瞪着那个黑衣人，听到了他说的每一个字。她终于明白了，这是一场精心设计的绑架。她的绑架者们会联络她的父亲，他们会谈妥一笔赎金，许多安保人员会被解雇，然后生活就会回归正常。

当他们走过待客区，珍妮的眼睛一下子瞪大了。她看到了那里发生的屠杀。那些保安都以极不自然的姿势躺倒在地上，眼睛都失去了神采，流淌的鲜血凝聚成一大片血泊，将尸体浸泡在其中。

这时，她的绑架者开始将她推进看上去漆黑一片，空无一物的电梯井。她绊了一下，差一点儿栽倒下去，不由得用被塞住的嘴骂了一句。右脚高跟鞋的鞋跟断掉了，经历了数秒钟的极度恐惧之后，她才松了一口气——她发现自己站到了一个稳定的平台上，并没有跌落下一百层，摔死在位于地下室的电梯井底部。

两名歹徒一左一右将她夹在中间。片刻之后，第三名歹徒也上来了。

“你有没有打开通向楼梯井的门？”一名黑衣人问最后进入电梯井的同伙，第三名黑衣人点点头。珍妮很想看到这三个人眼睛以外的地方，但这些仿佛来自古代的忍者用黑布遮住了几乎全部面孔。

“我留下了足够宽的门缝。”那个人朝他们跑过来的方向指了指，“当他们在这一层寻找我们的时候，首先看见的就是紧急通道被打开了。他们会以为我们跑到了楼顶上，等待直升机将我们接走。”

尽管看不到这些人的脸，珍妮至少能听见他们的声音。经过粗略判断，她相信这三名绑架犯中只有一个是日本人，另外两个的声音中带有明显的欧洲口音。这让珍妮感到很好奇，至少这可能表明，这不是黑帮干的。在日本的黑帮中，非日本人简直就像桑拿浴室里的雪人一样罕见。

便携折叠平台开始下降。为它提供动力的马达几乎没有发出任何声音。被塞住嘴的珍妮意识到赶来的安保部队根本不可能听见他们的移动。他们会认为——至少在一开始认为这个被严密防护的电梯没有被使用。

这里没有明亮干净的镜面环绕他们，只有电梯井中裸露的墙壁。绑架犯和被绑架的女子静静地向下降落。珍妮觉得自己听到了保安人员在墙壁另一边的脚步声。他们正快步跑上九十七层，而他们的目标正在下降。珍妮想要尖叫，却被专业手法死死塞住了嘴巴，只能发出一点含混的呜咽声。绑架她的人全都一言不发，只有他们的眼睛里闪动着喜悦的神采。

到达地下二层的车库之后，他们丢下了便携平台，将珍妮拽出电梯井。珍妮看到两个身穿工作服的人仿佛正在这里修理管线和电气控制箱，不由得从心中生出一点希望。而这点希望很快就破灭了——一个穿工作服的人迅速收拾好工具，走到一辆维修车的前面。他的同伴则已经打开了这辆车唯一的后门，又让到一旁。

珍妮被绑架犯们推搡着，一步一跌地向敞开后门的维修车走去。在半路上，她踢掉了自己少了一侧鞋跟的两只高跟鞋，光着脚，任由绑架犯将她抬进车里，没有再做任何抵抗。那名开门的技工又将车后门关上。珍妮听到一阵脚步声，那个人迅速跑到车前，坐到了副驾驶的座位上。

绑架犯让珍妮在车厢里躺好，一直保持站姿的珍妮突然躺下，感觉到被塞住的嘴一下子噎住了。刚才使用激光钻的一名歹徒蹲在她面前，盯住她的眼睛。

“如果你噎死了，对我们就没有用了。”一只手伸向她的脸，“我要除掉你的口塞。如果你发出比正常交谈更高的声音，我会立刻重新塞住你，无论你是否还能呼吸，明白？”

珍妮点点头，表示自己明白。随着那个人小心地将口塞拔出，珍妮开始考虑自己能做什么。但此时此刻，她的任何行动都是不切实际的。好吧，她做出决定，如果没办法逃走，至少还可以倾听。她所了解到的任何事情对于随后侦破案情都可能是有用的线索。这意味着她应该一直和他们交谈。

“非常专业，”她低声说道，“我不得不对你们表示赞赏，尽管我宁愿杀死你们。我看到了你们对保护我的人所做的一切。你们全都是杀人犯，而且还是绑架犯。”

“汤谷可能杀死的人才更是无法想象的。”一名黑衣绑架犯说道。但另一个人很快就“嘘”了一声，让他不要说话。那个家伙看来是他们的头领。珍妮感觉这个反应本身就有着非同寻常的意义。但它又意味着什么？

“第九十七层到处都是尸体，”珍妮吃力地咽了一口唾沫，“你们说，我的父亲和他的下属没有死，你们说的是实话吗？”

“我告诉过你，他们只是睡着了。”这伙歹徒的首领微微欠起身，透过那两个穿工作服的人向前方的车窗外望了望，然后又跪在珍妮身边。“他们醒来的时候会感到头痛，希望他们还能有些自责。”他停顿一下，又说道，“如果你们的保安不抵抗，我们是不会杀死他们的。”

“你的意思是，如果他们不尽忠职守的话。”珍妮顶撞了回去。

歹徒的首领只是波澜不惊地说：“无论你怎么想都无所谓，我不会和你争论这些琐碎的问题。”

“人类的伦理是琐碎问题吗？”珍妮还在努力继续话题，“你愿意和我争论一下伦理问题吗？杀人和绑架的伦理？”

歹徒低头看着珍妮。珍妮惊讶地发现这名歹徒仿佛要哭出来了。“你不会想要和我争论伦理问题的，汤谷女士。无论和我们之中的任何一个人进行争论，你都会输的，而且会输得很惨。”

珍妮思考着这个奇怪的回答，转变了话题的方向：“我的父亲会支付你们提出的任何赎金，无论是以现金、信托还是电子方式，任由你们选择。”

“他会么？”三名黑衣人交换了一个眼神。不知为什么，他们似乎觉得珍妮的话很有趣。“这还要看。”绑架犯的首领再一次低头看着珍妮，“我们对钱不感兴趣。我们想要的，我们要让你的父亲和他的雇员明白的，是……”

另一名绑架犯一摆手，仿佛是要阻止他的首领。但这名首领只是挥挥手，示意没有关系。“她现在知道还是以后知道不会有什么区别。”然后他将注意力转回到被自己绑架的人身上，“我们想要的，我们所要求的，是维兰德·汤谷公司取消契约号的任务。”

珍妮吃了一惊。“所以你们不是普通的绑架犯，你们是狂热分子。”现在她明白了，而这只表明绑架她的人要比她所预料的更加难以对付。“你们知不知道维兰德·汤谷为什么要启动契约号任务？你们知不知道这让我们付出了多么大的代价？不只是公司，数百个殖民者家庭全都卖掉了他们所拥有的一切，并和他们在地球上的亲人朋友做了最终的道别。你要毁掉他们的梦想吗？”

“也许。”绑架犯首领的回答显得冷漠萧瑟，“但我们会将他们从噩梦中拯救出来，将所有人从噩梦中拯救出来。”

珍妮用了很长一段时间来理解这句话。但她失败了，只能困惑地摇摇头。

“你说的话一点儿道理都没有——不过，狂热分子本来就不会按照理智做事。我想，期待你说出有道理的话实在是我的不理智。除非，”她试了一下，“你们是在为巨图集团工作。”

“巨……”首领愣了一下，朝自己的同伴瞥了一眼。片刻之后，三个黑衣人全都低声笑了起来。这又和珍妮所预料的完全不同。等到这一阵不合时宜的欢笑终于过去之后，首领才再次低头看着珍妮。

“你有可能知道我们最终的目的，有可能不会——这要由其他人来决定。至于你和你的父亲，还有维兰德·汤谷的其他人，只要知道必须取消契约号的任务就足够了。不是取消，而是彻底作废，永远停止。”

珍妮紧紧抿住嘴唇。“这不可能。你们可以杀了我，可以杀死我的父亲，你们可以把公司的所有主管都杀死，但契约号一定会启航，奥利加 -6 上将建立起殖民地。这是人类的需要！”

“人类是愚蠢的。”第三名绑架犯用确信无疑的口气说道。这更加让珍妮确信了，他们是一群货真价实的狂热分子。但还有一些困惑飘浮在她的意识深处。突然间，这些丝丝缕缕的困惑凝聚在一起，让她一下子瞪大了盯住这些绑架犯的眼睛。

“飞船上的那起事故！那个本来要造成破坏，最后却用气密舱自杀的人也是你们的同伙！”绑架犯们没有回答，同时又都避开了珍妮的目光。珍妮继续说道，“刚刚在伦敦发生的那件事——那个企图成为契约号安保队员的女人，还有那个想要杀死安保长官——洛佩军士的人，也都是你们的雇员！”

“是同志。”绑架犯的首领立刻纠正了她，“他们都是好人，是勇于献身和牺牲的人。总有一天，人们会竖起他们的雕像，这颗行星上的所有人都将铭记他们的所作所为。”

珍妮冒险说道：“失败者不会被铭记，雕像不会为疯子竖起。”

那名首领并没有被珍妮的话惹恼。“昨天的疯子就是今天的圣人。时间和真相将成为最准确的透镜，显示出每一件事真正的价值。我们不担心历史会如何评价我们，我们早已对自己进行了审判。”

“你们不必如此。”珍妮将目光转向一旁，朝加速行驶的维修车前方望去，“法院会替你们把这件事做好。”

“他们首先要抓住我们。”第二名绑架犯坚持说道。珍妮感到有些无法掌握状况了，不过这其实并不重要。她尽可能伸直身体，仔细倾听。

“如果我听得没错，你们就要被抓住了。”

他们听到了一阵警笛声。坐在前排副驾驶位上的那个人转回头来，表情格外严峻。

“我们有伴了。”

绑架犯的首领站起身，向前走过去，伸出两只手，分别按住司机和副驾驶位上那个人的肩膀，以此来稳住身子，同时开始仔细审视这辆车上复杂得令人惊讶的仪表盘。

“多少？”

副驾驶位上的人也在查看一块屏幕上不断跳出的信息，那可能是这辆车后视传感器和摄像头的读数。

“两辆车，是公司保安。”他停顿一下，当他再次开口的时候，声音变得更加阴郁了，“还有两辆，也许是三辆警车在跟着他们，还有一架直升机。”他回过头看着首领，“可能保安和警察都还有更多力量在赶过来。”

“厉害了，”另外那个人紧张地说道，“我们有没有可能甩掉他们？”

“有些麻烦。”司机头也不回地说道，“已经有太多人盯上我们了。就像一郎说的那样，还会有更多人追上来。你们只能先下车，随后再用别的车接你们走。而且我们首先要将他们引开。”他的助手已经在向通讯终端中输入信息了。“我们的朋友们会得到你们的位置坐标。”

“你们呢？”另一名黑衣绑架犯走过去，越过首领的肩头看着屏幕上的数据。现在，珍妮身边只剩下了一个人。

司机的音调没有任何变化。“我们会为你争取到足够的时间，让你们能够被别的车辆安全带走，我们会做一切必要的事情。”然后他又停顿了一下，“我们都已经为此做好了准备。”

首领什么话都没有说。

珍妮打破了车里的沉寂。她猛地向前一扑，用右肩撞在身边那名绑架犯的腹股沟上。那名绑架犯刚倒下，他的两个同伙已经有所反应。珍妮转过身，双脚猛蹬车底，又向车后门撞过去。她被抬上车的时候就已经看清了这道门的门把手，她用被捆住的双手全力推过去，单扇后门顺利地被推开了。她回过头，和绑架犯的首领对视了一瞬间，然后，她就任由自己的身子翻出了车后门。

那名首领震惊的咒骂声迅速从珍妮的耳中消失了。她尽量将头紧紧收在胸前，让手臂和双腿贴紧身子。坚硬的路面撞到了她，她开始弹起、滚动，一只耳环飞了出去，然后是另外一只。每一只耳环都价值数万，血从她的耳垂渗出来，随后衣服破裂的地方也甩下了一滴滴血珠。耳中传来一阵凄厉的声音，双眼完全被车头灯晃花了。

那声音迅速消失了。领头的一辆警车在一阵尖利的刹车声中向旁边滑开，狂乱的司机总算没有让车轮轧过珍妮。珍妮感觉自己的意识正渐渐流走，她听见另一名警察在向自己的步话机中高声叫喊，召唤救护车。有几只手同时捧住她，让她仰面翻转过来。他们都很温柔，但身上的擦伤被他们碰到时，珍妮还是痛得想要哭泣。

“她还活着！”那名警察一边俯身端详她，一边高喊。珍妮依稀能够听到其他车辆在他们身边刹车。“该死的救护车在哪里！”

珍妮自己小时候接受过一些军事训练。那时，她被教导的第一件事就是如何摔跤。正是这种看似简单而平凡无奇的教导救了她的命。她觉得自己身上应该没有骨折，至少，她虚弱地告诉自己，没有致命伤。

她微笑着昏了过去。拥有献身精神的并非只有绑架她的罪犯们。

第九章

维修车内的气氛变得异常压抑。只是因为他们之中一名成员的一时松懈，一切艰辛危险、无数努力奋斗都付诸东流了。没有人向那名被踢伤的同伴呼喊喝骂，没有一个人说话。现在，一切都已经无济于事了，他们的行动彻底失败了。

过去的事情已经无法挽回，但他们还要继续向前。

为此，他们必须活下来。而追逐他们的警察并没有停下。尽管维修车的司机驾驶技术高超，这辆车也得到了特别加强，但还是比不上警车的速度，而且现在还有两架直升机在天空中追踪他们。

警察试图两次截断他们的去路。为此一辆警车进行了大幅度的回转，但警察失败了，这辆维修车上安装了特别的回转修正组件。

尽管警察和公司保安都迫不及待地要将猎物一网打尽，但他们并不着急。他们从街上和空中严密地监视着这辆维修车，确保它无处可逃。考虑到这辆车的速度和行驶里程，它的电池组很快就耗光了。

这时，追赶的警车被甩到了后面。

维修车猛地一个急转弯，冲进了一座十层高的开阔停车场。绑架犯们采取了他们早已进行过预演的路线。司机知道自己要去哪里，完全不必查看车上的导航系统。

直升机在车库的两个出口外就位，刚刚到达的警车和武装车辆开始封闭每一条逃跑路线。这座车库紧邻黑色缎带一样的隅田川，自然也让犯人们少了一个可能逃走的方向。

在第五层，维修车转向右侧的一排车辆。它的速度慢下来，但并没有停止。坐在副驾驶位上那个身子沉重的人不断地用手指按着自己通讯终端上的各种控制钮。

随着他的操作，维修车底部的一个暗门猛然打开。下面的黑色大箱子再一次承载着三名黑衣绑架犯，从车上掉落下去，又从两只车后轮之间滑出去。这只大箱子的四角有四只坚固的小轱辘，另外还配有电动马达。它跟随着一个引导信号，无声地向右边转去，钻进了停在这里的数百辆车中的一辆下面。也只是一辆厢式货车，只不过不是一辆维修车。

黑色轮箱刚刚滑进来，这辆车的车底就打开了两扇门，两副机械爪抓住黑色箱子，把它从暗门中提起来，随即暗门紧紧关闭。

三名绑架犯迅速穿上了已经为他们准备好的衣服。两个人留在车厢里，第三个人握住了方向盘。厢式货车退出停车位，缓缓地朝他们过来的方向驶去。

当他们到达车库出口的时候，几辆警车呼啸着从他们身边冲过。这三个人知道，他们刚刚接受了扫描。但没有人想要阻止他们。等到最后一辆警车进入停车场，厢式货车已经驶入了他们刚刚经过的那条街道。

维修车加速冲上通往停车场第十层的坡道，进入开放的顶层。两架盘旋的警用直升机立刻用探照灯捕获了它。十几辆警车封锁了下行坡道，将维修车的退路堵死。这些逃亡者已经无处可去了。

维修车还在加速，猛然向左边拐去。就在警车放慢速度，从后面将它包围的时候，它的速度却越来越快。几个警察从车里钻出来，用枪对准维修车，想要打爆那辆车的轮胎。但在急剧闪动的灯光中，他们都没能击中那辆飞速行驶的车。

就在不断加速的状态中维修车撞穿了停车场边缘的矮护墙。当它向下跌落的时候，速度仿佛变慢了，划出一道流畅的弧线，飞过半空，撞进了黑色的隅田川里，很快就沉入河底，只剩下一堆泡沫。

警察们早已预料到了这种可能性，在他们的车上携带了便携式潜水服和呼吸面具。他们开始下河进行搜寻，同时沿河两岸仔细搜查，而直升机则用探照灯光照亮河面。甚至在警务潜水员找到维修车之后，河边的搜查还在继续。

一架重型直升机从河底吊起严重损坏的维修车，一直把它送到停车场顶部，那里已经建立起一个临时指挥中心。

维修车的前端在撞上水面之后就已经变形了。警察用了一些时间才切割开两扇被卡住的车门，将里面的尸体掏了出来。车中只有两具尸体。珍妮·汤谷说这辆车中有五个人，于是对另外三个人的搜索立刻便展开了。但无论警察和保安怎样竭尽全力，也没能在停车场以及旁边的办公楼和外面的街道上再找到一名罪犯。

两具尸体的身份查验表明他们是一家名誉很好的大型公司雇员。这家公司的主要业务是为商业大厦维护电路和水路管线。

但看似简单的身份核实很快就开始变得扑朔迷离。最近犯人驾驶的维修车刚刚从那家服务公司被偷走了。他们穿的制服和身份证件都是仿制的。

于是警察不得不从犯人的尸体上寻找线索。面部扫描恢复了他们破损的五官特征，但被损坏的视网膜已无法进行扫描了。到最后，DNA 比对才终于成功地揭示了这两名死亡罪犯的身份。

而结果既出乎意料，又令人震惊。

第十章

歹徒闯入后二十四小时会议室还处于无法使用的状态。警察在这里各处进行搜索、扫描，清空了这一层的一切物品，对这里进行分子级别的勘测。所以汤谷英雄不得不选择了一个简朴得多的会议室进行他的下一场会议。

经过一番简单清理和布置以后，这座大厦的经理自助餐厅总算为他们提供了还算舒适的椅子和普通的瓶装水，只不过山好き 24 威士忌暂时是没有了。这里的几张桌子比那张价值不菲的扁柏木会议桌小了很多，也没有那么华丽了。

戴维斯留了下来。他的一名同事已经飞回英格兰去通知维兰德的主管经理们刚刚在这里发生的一切；另一名英国高管因为受伤和体力衰竭而被送去了医院。在汤谷公司的高管中，还有两个人留了下来。令人尊敬的武先生心脏出现了一点问题，被送进另一家医院。他应该能完全恢复过来——汤谷真诚地希望能够如此。能够说出自己真心话的经理人实在太难找到了。

佐藤胜巳队长是这座大厦的保安主管，他也参加了会议。他身材高大、肌肉发达，留着一副惹人瞩目的大胡子。但看上去，他显然很不愿意待在这里。他安静地坐在椅子里，准备尽可能回答问题或做出解释。

汤谷的女儿也出席了会议。她的身上能够明显看到多处瘀伤和擦伤。她僵硬地坐在椅子里，两只耳垂都小心地裹着亮蓝色绷带——这种绷带的颜色是她挑的。带有支撑效果的强力绷带裹住了她扭伤的左侧膝盖。

一个英国人，两名汤谷公司成员——笠原和亚理，一个无能的公司保安，还有他的女儿，这就是汤谷现在所需要的人马——至少在警察完成关于这次绑架的初步报告之前是如此。尽管汤谷一直尽量不以势压人，但他还是清晰地表现出了自己对于调查工作毫无进展的不满。

看到他的女儿，他的沮丧和愤怒才消散了一些。

没有任何父亲能够比他更为自己的下一辈感到骄傲。如果不是珍妮的迅速反应，这场绑架很可能就会得逞。如果当时汤谷在场，他一定会竭尽全力阻止珍妮用这种方式逃脱。从急速行驶的车辆后面摔下来很可能致命，但一想到女儿的行为很可能会让那些绑架者一团混乱，汤谷就不得不压抑自己的笑意。

现在他不能笑，尤其是在他的下属面前。

他忽然又想到自己的女儿很可能会因此而丧命，冰冷地躺在坚硬的马路上，这几乎要让他潸然泪下。但很快他就摒除了这些情绪，振作起精神。珍妮一定不会喜欢她的父亲如此感情外露。他是汤谷英雄，是自己女儿和这家公司的守护者。

珍妮接受过的军事训练既拯救了她的生命，也保住了她的脸。东京最好的一些医生迅速修复了她被擦破的皮肤。她耳垂上的绷带表明那里的伤口还需要更多的时间愈合。看不见的扭伤导致珍妮走路时还略微有一点跛。当然，参加会议的人们都知道对这些事还是视而不见为好。

汤谷准备说话的时候，佐藤队长站起身，来到主席面前，在不让老板和自己尴尬的前提下尽可能深地鞠了一躬。他的左手托着一只用细碎紫色水晶雕成的盒子，盒子里有一只用厚实的金色叶片包住的小包裹。汤谷带着好奇和欣赏的眼光看着这只包裹。这份礼物看上去准备得很用心，同时又不过分奢华。无论这是什么，显然它让这名安保主管花费不小。

“这是什么，队长？”

“这是为您的女儿准备的，主人。她可以把它扔掉，但我认为我应该有这份心。”汤谷点点头。那个人便转向了珍妮。

年轻的汤谷女士礼貌地从这名下属手中接过礼物。佐藤胜已回到自己的座位上。珍妮打开了包裹，水晶闪烁着紫色光亮。她解开包裹的缎带，轻松地掀开金色叶片。

包裹中的两样东西被保存在气凝胶中。是珍妮在被推进电梯的时候踩断的鞋跟，还有她在上车前丢弃的另外那只鞋子。在断开的鞋跟中能够隐约看到卫星芯片和传送器。

佐藤胜已向珍妮一点头。“如果您没有先见之明，在鞋子里安装追踪器，我们就不可能那么快找到您，甚至可能完全找不到您。”他指了指断掉的鞋跟，“您用这个让我的人知道，没有直升机飞来将您从楼顶上接走。第二个追踪器让附近的巡逻队迅速进入大厦车库，并从那里追踪绑架犯的车辆。从那时起，那辆车再也没有离开过我们的视野。”

珍妮的父亲点点头。“一切都发生得太快了，他们没有时间检查或者扫描我女儿的衣服。”说到这里，他耸了耸肩，“他们可能自始至终都不知道我女儿还有这样的安排。他们的计划很精妙，但并不完美。绝大多数罪犯和许多公司都会犯这样的错误。在设计一个大型方案的时候，他们常常会忽略掉一些足以导致失败的细节。”

然后汤谷继续说道：“我最初以为这场绑架只是为了勒索赎金。珍妮也是这样以为的。但如果只是为了钱，为什么这些人会如此不计代价地攻破这座大厦的安保系统？为什么不趁珍妮外出拜访朋友、购物或者健身的时候制伏她的保镖，绑架她？”汤谷扫视了一圈其余的几位高管，“在一场会议中把她从这里劫走，这本身可能就是绑架她的人想要做出的一种声明。感谢珍妮，我们对此有了进一步的确认。”他向自己的女儿点点头，“告诉所有人，绑架你的人都对你说了些什么。”

珍妮在椅子里动了动。“我告诉他们，我的父亲会支付他们想要的任何赎金，他们回答说对钱不感兴趣。”她停顿了一下，加重语气说道，“他们想要的是取消契约号任务。”

与会者之间响起窃窃私语的声音。惊讶的戴维斯首先开了口：“但……这不就是那个意图破坏飞船的人提出的要求吗？！”

四郎随即说道：“先是契约号上的意外，然后是伦敦的骚乱，现在又是这种事。这些事衔接得也太紧密了，我相信它们之间一定有关联。这一定是某个巨大阴谋的一部分。”他显得很困惑。“为什么会有人在地球的两边要同时毁掉这个项目？甚至不惜送掉自己的性命？取消契约号的任务到底能够让谁得益？”

戴维斯几乎是喊叫着说道：“我们的竞争对手，一定是他们。愿意为这样一个世界级项目投资的竞争对手只有一个。而且它肯定很希望看到维兰德·汤谷倒掉。”他怒气冲冲地说出了那个名字：巨图。

汤谷一抬手，制止了随之而起的交谈和咒骂。“必须承认，这也是我的第一个想法。章蔷娜、陈超、林修，控制巨图集团的三人组之中任何一个都有能力策划和执行这样的阴谋。如果他们三人联手，我绝不会怀疑他们的能力。”

“不太可能吧，”四郎喃喃地说道，“即使是他们，要做出这种事也太极端了。”

“否则还能是谁？”戴维斯喃喃地说道，“谁还能拥有这样的资源，这样的手段，还有这样急于摧毁维兰德·汤谷的欲望？还有谁有这种胆量？”

“也许还有人对我们有敌意，这种可能不能排除。”汤谷若有所思地扫视着与会众人，“但我觉得你们两个的话有道理。如果遭到这样的指控，显然巨图会否认一切。我毫不怀疑，如果他们真的是这一切的幕后主使，那他们肯定也有足够的智力，懂得如何不让这件事把自己的手弄脏。”他缓慢地摇摇头，“那个章会向你送上热情的香吻，而她背在身后的两只手里各攥着一把匕首。”

笠原打了个哆嗦。“请原谅，先生，我承认您描述的景象让我有些反胃。”

维兰德·汤谷的主席努力露出一点笑意。“反胃总比胃被刺穿要好。”他看了一眼自己还裹着绷带的女儿，脸上的笑容荡然无存。“不必担心。如果这些真的都是巨图干的，我们也会有适当的手段对付他们。”

珍妮·汤谷因为自己的伤痛而微微瑟缩了一下，再次开了口。

“我还是不明白。为什么他们这样不择手段地想要毁掉殖民计划？实际上这并不是维兰德·汤谷公司的盈利项目，这样做是为了造福整个人类。能够在另一颗行星上成功殖民，拓展人类的世界，这样可以减轻地球上的人口压力，缓和我们对自然资源造成的沉重压力，进而确保地球上物种的存续。”她伤心地摇摇头，“这样的阴谋已经不只是出于个人或者公司的贪婪了。”

戴维斯也理解地点点头。“是的，无论是你，还是我，还是我们这里的每一个人都会这样想，但我们不是巨图。”

“好了，马克。”汤谷摆摆手，“如果异位相处，如果是维兰德·巨图公司在推进殖民项目，你认为我们就不会想要夺取他们的成果么？”

英国人微微一耸肩。“也许不会，至少我们的手段会有所不同。”他犹豫片刻，突然有些迟疑地说，“真的会是他们？”

“当然是他们。”汤谷没有提高声音，不过他的英国下属明显松了一口气，“尽管我们会采取一切合乎情理的手段赢得这项合作，但这绝不意味着我们会绑架他们的人员，牺牲我们雇员的生命。”

汤谷的女儿也表示同意。“那么，也许我们能够得出结论，他们的目的是让契约号行动成为维兰德·汤谷的一桩耻辱，强迫我们取消项目。而他们就可以趁机介入‘拯救’殖民行动。”

她的父亲正要表示同意，继续自己的评论，一名通讯员忽然走进来，打断了会议。他向佐藤胜巳一鞠躬，将一直密封的绝缘信封交给安保队长，然后就迅速转身离开了。其他人都等待着佐藤胜巳打开信封。这种用书写物传递信息的手段实在是太原始了，速度又慢，而且成本相当高。只有当要传递的信息非常重要，绝不容许受到他人窥视的时候，才会采取这样的方式。一般来说，这种信封被破坏后一定会留有痕迹，所以其中的内容是无法被偷窥的。

佐藤胜巳读过信中的内容之后，将信纸重新叠好，脸上尽是惊愕的神情。

“看样子，我们至少在一件事上是错了。”他依次望向房间里的每一个人。“契约号上的那名破坏者和死在伦敦的那名刺客，他们都是汤谷的雇员，但在那辆车驾驶室里淹死的两名绑架犯不是，”他的目光落在仅存的一名英国代表身上，“他们是维兰德的雇员。”

自助餐厅中陷入一片沉寂。每一个人都在咀嚼这番话。“这有可能只是巧合，”汤谷说道，“但这件事中其余的部分都不是巧合。如果伦敦的那名刺客是汤谷的雇员，那么我们就能更进一步，假设他的那个逃走的女性同伙也是汤谷的雇员。那就是说，两名汤谷雇员在伦敦袭击了我们。而在东京，我们受到了维兰德雇员的袭击。假设这又是敌人预先设计好的阴谋，那么这种设计又有什么目的？”

笠原抢在其他人之前开了口。“让维兰德的团队害怕汤谷的人，而让我们对维兰德产生疑心。”他似乎对自己的分析非常有信心，“在公司内部制造裂痕我们的敌人就能借机破坏契约号行动。”

汤谷点点头。“这表明敌人经过了深思熟虑，”他转向佐藤胜巳，“我的女儿告诉我们，一共有五名绑架犯。另外三个人情况如何？”

安保队长的面色相当阴沉。“绑架犯的车辆在坠河前驶入的那座停车场和邻近的写字楼以及周围区域都已经被严密地搜查过了。我们可以确信，实行绑架的那三个人迅速更换了服装，甚至可能进行了易容，但那附近的每一个人都有充分的不在场证据。”

“也就是说，那三个虐待我女儿的人凭空消失了？”

佐藤胜巳吃力地咽了一口唾沫。“警察还在那里寻找线索。我相信他们如果有任何发现，都会立刻通知我。”

“父亲，”珍妮·汤谷说道，“你说敌人有意要在公司内部制造纷争，这的确没错，但要为此负责的不应该是巨图。”

所有人都转头看着珍妮。“如果不是巨图集团，那又是谁？”戴维斯问道，“还有谁能调动这样的资源，又能有这种动机？”

“我还不知道答案，”珍妮认真地回答，“我只是说，以我们现在掌握的线索就断定这是巨图的阴谋，实在有些过于着急了。也许考虑这一切的背后可能还有其他因素会更明智一些。也可能还有另外一股势力希望契约号行动被取消，而维兰德·汤谷和巨图的冲突肯定会让他们获得巨大利益。这不仅更有利于他们实现目的，破坏我们的项目，而且两个大型公司之间的冲突肯定会导致殖民外星的计划被进一步拖延。”

现在她周围的人们都急不可耐地要对巨图表示谴责，却都没有认真考虑过珍妮所说的这一番道理。

“如果，”珍妮继续说道，“这些罪行的幕后主使希望看到的不只是契约号行动破产，而是维兰德·汤谷的彻底毁灭呢？也许他还想同时摧毁巨图集团？”她停顿了一下，让众人有时间考虑她的话。“到底是谁，是什么势力想要得到这样的结果？”

珍妮·汤谷被绑架之后，她的父亲进行了无数的推论，做出许多假设和怀疑，就像用霰弹枪打鸟一样，也许这种分散的火力中总有一粒子弹会击中目标。与此同时，警察也在全力以赴进行调查。

但所有这些努力都没能得到任何收获。

为了防止再次发生不幸，向契约号运输的每一批货物和人员都需要经过严格检查和看管，以免有新的破坏者登上飞船。同样的预防措施也被布置到公司内部各处，一切检查和监管都不需要进行特别说明。这让公司员工常常感到大惑不解。

没有人能够解释，这家极为成功的公司里为什么会有心怀不满的员工试图破坏它最重要的项目。这些不幸的事件——从伦敦的安保人员遇袭到东京的绑架案——其中的罪犯是不是受到了巨图或者其他人的收买？如果他们不是被收买的，是出于别的未知原因而自愿这样做，甚至牺牲生命也在所不惜，那到底又是什么骇人听闻的原因，竟然会驱使雇员攻击自己的公司？

在契约号上进行破坏而未遂的那个人是一名模范员工。维修车上的那两个人事后查明也是模范员工。那三个真正实施绑架的黑衣人早已无影无踪。不过，如果他们真的被抓住了，并被证实同样是跨国公司维兰德·汤谷的优秀成员，人们也不会感到奇怪。

如果他们没有先杀死自己的话，汤谷英雄这样想道。

位于久里滨的这幢大厦顶部五层是他的寓所。下面的第122层和123层居住着保安、仆人和其他职员，上面三层供汤谷本人和来访的家人使用。这幢扭曲的圆柱形大厦被设计成在地震和台风时会微微摆动以抵消大自然的破坏力量。

从建成之日起，它一直屹立在这里，安然度过了许多灾难——就像汤谷一样。

至今为止，汤谷遭遇的最大规模的一场风暴就是对维兰德公司的收购。而现在，一种看不见的力量突然向他投下了一道阴影。受威胁的不仅是大卫人造人系列的发展和巨型殖民船契约号的启航，还有他所建立的整个帝国。而刚刚发生的灾难直接打击了他的家庭核心。这表明这些罪犯是多么丧心病狂找出他们成为汤谷和他的职员们势在必行的一项任务。

因为英国人戴维斯将首要怀疑对象确定为巨图，汤谷便命令他寻找其他潜在的敌人；因为笠原对情况的考虑更加灵活，汤谷便安排他专门调查巨图。让下属远离自己思维的舒适区，迫使他们寻找其他可能，汤谷一直都相信这是一种很好的分工方式。两名副总裁分工合作，这也更有可能给他一个正确的答案。

对于自己的女儿，他没有给出确切的指示。珍妮被允许调查其他不是那么明确的可能性。当然，他禁止女儿直接参与正迅速展开的正式调查。作为父亲，他要求女儿的尊敬；作为珍妮在公司的上司，他更要求珍妮的服从。换个角度来讲，如果女儿对他有所冒犯，要开除她也是一件很困难的事，尤其是她足以证明自己就像汤谷的其他部下那样能力卓越。

汤谷并不害怕珍妮还会遭到绑架。现在所有汤谷家族的成员周围都跟着许多保安。那些敌人在第一次绑架中表现出了高超的技巧，如果他们愚蠢到重蹈覆辙，汤谷一定会感到惊讶。

不，公司的敌人一定会向别的地方发动攻击。很有可能是出乎他们预料的地方。一想到此，汤谷就感到一阵不安。不过他并不害怕。维兰德·汤谷可不是什么推着木斗车兜售米糕和清酒的小贩。这家公司拥有巨大的资源，正在向世界展示它无与伦比的力量。如果暗中作祟的真的是巨图集团，或者是另外某家企业，他们早晚会吞掉自己种下的苦果。

与此同时，一旦契约号的全部准备工作完毕，人员配齐，那艘殖民船就会按计划启航。什么都无法阻止这件事，无论最近发生的这些意外背后有着怎样的原因。

汤谷将酒杯举到唇边，喝了一口加冰汽水。在下属和公众面前，为了保持大公司首脑的威严形象，他会不动声色地喝烈性酒。但私下里，他更喜欢白苏打水。他需要清醒的头脑思考问题。

他能看到远方白雪皑皑的富士山顶。再过一些时候，这座城市臭名昭著的雾霾就会遮蔽那一幅美景，不过刚刚有一阵相当猛烈的晨风暂时吹走了空气中的脏污，让他能欣赏一下这番景色。如果他转过头，眺望东京湾的方向就能看到这座巨型都市的核心。调转一百八十度，出现在他面前的将是波浪翻滚的太平洋。

他从双唇间发出一阵失望的声音。

他的一切计划曾经都是那么顺利。大卫系列的不断改进最终成就了新一代的人造人——沃尔特。本来他会在一场聚会上宣布最后一对入选奥利加-6殖民团的夫妻。而现在，一切都陷入了混乱，一条狡猾的毒蛇正在威胁甚至可能会摧毁他的成功。

不能让这样的事情发生。

他的公司成了未知敌人的目标。女儿的生命受到威胁。他为之努力的一切都陷入一片乌云之中。彼得·维兰德一定能够理解他，但一切现实情况都表明那位传奇人物已经一去不返了。世人都在猜测彼得·维兰德的命运，但没有人能给出确切的答案。而汤谷正是趁此机会吞并了他的公司，他的人员，还有他的发明。

绝不能让这个历史性的收购无疾而终。

汤谷对自己的座椅低声下达命令，让它滑过房间，停在一片空白的墙壁前面。他需要理清思路，考虑各种纠缠在一起的可能性。随着汤谷的又一个口令，他面前的墙壁发生了变化。清晰得令人惊讶的三维图像充满了他的视野，就像许多同龄人一样，他对相扑有着持续终生的热情。他曾经得到过的最让他高兴的一个恭维就是他的一名生意竞争者半认真半开玩笑地称他为力士（相扑学徒）。

现在，他开始聚精会神地观赏起自己所挑选的节目，偶尔在椅子里挪动一下身子，好从不同的角度观看比赛。

但不管怎样，还是在他们开始使用机器人之前的比赛更好看。

第十一章

没有人告诉这些在公司顶级机密部门工作的科学家和工程师们，为什么平日里已经非常严格的安保系统还要变得更严格。“只是公司的标准程序。”如果有人问起，也只能得到这样的答案。当然，政府部门的安保工作总是很严格的，但也没有做到过这样密不透风的程度。

无论官方怎样解释，在这座建筑物核心区域工作的一些人还是深感困扰。突然出现一大群带着武器的人肯定会让人不安，不少雇员都没办法对新出现的这么多枪支视而不见。本该将精力集中在手头工作上的他们现在全都不由自主地频频回头，看看自己背后又发生了什么事。

不管怎样，工作多多少少还是在按进度表完成着。沃尔特在一天二十四小时、一周七天地渐渐成形。

所有人都知道，他们的最后期限就要到了。不过参与这个伟大项目的专家们还是可以轮流休息，恢复体力和精神。尽管这项工作极为重要，但他们的工作强度和遥远的大东京区或附近大伦敦区的同事们比起来还是轻松多了。

很有可能是这座位于英国郊野的建筑物让这些科学家和工程师们感到精神格外放松。无论是否有严格的安保程序，这里连绵起伏的山丘、古老的树篱和几乎没有什么改变的村庄（至少在污染比较轻的时候，从外面看上去没什么改变），都能够舒缓人们在工作中积累的压力。项目所在的这幢建筑呈现出天然的石砌形态，最大幅度压缩了玻璃和金属的使用，与周围的森林景观融为一体。它也因此获得了不少建筑类的奖项，还有女王奖章。

但这幢建筑物里面的景象就全然不同了。

这幢不过三层的建筑物看上去似乎不足以完成彼得·维兰德那些令世人惊叹的发明，将它们从概念变为现实。自从那位天才科学家乘坐普罗米修斯号失踪之后，这里的工作还在一刻不停地继续着。唯一能看到的变化只有大门口和建筑物中各处的公司标志被更换了，而这一点也刻意进行了低调处理。公司的标牌上原来写的是“维兰德企业”，现在则改成了“维兰德·汤谷”。

这幢建筑外面极少有人知道，这里真正重要的工作并非是在它充满乡村风格的地上三层完成的。项目的核心区域是它从英国地表岩床中挖掘出来的地下五层。

现在，哈碧森和吉莉德正站在这里，注视着面前的水箱。这就是最新一代人造人的子宫，不过看上去，它似乎并没有什么惊人之处。研究团队中的一些玩世不恭的人郑重其事地将它命名为“浴缸”，不过它更接近长方形，而不是圆形。现在它里面充满了这颗行星上最昂贵的汤汁：一种蛋白质、矿物质和其他许多生化药剂组成的混合液体，其复杂性足以让任何人惊叹不已。正是这些物料缓慢而有序地凝聚组合在一起，成为人造人的躯体。

一个真正由人类制造的生灵。

在人造人离开水箱之后，还需要对他进行多项改进，向他输入智慧、数据，激活神经网络，进一步精细雕琢面部五官。

正在审视水箱的这两名女子是这个项目的监督，负责确保这个项目的每一个细节完美无缺，并将这些细节整合在一起，最终造出一个真正的生命。她们肩上的担子格外沉重。哈碧森不是生物学家，但也必须精通生物学。吉莉德不是骨骼力学工程师，但她对骨骼的了解不能比任何一位专家更少。

作为一个团队，她们有意被安排具有同等权限。她们之间没有上下级关系，都无法取消对方的指令。她们一同工作，因为必须如此：身材娇小，生性活泼的吉莉德和高挑健壮的前橄榄球员哈碧森。

在沃尔特的团队中，没有人会质疑这两位女士的权威。男权统治早已像洪水一样变成了正在被人们渐渐遗忘的古老传说。现在所有公司的目的都只是挣钱，如果一个变异的火星人能够让一家公司财源滚滚，那么他立刻就会得到聘用——而公司用来吸引他的手段很可能就是大笔奖金。

哈碧森和吉莉德已经在维兰德公司工作了很长时间。作为资深主管，她们都认识彼得·维兰德本人，曾经为那位天才的失踪而心痛不已。但她们都不会允许这场悲剧影响自己的工作——也许她们是这颗行星上最敬业，对工作最有热情的员工了。

千万年以来，无论认真还是开玩笑，人们一直都在一遍遍地重复着，人无法扮演上帝的角色。但为沃尔特项目和它的前身——大卫项目工作的人们则是最有资格反驳这种观点的人。

他们经历了许多失败——实在是太多了。曾几何时，公司中常常会有人要求抽走大卫项目的资金用来支持公司的其他业务。每一次这种遵守商业法则的建议都会被天才的彼得·维兰德本人驳回。

如果有人提出资金困难，维兰德就会从其他地方调集资金。如果人员不足，他就会从其他部门调来人员，或者雇用新人，甚至从其他公司挖角，不惜耗费重金。甚至当有人对这个项目的道德伦理产生怀疑的时候，他还会从那些人信仰的宗教权威那里寻求合理的解释。

正因为如此，大卫项目才得以稳步推进——有时相当顺利，也有时要推翻重来，但一个个障碍终究都会被克服。如果没有彼得·维兰德的个人魅力和声誉作后盾，这个项目肯定会在半途中断。但它最终还是真真正正地诞生出了……

大卫。

不幸的是，维兰德坚持简化第一个大卫的测试，好让这名人造人能够及时加入到这位科学天才的神秘太空之旅中。而他的那次远行最终没有向地球传回任何消息。吉莉德和哈碧森直到现在都宁可认为普罗米修斯号行动“尚未得到结果”，尽管几乎所有人都认为那艘飞船和飞船上的人永远地失踪了，甚至就连为这次行动承保的保险公司也不例外。

哈碧森自顾自地微微一笑。彼得如果知道他的保险金最终都被用在了沃尔特项目上，一定也会感到高兴的。那笔钱对于这个项目实在是一场及时雨。

和前辈大卫系列不同，沃尔特系列进行得更加谨慎从容。现在没有公司建立者或其他不可忤逆的上司催赶他们必须尽快交出第一件成品。汤谷英雄本人坚持要与这个项目有关的每一个部门主管都签字认可之后，才能正式宣布项目成功。当然，这一次也有一个时间底线，那就是必须完成一个功能齐备的人造人，让他加入契约号的任务。

现在他们的工作都在按部就班地进行。沃尔特一号几乎已经做好准备，可以正式开始运转并被送往殖民船了。就连他的服装也已经准备就绪了。上船之后，沃尔特的一举一动都不会和其他船员有任何区别。只不过他不必吃饭、发呆和睡觉。

当其他企业都在利用人造人项目大做文章的时候，维兰德却只是在每一艘太空飞船上布置一个能够活动的人工智能。他们可以成为船上AI系统的补充，也能够成为"主母"和人类船员之间合适的交流媒介。

沃尔特的一切都准备就绪。如果问他，他也会同样充满信心地这样回答。公司中几乎每一个部门都已经对这件产品的完成做了确认签名。

只有一个部门除外。哈碧森低头看着自己的同事。

“你最近和斯登梅茨谈过吗？”

吉莉德嘲讽地哼了一声。“几乎每个小时都会找他一次。他似乎还没有做好签名的准备。”

稍比吉莉德年长的哈碧森明显流露出失望的表情。月光在她红铜色的头发上跳动——这是她的化妆效果，而不是地下四层的灯光。如果她走在阳光下，光点也会在她的眉毛上舞动。这种妆容也许会让人在工作时分心，不过她坚持要这样。

“这一次又是怎么回事？”她气冲冲地说道，“又出了什么问题，还是他仍然在担心那些老问题？”哈碧森不想再接受任何意见了。一切已经到了这一步。契约号的启航已经迫在眉睫了。

吉莉德转过身，离开浴缸和那些错综复杂的管线设备，向不远处的电梯走去。哈碧森迈开长腿，轻松地跟了上去。

“不，没什么新东西，”吉莉德回答道，“还是那些该死的老话，一遍又一遍。修正神经连接，做好在第一个大卫身上没能做到的事情。”

哈碧森没有发光的眉毛挑了一下。“他还在担心这件事？我还以为这个问题在几个月之前就已经解决了。”

“明显没有——至少没能让那位博士满意。很遗憾，他的下属似乎都同意他的看法。因此一切都还没有了结。”她回头瞥了一眼自己的同事，“你还在担心预算超支的事情？”

“不担心了。”她们一同走进电梯。吉莉德按下地面一层的按钮。出于安全原因，现在一切从地下升起的电梯都不能直接到达超出地面的楼层。人们必须在地面一层更换电梯。

“现在唯一重要的就是让第一个沃尔特登上契约号。”哈碧森继续说道，“如果继续烧钱能够修正这个该死的问题，那么它就早已经被解决掉了。如果可以，我一定会替斯登梅茨做出决定，但他的设计团队一定会极力反对，工程师们会有不同意见，而这种争执可能会泄露出去，到时媒体就要摇唇鼓舌了。”她叹了一口气，这时电梯到达了地面层。“所以我们只能等待。我们能够催促他和他的团队，但我们不能绕过他们直接下达正式命令。”她低声嘟囔了几句，和吉莉德一同转向左边，进入了一步空电梯。这部电梯将带她们前往第三层。“我真的开始痛恨神经专家了。”哈碧森最后说了这么一句。

吉莉德赞同地点点头。“那不过是一件小事，一点点不协调而已，就让他们这样裹足不前。我已经亲自监视过那些细节了。”她的左手拇指紧张地拨弄着左手食指上的戒指，一前一后。“我不喜欢工程师们讨论哲学。”

“我也是。”电梯将她们放到了第三层。和地下每一层的人工照明不同，这幢房子顶层的灯光非常像自然光，经过调整和过滤，让人感到很舒服。“我只希望他们能够专心在他们的硬件上，把其他事情交给程序员。”

身材较矮的女子郑重其事地说道：“硬件不会告知内部发生矛盾的人造人该做什么，要在什么时候做。伦理学是必须从外部灌输的。实际上，这和人类没有什么区别。”她朝她的办公室转过身，那里占据着这座建筑的西南角。“我们这样做吧：我会再次催促斯登梅茨，提醒他契约号在启航时不能没有人造人。”

“它可以不带上人造人，”哈碧森又提醒她，“那艘船的中央 AI 能够自己控制航行。”

“事实可能是这样，”吉莉德表示同意，“但维兰德·汤谷无法承受由此产生的负面影响。而我也无法承受来自东京的不快。”

“的确如此。”哈碧森眉头一皱，“说到命令，我只是觉得现在这些加强的保安让人很头疼。既然我们是这里的联合主管，当我将车开入车库的时候，大概不必非要等待接受扫描吧。”

“我知道。”吉莉德微微一笑，有些同情地说，“现在的保安对于等级或职位这些都已经不在乎了，东京的ぽしぃ告诉我，这只是暂时的。”

“只能希望他说得没有错了。”哈碧森回头看了一眼，在和同事分别前说道，“我们真的不需要再有任何事情拖慢我们的速度了。我相信，如果能由我和斯登梅茨沟通一下，情况也许会好一些。我看到过他和你在一起时的样子，你让他感到神经紧张。”

走向另一边的吉莉德笑着说：“你应该相信一个神经学工程师能够应付自己神经上的问题。”

维兰德·汤谷大伦敦区神经学工程部的主管劳埃斯·斯登梅茨正坐在他的办公室里，正同时查看工作站的三部显示器。他个子不算高大，现在他缩在椅子里，显得更瘦小了。

作为一个已经年过七十的人，他在自己的专业领域仍然是绝对的领军人物，不过对于那些身体机能的辅助工具，比如眼睛前面的玻璃小圆片和助听器，他已经变得越来越不喜欢了，幸好那副助听器至少几乎是看不见的。

同样是因为厌恶使用毛囊强化系统或化学药剂，现在他已经完全秃顶了。不过他这样做不是出于科学的考虑，而是感觉比较方便。没有毛的光头打理起来更容易。哈碧森一直都觉得，如果能够轻松无痛地移除掉身体的一些机能，斯登梅茨肯定很愿意这样做。

尽管很不习惯等待别人，哈碧森还是耐心地站在一旁，将双臂交叉抱在自己深绿色衣服的前襟上。而斯登梅茨只是不停地工作着，直到终于有一点影子的晃动（也有可能是声音或者气味）让他从面前的工作中抬起头。没有人能知道斯登梅茨会有什么样的反应。在大多数时间里，他就像许多工程师一样，仿佛完全生活在另一个世界。

"哎呀，我没有注意到你站在这里，埃琳娜。"这名老工程师显然因为被打扰而感到迷惑和不快，对他来说，与别人合作似乎永远都是一种麻烦，不过他还是礼貌谦恭地对待着这个来给他找麻烦的人，"你不坐下来吗？"

哈碧森坐进旁边的一把椅子里。在这间办公室中，这把椅子就像那只空空如也的精致废纸篓一样，似乎派不上什么用场。

"劳埃斯，我们已经来到了一个关键的岔路口前，"哈碧森说道，"我说的'我们'所指的是这家公司，是你、我和参与沃尔特项目的每一名雇员。"

斯登梅茨面带微笑看着哈碧森，眼睛前面的老式眼镜上反射着灯光。这样一名其貌不扬的小个子男人竟然有一双如此具有穿透力的黑眼睛。

"在开发沃尔特的道路上有过许多岔路。它们都已经……

嗯……都已经被跨过去了。”

哈碧森看着这位老人的眼睛，天生强壮的声音低沉下来。“那么，劳埃斯，现在还有什么拦住了我们？为什么你的部门一直在耽搁？”她没有说“你一直在耽搁”。那就有些太粗鲁了。但她觉得也许斯登梅茨根本就不会对这点细节有任何反应。

斯登梅茨抬起手，小心地调整了一下眼镜。“如果要签名确认沃尔特完成，我们就需要绝对确认每一条神经通路，每一点一滴被注入的记忆和知识，以及所有这些要素之间的相互作用。”

哈碧森紧紧抿住嘴唇。这些她全都知道。自从这个项目开始，她和吉莉德就知道这些。那么再重复过去的话显然是不适当的。

“具体而言，你是一位工程师。”哈碧森说道。

斯登梅茨低下头看看自己的显示器，仿佛是希望自己的生活里只有它们就好。“直到现在，人造人计划仍然有一些地方无法让我们完全感到安心。要忽略它们很容易，甚至将相关的内容完全从大脑皮质移除也不难。但如果神经交互无法做到百分之百的成功，要保证人造人一定能正常运转几乎是不可能的。”他在努力避免使用太过专业化的腔调，毕竟面前这个女人是他在公司中的上司。

看到哈碧森没有回话，他继续说道：“比如说，如果在契约号中发生状况，需要人造人采取特定的应对措施。而如果我们事先删掉或解除了让我们担心的内容，人造人就有可能无法对状况做出有效的反应。问题有可能得到解决，但会拖延更长时间，导致无法承担的后果。所以，我们陷入了两难的困境，一方面我们希望让沃尔特系列尽可能完美无瑕；同时我们又要避免特定的……假想中的负面作用。”

哈碧森不以为意地摆摆手。“我已经阅读了你们部门的纪要和结论，吉莉德也都看过了。我们全都同意，这些担心不足以成为让这个项目全面停顿的理由。你所表达的关注就像你所说的一样：全都是假想中的。”

斯登梅茨耸耸肩。“所有可能影响到殖民船和船中乘客的危险都是假想的——直到它们变为现实。”

尽管哈碧森早就决心要控制住自己，但她发现自己还是站到了愤怒的边缘：“这些都是符合科学原理的！”

“是的，”斯登梅茨仍然是那副令人发狂的木头表情，“但它在工程学上有问题。”

哈碧森从椅子里站起来，开始在办公室来回踱步，仿佛正在追逐一个看不见的猎物。“但这在经济上有更大的问题，而我必须处理好这些问题。”她突然停住脚步，把斯登梅茨吓了一跳，“现在就是这样的情况，劳埃斯，这不是我假想的——如果我们不签名确认沃尔特项目，那么契约号在出发的时候就有可能无法带上人造人。每一个人都相信让那艘船上有一个人造人会更好——哪怕会有瑕疵。这就是雅各·布兰森船长所希望的。更重要的是，这是汤谷英雄所希望的。”

房间中陷入沉寂。老工程师开始思考。

“如果我拒绝签名呢？”

哈碧森张开口却又犹豫了一下。她在面对一个新的局势，她要赌这个老家伙相信她不是在虚张声势。

“那么沃尔特项目就会因为缺乏资金而停摆。你和你的团队会解散，被安排到公司其他部门去做别的项目。”哈碧森露出一个僵硬的微笑，“不那么需要智力的项目。也许同样会有资金支持，但远远没有可能创造出突破性的神经工程学成果。”她的声音越来越低，“当然，也就没有可能得到诺贝尔奖。”她的表情也开始扭曲，“当然，那样也就更不会有任何‘假想’了。”

斯登梅茨坐在椅子里，抬起头瞪着哈碧森，目光几乎要把她烧穿。哈碧森甚至觉得那双眼睛很像是两个黑色激光源……

“你在向我施压，哈碧森女士。”

哈碧森丝毫没有退缩。“当然，在道理和逻辑已经完全说不通的时候，你认为我还能怎样做？或者你认为吉莉德和我没有从上级那里承受更大的压力？”

斯登梅茨将后背靠进椅子里，缓慢地点着头。“我承认，我没有考虑过你们的情况。”

“你为什么要考虑那些事呢？”哈碧森指了指三台显示器。那上面充满了各种只有极少数专家能够明白的图表和文字。“你和你的团队一直将精力集中在沃尔特项目中你们负责的领域里，对其他事情当然不需要关心。”她向斯登梅茨走过去，将一只手放在老人的肩头。斯登梅茨几乎没有动一下。“我们全都承受着巨大的压力，劳埃斯。其他每一个部门，从肌肉构建到光学成像，再到内部稳定系统，全都同意沃尔特已经可以交付使用了。你是唯一没有签名的人。”她将手从斯登梅茨身上抬起来，也放松了对这位老人的压力。

“你明白我处的位置，”哈碧森继续说道，“明白我和吉莉德的处境。除了出发前的信息下载以外，为了让人造人和船上的AI系统，也就是主母，做好完备准确的整合，很快他就要被送到船上去了。很快。所有关注这件事的人都希望我们现在完成它。吉尔德和我想要完成它，布兰森船长想要得到它。最重要的是，汤谷英雄想要这一切都顺利实现。”

尽管看上去一脸严肃，但劳埃斯·斯登梅茨却也不乏幽默感。

“为什么我有一种感觉，无论我说什么或者做什么，这一切都已经无可挽回了？”他用手捂住嘴，故意咳嗽了两声，“有时候，我觉得我应该放弃工程学，和我的父亲一起去弗兰肯斯坦进行医学实践。”

哈碧森被吓了一跳。“去哪里？”

看到主管惊讶的表情，老工程师微微一笑。

“弗兰肯斯坦。那是海德尔堡西边山中的一座小镇。”他有些惆怅地转过身，“一个美丽的小地方，位于一座蜿蜒的深谷中。那里甚至有一座位于峭壁上的城堡俯瞰着整座镇子，而且……”他停住口，眼神一闪，“无论别人怎么说，生命的道路总是充满了讽刺。”

哈碧森用力将话题拽回到眼前的问题上。“我现在全都指望你了，劳埃斯。我带着最恳切的心情问你，作为部门主管，你是否愿意为沃尔特项目签名，还是你要冒让它停摆的危险？”哈碧森竭力让自己像是在陈述一个无法避免的可能。“你是否明白？一旦你的部门被遣散，我们就要找别人接替这项工作。而第一个沃尔特还是会被送上契约号。”

斯登梅茨用犀利的目光看着哈碧森。“我不确定你会冒这样的险。一个没有经过适当检验的人造人所带来的任何失败都有可能危及整个项目。实际上，这是在用维兰德·汤谷的全部未来冒险。”

哈碧森没有反驳他的话。“实际上，如果真的有这样的失败报告从太空深处传回到地球，那时，你、我还有汤谷先生本人应该都已经去世了。”而且，她在心中暗自说道，诺贝尔奖终究还是不会考虑你，劳埃斯·斯登梅茨。

这时，哈碧森的脑海中突然闪过了一个新的念头：“你是不是认为这样的失误可能出现在普罗米修斯行动中？人造人大卫出现了问题？”

老工程师将头转开。“我们肯定无法知道彼得·维兰德和他的船发生了什么。在深层空间中，任何事都有可能发生。也许我们永远都不会知道了。”他再一次和哈碧森对视，“作为第一个人造人，大卫一直都有‘问题’。这正是我的团队和我耗费时日想要解决的。我们相信我们间距已经做到了，只是还不能百分之百地肯定。”

哈碧森再一次咬住嘴唇。“你是说，你和你的团队有百分之九十九确定了？百分之九十八？”她等待着老人的回应。就在她以为自己是空等一场的时候，斯登梅茨开口了，不过他明显很不情愿。

“差不多吧，但我不愿意这么说。”

“为什么？你是一名工程师，不是数学家。你的工作肯定会有一定容错率的。”哈碧森满意地转过身，向办公室门口走去，“如果你建起一座桥，我问你它能不能一千年不垮掉，你告诉我，你只能确保它可以坚持九百九十五年，我就会非常高兴了。”

斯登梅茨喃喃地回答道：“除非你是那个在第九百九十六年开车上桥的人。”

哈碧森认为自己对这位老工程师的好言相劝已经足够久了。“你会签名让沃尔特通过吧？”

很长一段时间里，她都在担心这次会面就像以前的许多次一样，最终将毫无结果。终于，老工程师点了点头，但并没有看哈碧森。他的注意力再一次集中到了显示屏上。

“再给我和我的团队一个星期。我相信……我希望我们能在这段时间结束掉一切残留的问题。”

“我对你有信心。”站在敞开的门口前，哈碧森又回头看了一眼那位老工程师。她的语气强硬得不容置疑。“你有二十四小时。你是一个聪明人，劳埃斯，一个非常聪明的人，好好利用这段时间吧。”

屋门关上了。房间里只剩下陷入沉思的斯登梅茨。在他面前，三台显示器上连续跳跃着各种数据和图像，其中一台显示器映出了一张脸——沃尔特的脸。

它的旁边又出现了沃尔特的前辈，大卫的脸。

现在看起来只有几个很小的问题还需要解决了。它们会得到解决的——斯登梅茨坚定地对自己说。而找哈碧森的话，他别无选择。

这两张注视他的脸看上去没有丝毫差别。但这两张脸的后面却绝非如此。它们有一些很小的不同，非常小。斯登梅茨的右手从自己的额头一直摸到头顶，又放到自己颈后。

他觉得他们很幸运——哈碧森、吉莉德、布兰森船长和他的船员，还有数千名殖民者都应该感到庆幸。他们将前往一颗未知的遥远行星，而他们应该感谢自己的好运。因为劳埃斯·斯登梅茨热爱自己的工作，他在全力以赴。

他会让沃尔特正常工作。

太多人死掉了，太多人难逃一死。

他知道这是一个梦，但他无法醒来。他永远都无法在这样的梦中醒来，它们会让自己成为现实。睡眠是一种折磨，因为他从不知道那些梦会从何方到来，或者为什么他会看见它们——它们背后又有什么目的，或者是否有什么特殊的机缘，比如思维、也许是基因、也许是大气，或者别的什么东西能够让他与众人不同，能够看见它们？

承受它们永无止境的痛苦。

有时候，那些幻境中的人们是那样真实，离他那么近，他相信如果自己伸出手就能碰到他们——也许是一个刚死的人，身躯残破，鲜血、骨头和内脏四处飞溅；或者是一名杀手，残忍无情，令人毛骨悚然。他无法选择，因为他无法控制，无法决定能够在梦中看见什么，就如同他无法选择是否要做梦。

在潜意识中，他知道这个房间里还有其他人。他们经常会在他醒着的时候来到这里，安慰他，擦拭他的额头，舒缓他的呼吸，监控他重要的生命指数。他们会做出记录，进行解释，根据他呼喊出的话语绘制图像。有时，这些来访者也会感到极度惊恐，但他们还是会尽可能准确地描绘出他在梦中见到的一切，只是他们所描绘的内容完全无法和他真正见到的景象相比。

但这些恐怖的记录已经足以让他们明白，促使他们采取行动，让他们相信无论要付出多么大的代价，也要阻止梦中的景象变为事实。他们很勇敢，有很强的献身精神。

他们之中也有些人略有一点疯狂，但这丝毫不会影响到他们的行动效率。实际上，这对他们只有帮助。在面对人类所无法理解的恐怖时，一点过激的心态将有助于他们承受这种压力。

第十二章

邓肯·菲尔德斯疯了。不是因为愤怒，而是因为激素问题。这更不是婚姻导致的疯狂。他一生都是单身。不，他已经确实地，完完全全，彻彻底底地疯了。

精神狂乱。

毫无理智。

也许他是一位先知，也许他只是个懂得如何控制追随者的聪明人。这当然是几种截然不同的状况，但对他的侍僧们而言，其实都没有关系。他们相信他所相信的一切，分享着同一种思想，一种超越一切的信念。

“深－空－有－魔。”

对于一个未曾受到启迪的人，这听起来就像是小孩子的胡言乱语。也许是某一次夏日郊游中儿童们的悄悄话，或者还应该伴随着欢快的口哨。而对明了其含义的人，这一小段韵文代表着最严肃的内容。菲尔德斯的追随者们都会坚持说，这绝非幻想。

那些相信他启示的人看上去不像是宗教的信徒，倒更像充满了一座体育场的观众。他们也会从事日常工作，经营各种生意，加入各种企业和机构。他们的外表没有什么与众不同之处，无论穿衣品味、爱好的音乐还是饮食习惯都没有特殊的地方。他们有着不同的年龄和性别。最重要的是，他们相信他们为之而奋斗的事业。

未来——全部人类的未来，没有任何可以转圜之处。

很长一段时间里，这位先知从一座城市到另一座城市，从一个小镇到另一个小镇，不断在他的岛屿故乡和大陆之间来回穿行。很久以前，他曾经是一名大腹便便的保险代理，还没有结婚，但生活很有前景，一名友善乐天的胖子，无论穿衣还是说话都显得彬彬有礼，颇具修养。

是那些梦魇改变了他。

从一开始，他就相信那些不是普通的噩梦。噩梦不会一遍又一遍地重复，日复一日，周复一周。不久之后，他就开始害怕入睡。尽管他的心志很坚强，但肉体却是虚弱的，需要休息。于是邓肯·菲尔德斯还是睡着了，做了梦，然后在尖叫中醒来。

他尝试进行治疗，服用镇静剂，使用外国草药、各种香草、倾听舒缓的音乐、甚至服用配方可疑的药剂。但什么都无法阻止或缓和那些噩梦。

这种情况持续了一段时间，到最后，他得出了一个尽管匪夷所思但异常清醒的结论。他的梦魇是对现实的映照，否则就无法解释为何会如此清晰、如此频繁、如此纤毫毕现、精细入微。它们所预兆的未来让他心胆欲裂。为了摆脱掉它们，稍微软弱的人也许就会选择自杀。

菲尔德斯决定反击。不只是为了他自己的未来，更是为了全部人类。但这种令人敬佩的信念并没有改变他是个疯子的事实。

但他还是充满了坚定的信念。被记录下来并进行解释的恐怖情景让许多曾经犹豫的人都开始追随他。其中一些天才将他的恐惧具象化，让那些梦魇至少有一部分变成了真切的画面。他们进入了邓肯的灵魂，这种惊人的技艺足以让邓肯相信心灵感应。

这些努力使得他的追随者不断增加，足以组成一支小型军队。一些开始还不愿相信的人会被带进他的卧室，亲耳倾听他的凄惨哀号。有时候，必须有人将他们抱住，否则他们很可能会在恐惧中仓皇逃出他的卧室。

也许正是他的平凡帮助他说服了许多人加入到他的圣战之中；还有一些人也许是因为看到了他的无欲无求。对于许多他的追随者，吸引他们的不是财富、奢华、名誉或性欲。他的行为完全是利他的，他召集世人的呼喊简单到了极点。

“深－空－有－魔。”

作为圣战总部的这幢建筑，就如同它的建造者一样默默无闻。这座位于南汉普郡的古老的绵羊牧场很大一部分都和它翻建之前的旧日景象没有什么差别，只是分散在牧场上的一些石砌房屋。这一地区没有人对现在这些房子的主人有任何怀疑，无论他们是谁，他们只不过是将这里改造成了一个可以修身养性的家园，还有一座生机勃勃的牧场。这座普通的大型牧场被设计和规划成可以接待更多来来往往的访客。古老的房屋经过改造，完全能够容纳长期在这里往来的低调客人们。

实际上，从这附近的乡村道路上几乎看不出这座牧场被“翻新”了。许多工程都是在地下进行的。被挖空、夯实之后形成的地窖里存放了食物、燃料和应急物资，有一部分被改造成可以供人居住的空间——这些工作大多是悄悄进行的。最优先被建造出来的还是工程和试验场所。人们在这里的工作和其他许多地方的行动同时进行着，这些地方就包括维兰德·汤谷和巨图集团。越来越多的人在向先知皈依。其中许多人送来了非常有用的数据。

抵挡外来的入侵者是必需的，高效的防御体系因此得到了谨慎的布置。尽管先知梦中的恐怖情景还没有降临，他们还是需要有足够的战斗力量。在这颗行星上，无论怎样极端的自卫能力都是不过分的。

更何况人类的未来已经岌岌可危。菲尔德斯为自己不得不做的事情而哀叹。世人无法看到他的梦，这不是他们的错。但他决意要拯救他们。和他所处的状态全然相反，他的决心非常大。考虑到催促他的那种力量，这也不会让人感到奇怪。

他的追随者为他建造了私人居室。和主建筑物分开，以一条封闭的走廊和主建筑物相连。这条走廊受到了严密监控。先知拥有自己的私人空间，但并没有被隔绝出去。

这种布置是为了保护他的侍僧们的理智，同时也让先知有自己的隐私。尽管那些梦魇是先知行动的原因，但他一直都在因为它们而感到羞惭，只愿意一个人承受它们带来的痛苦。只有当这些梦魇持续的时间过久或带来的困扰太大时，他才会允许他的追随者帮助他。

在一个星期二的凌晨三点，这种哀号和尖叫的组合从扬声器中传出来，久久不息，令人极度不安。在监控器旁负责值夜班的厄尔是第一个有所反应的。碧丝玛拉手中拿着急救包，和她的助手黛娜从医务室赶过来，在走廊入口处和厄尔会合。黛娜提着一篮子药品和医疗器具。

当他们快步走向走廊尽头的那幢小房子时，医生已经在准备注射器了。

透过走廊的窗户能够看到汉普郡的原野。在天气不好的夜晚，从英国北部工业城市飘来的污染物会完全遮住月光。谢天谢地，常年弥漫在大伦敦区的雾霾通常都会飘往另一个方向。法国海岸的居民早已无奈地习惯于忍受那些持续不断的褐色云团。

到了走廊的另一端，守夜人、医生和助手在两扇门前停住脚步。这两扇门的功能是挡住里面的声音以及未经授权的闯入者。厄尔向门上的传感器伸出手，又俯过身，让一个镜头能够扫描他的右眼视网膜，然后退到一旁。碧丝玛拉取代了他的位置，重复他的动作，最后是身材娇小的黛娜。大门接受了他们的身份识别，向两侧滑开了。

他们走进一个小房间，在这里再次接受扫描——这一次是全身影像。扫描完成之后，内门才会打开。他们立刻大步走进了装饰风格轻松愉悦的前厅。尽管还隔着一道门，他们已经能清楚地听到菲尔德斯的喊叫和呻吟。

“听起来很糟。”黛娜说道。但另外两个人都没有回应。

走进黑暗的卧室，厄尔来到通讯面板前，告知负责保安的兄弟，他和医疗人员已经赶到。他已经太多次听到过先知的呼喊，能够强迫自己不去理会附近那张大床上传来的凄惨声了。

碧丝玛拉放下急救包，坐到床边，从助手那里接过填充好的注射器。这件器具的内置灯光让她能够再次检查其中的药剂。

先知躺在大床中央，挣扎、翻滚、号叫、抬腿、蹬踹，手臂在空气中挥舞。他还不到五十岁，头发却已经全白了，紧闭的眼皮在狂乱地抖动着。碧丝玛拉不知道先知看到了什么，没有人知道。但这已经足够让她和其他人相信他。

碧丝玛拉看了一眼床边墙上的一台监视仪器。先知的一切体征都被记录下来，以供随后进行分析。从某种角度讲，这些记录要比菲尔德斯清醒时的演讲更有说服力。先知在梦中饱受折磨的表情会对人们产生非同寻常的影响力，是招募信徒有效的工具。

碧丝玛拉将填满的注射器抵在先知的右手臂上，按下了注射器一端的红色按钮。注射器中的混合药剂迅速无痛地被注入菲尔德斯的身体。

过了大约一分钟，药剂生效了。

手脚的挥舞渐渐变慢，最终停止。这个熟睡中的人发出的呻吟声也平息下去。终于，一切都停止了。碧丝玛拉深吸一口气，转向她的同伴们。

“现在他能够好好休息了，”医生说道，“我会继续守在他身边一段时间，你们两个回自己的岗位上去吧。”她同情地看了他们一眼，“我知道你们两个一定都累了。”

黛娜不情愿地离开了。厄尔略一点头，也跟上了医生的助手。他们离开之后，碧丝玛拉转回头看着床上的这个人。带有热反应功能的卧床能够一直保持他的舒适，吸收掉身体的汗水，防止它们留在身上变得冰冷黏湿。作为先知的医生之一，碧丝玛拉认为自己有责任注意到这些细节。并非所有人都允许和先知有如此近距离的接触。

她注视着这个熟睡中的人，再一次注意到他的相貌是多么平凡普通。不算很肥胖，但身体肯定是超重的。因为缺乏锻炼，身体显得很柔软。碧丝玛拉觉得他更像是一位坐在药店角落里的药剂师，而不是圣经中那种降临大地的命运宣告者。但将其他人吸引过来的并不是他的相貌，而是凝聚在他思想中的种种恐惧。

只要在醒来的时候，他就会竭尽全力管理他周围日渐强大的组织。现在的他变得言辞笨拙，不知道该说些什么，该怎样去说。与之相反的是，他的梦魇却具有可怕的说服力。没有人能够否认那其中蕴含的真实，也无法抵抗这种属于未来的真实。

如果他能够确切地描述在梦中见到的一切就好了。碧丝玛拉心中暗想。但也许他说不出那些事情是他们的一种幸运。深－空－有－魔，她重复着这段话。这对她已经足够了，对先知的每一名追随者来说，都已经足够了。

碧丝玛拉一直待到了太阳升起。坐在床边，她偶尔会打一个盹儿。她这样做不是因为菲尔德斯需要陪伴——先知早已习惯了独身生活。碧丝玛拉主要是担心先知会伤害自己。如果是在比较小的床上，先知甚至有可能因为摔下床而骨折或丧命。大床能够确保他尽情挣扎而不必受伤。

这种安排一直都没有什么问题。只是有一个晚上，一名护士在先知做梦的时候太过靠近他，结果颧骨被先知打断了。当菲尔德斯醒来之后得知此事，立刻真诚地向那名护士道歉，尽管并不是他的责任。那名护士也没有再提起这件事。这一切的责任都是那些梦魇，但怪罪它们是没有意义的。

他们几乎同时醒来。

"碧丝玛拉医生？"

碧丝玛拉猛地惊醒过来，立刻警觉地转向先知。

"先生，您感觉如何？"

菲尔德斯挣扎着用双手推开被子坐起身，立刻捂住右臂哆嗦了一下。"又注射了？"

碧丝玛拉抱歉地点点头。"我认为这样做是有必要的，您刚刚经历了一段非常艰难的时间。"

菲尔德斯露出一个缺乏幽默感的微笑。"我又有什么时候不艰难过呢？有时候，我觉得我宁可在镇静剂的作用下永远沉睡过去。至少那样我可以摆脱那些被诅咒的梦。"

"不要这样，"碧丝玛拉带着责备的口吻对他说，"那样我们就会失去你，失去推动我们前进的人。人们会抛弃这份事业，我们不能如此，因为……深－空－有－魔。"

"深－空－有－魔。"菲尔德斯疲惫地点点头，"晚些时候我会看看昨晚的记录。有什么特别之处吗？”

碧丝玛拉想了一下。“说不上。您在噩梦中受苦，反应非常剧烈，直到我为您注射，其他没有什么特别之处。”这时，她的语调变得不那么专业，而是有了更多的个人感情，“您还是无法详细描述出您所见到的一切？”

菲尔德斯将头埋在双手之中，又摸了一下自己的脸，再次抬起头。“怪物。恐怖的，生有利爪的怪物。它们在等我，等待我们所有人。”他抬起右手，向天花板上挥动，“同样的情景已经出现了好几个月，许多年。我看到了它们，听到了它们，嗅到了他们。梦里是不应该有嗅觉的，但我真的有，而且非常清晰，气味非常浓烈。”

“它们知道我在它们中间，却又不知道。”菲尔德斯继续说道，“它们盲目地朝我的方向发动攻击的时候，我下意识地试图躲避。有时候我会成功，有时候它们会击中我。它们的攻击会穿过我的身体，但那种痛苦是真实的，就好像我被刀刃刺穿。”他抬起两只手，掌心向上。

“只是我的身上没有伤口。”他带着哀求的神情看向碧丝玛拉，“为什么是我，碧丝玛拉医生？为什么这些噩梦总是紧紧追着我？如果可以，我非常愿意将它们交给别人，交给比我更坚强，更有准备将它们击退的人。”

“没有人能比您做得更好，邓肯。”碧丝玛拉的声音中充满了安慰，“如果是一个软弱一点的人早就倒下了。”

“那你不认为我是个疯子？”

碧丝玛拉露出微笑。“我可没有这样说过。从临床观点来看，不是。不过我和其他所有医学界的人士都不曾发现过像您这样的先例。您的噩梦，您能够描述出的那为数不多的情景，都是独一无二的。如果不是这样，我们也不会追随您进行这项事业。这项数千年以来人类最高贵和正义的事业。”说到这里，医生停顿了一下，整理自己的思路。

“您是一个活着的警报，”她继续说道，“警告我们会有什么到来，会有什么发生——如果我们……走出去。因为某种原因，您能够看见深藏在宇宙中的巨大恐怖，那是我们完全无法见到的。邓肯，我们全都欠你的。这个世界需要看到你所预见的情景，理解我们为什么必须留在这里，在这个世界，我们安全的家园。在我们实现目标之前，我们必须采取一切必要的手段以确保那些只对名誉和金钱感兴趣的蠢人们不会让这颗行星上的每一个人都陷入绝境。”

“你对我过分恭维了，”菲尔德斯喃喃地说道，“其实我也是逼不得已。”

碧丝玛拉从床边站起身。“我们全都会为身上的重担而低头，邓肯。你的担子就是成为一位先知。因为你的预言，我们才知道如果贸然离开地球，离开我们的家园，又会发生什么事。正是因为你，这样的事情才不会发生。”

“我还不敢确定。”

菲尔德斯转过头，向窗外望去。这里有大树和绿色的树篱，还有温馨的小动物，带着快速跳动的心。这里还有其他人，有风和雨，有生命。为了维系自己仅存的理智，他只能远离它们。如果他被发现在夜晚的室外仰望星空。

菲尔德斯打了个哆嗦，仿佛看出了医生的想法。那将是他的末日。噩梦会狠狠将他压倒，他就再也醒不过来了。

“我知道大家正在执行多个计划，以阻止契约号离开。”菲尔德斯转回头，低垂下双眼，“首先是在那艘船的内部；然后是尝试将我们的人安插进飞船的安保部队；现在，绑架也失败了。”他摇摇头，“我们没有时间了。”他再一次看着碧丝玛拉的眼睛，“也许杀死一些人的确是有必要的。我不希望任何人被杀死，但维兰德·汤谷让我们别无选择。”

碧丝玛拉一边点头，一边摆弄着急救包。“牺牲几个人总要好过让人类灭绝。”

尽管脸上充满了哀伤，他还是毫不犹豫地点了点头。“如果我们的努力全都失败了呢？”

“对种族灭绝的恐惧是一种强大的动机。如果政府能够相信你……”

菲尔德斯用力摇摇头。“你知道如果关于我的梦的记录被公布给他们，会发生什么事。他们只会耸耸肩，将那些资料推到一旁。因为殖民计划已经投入了大笔金钱，围绕它建立起了一个完整的工业体系。与之相比‘汉普郡一个做噩梦的小疯子’太微不足道了。”

“对我们而言，你绝非微不足道，邓肯。”碧丝玛拉说道，“我们知道这其中有着怎样的危险，我们会用我们的生命阻止这场错得可怕的太空殖民行动。”这回轮到她微微耸了耸肩，“没有人知道你在睡觉的时候是如何看到那些的。没有人明白这其中的科学道理——如果真的是科学的话。但对于我们这些聚集在你周围的人，对于知道你的噩梦才是真实的人，其他选择是不存在的。和整个人类的生存相比，几个人的生命又算得了什么？”

菲尔德斯将目光转开。“你知道，这不是我希望背负的重担。这份责任被毫无缘由地抛在了我的肩上。如果可以，我一定会丢下它。”他抬起头望向天花板。在这一瞬间，他在床上坐直身子，努力眺望屋顶之上的天空，看上去真的像是一位先知。碧丝玛拉知道，疯狂还是理智并不重要。真正重要的只有那些噩梦。

碧丝玛拉一直都认为自己是一名理性主义者，但她和其他成百上千的人都相信菲尔德斯。当她感受到邓肯·菲尔德斯的恐怖梦魇时，就再也无法不相信了。所有这一切都指向了一个结局，它全部被浓缩在这个组织的那一句标志性的箴言中。

“深－空－有－魔，”碧丝玛拉喃喃地说着，走出这间卧室，离开了依然在凝视天花板的先知。

“出此即是恶魔。”

第十三章

邓肯·菲尔德斯没有出现在地球拯救者议会的集会中。先知不喜欢讨论组织不得不做的那些恶毒之事。尽管他赞同这种行为，但听到行动的具体细节只会让他感到痛心。

这没有关系。先知早已让他们明白，这样的讨论是必不可少的。决心早已下定，他们不需要他再参与制定计划的过程。毕竟做梦的先知对于这些事务缺乏经验，只会减慢会议进程。菲尔德斯不是一个聪明人，但他自己也很清楚这一点，知道不应该对他人造成妨碍。

议会一共有六名成员，每一名成员代表一片大陆。他们都是那种很容易和普通人混迹在一起的人。他们必须让自己的勇猛和力量避开公众，竭尽全力不被媒体发现，以确保他们的行动成功。他们从来都不是躲在王座后面的力量。

他们是站在王座旁边的力量。

所有议会成员都衷心相信邓肯·菲尔德斯的预兆、梦魇，或者其他某种东西——他们认为这关系到一种宇宙的秩序，要求智人留在安全的家中，不要向星空派出载人飞船，那只会引起不必要的注意。他们知道自己的观点不受支持，只能寻找各种公开或暗中的办法来教育公众。

至今为止，他们都非常不成功。

将人类送入深层空间的技术已经被开发出来。而现在，地球环境遭受的破坏让很多人都迫不及待地想应用这些技术。许多公司更是趁此而赚得大笔金钱。面对如此势不可挡的公众意愿，地球拯救者的警告自然很难有人倾听。但不管怎样，议会和邓肯·菲尔德斯的追随者们还在不懈地努力着。

现在，一艘殖民飞船——契约号即将进入太空，前往遥远的奥利加 -6，这无异于向整个宇宙竖起一面大旗，昭示人类的存在，向异星的怪物们指明了一条道路来攻击人类脆弱不堪的家园。必须阻止这件事，无论采取怎样的措施。否则——议会和追随者们都相信——菲尔德斯的梦魇将变成现实。

勇敢的佐佐木エリック，多年以来都是地球拯救者的志愿者。在这场战斗中他献出了自己的生命，牺牲的还有伦敦的另一位成员，值得庆幸的是，他的同伴逃出来了。而最近，五名试图绑架汤谷英雄女儿的志愿者中又牺牲了两个人。

活下来的人都急着要再次进行尝试。但他们的要求被议会否决了。汤谷英雄本人和维兰德·汤谷公司在日本、英国和世界各个地方的部门都大幅加强了安保工作，再想对其采取行动已经很难了。

“我们可以破坏维兰德·汤谷下属参与殖民任务的各个分公司。”一名中年女子说道，“只要几包正确放置的炸药就能成功。”她看上去应该推着婴儿车走在郊区街道上，而不是讨论恐怖主义行动。

另一名坐在房间对面的亚裔女子摇摇头，“这不是好主意。会有无辜者死伤。如果人们知道这是地球拯救者干的，他们更是会全力抵制我们。而且，”她一边说，一边给自己倒了一杯茶，“这样无法解决问题。我们就算是炸毁了半数的维兰德·汤谷分公司，契约号还是能够按时出发。”

一名衣着优雅的绅士无精打采地坐在附近一张软椅中，用两根手指撑在头侧，开口说道：“实际上，我们能够阻止那艘船的唯一办法只有破坏它的功能，或者迫使那些掌权者取消它的任务。”

“我们没办法接触到契约号本身。”说话的是一名身体超重，需要修剪一下头发的中年人。他用一双过于靠近自己小鼻子的黑色眼睛看着同伴们，裤子和衬衫都紧裹在身上。他在一家俄罗斯大型制药公司的研究部门工作，专门制造护肤液和乳霜。从性格上来讲，他是一个相当冷酷无情的人。“他们在重新查验飞船上每一个人的安全背景。”

坐在他旁边的另一个人身材细瘦，穿着毫无特点。他从面前的锡罐里选了一块饼干，紧张地咀嚼着。那种神情就像一只松鼠在不停地向天空张望，担心会有鹰在他的头顶盘旋。

“现在让新人上船已经不可能了。更不要说他们对每一个登上穿梭机的人都会反复扫描。”

他们之中最年轻的一人坐直了身子。“那么我们就必须从这里阻止那艘船启航。”他向自己的同伴扫视了一圈，“要不要再试试珍妮·汤谷？或者是他的其他亲属？”

在座的两名女子中比较年轻的一个无奈地耸耸肩，“也许试着绑架一个政府领导人还会更容易一些。我们也许能绑架他的一个堂亲或者远房侄子。但你们都知道汤谷英雄的品性，他可能根本就不会理睬我们，毕竟他有许多亲戚和侄子。”说到最后，她骂了一句和她文雅贤淑的外表极不相称的脏话。

“如果我们能够绑架汤谷本人就好了，”帕维尔——也就是那个身体超重的人说道，“但这是不可能的。”

“也许并非不可能，亲爱的。”

所有人都转向了那个曾经建议在分公司安设炸弹的家庭主妇一样的女人转过头。那名年轻女子放下手中的茶杯，表达出不同的意见：“你真的有什么主意吗？还是在盲目乐观？我们全都知道，汤谷家族每一个重要成员身边的保安都得到了大幅加强。他们更不可能忽略那个老家伙本人。”

相较年长的女子点点头。“的确，我们的组织没有可能触及他，不过这并不能排除其他人没有可能。”

那名穿着随意的年轻人（名叫皮耶尔）嘲笑地哼了一声，脱口说道：“还能有什么‘其他人’？还有谁能够穿透他们的铜墙铁壁？”

女子的目光转向他：“那些局外人对当地有着丰富的知识和强

大的影响力，而且对政府权威从不在意。我说的是黑帮。”

更年轻的女子带着质疑的神情看向自己的长辈，“为什么黑帮会愿意参与这种事？”

“为了和那些公司同样的理由。”家庭主妇吮了一口茶，看着自己陶瓷茶杯的边缘，“钱。”

“我们拥有足够的资金吗？”非洲代表楚玛咬着自己的下唇说道，“这可不像是请他们去恐吓一家拉面店。”

所有人都看向了那个超重的男人。他考虑片刻，从牙齿之间吐出自己的下嘴唇，点点头。

“能搞到。”

“那么，我们达成一致了？”家庭主妇问。没有人再表示异议，于是她转向对面的那名女子，“由纪子，你呢？”

“我会找到必要的联络人，亲自进行随后的谈判。”说到这里，由纪子又犹豫了一下，“无论我们能拿出多少钱，这都完全有可能让我们暴露目标。”她看了一眼自己的同伴们，“我们要强调一个事实——我们不希望那位老人有生命危险。只是让他稍作‘度假’……并说服他。”

房间中唯一没有说话的人从他的酒杯上抬起头。那只杯子里装满了一种古怪的混合液体。根本不会有其他人碰那种东西，更不要说是喝下去了。他一口气喝下了半杯那种液体。那个肥胖的男人看着他，打了个哆嗦。

“有不少方法能让契约号永远无法使用。一旦我们实现了目的，那位老人就能得到释放。”

“那有什么办法阻止他和公司修复那艘船，”身材细瘦的男人问，“然后再把它送上天？”

最后一个发言的人转向他：“就像你所知道的，我工作的那家公司生产很多东西，其中就包括各种医用移植物。”他的面色变得异常冷峻，“有一种设备经过改造之后可以用一个简单的信号就让它释放致命毒剂。我们不需要和那位老人描述细节，只要让他明白，如果不能实现我们的要求，眨眼间我们就能杀死他。”

“非常棒的概念。”家庭主妇的口吻就像是在和当地菜贩聊天，“那么我们可以表决了。”她指了指坐在对面的小个子女人，“由纪子会着手和黑帮进行谈判。皮耶尔准备好相关设备，还有对汤谷英雄进行植入的手术。”她露出一个半像母亲，半像眼镜蛇的微笑，“我不知道你们还有什么想法，不过我认为这个办法很有可能成功，大家都同意吗？”

所有人都举起了手，整个议会一致同意。然后，他们没有什么特别的事情需要讨论了，便都喝完了自己杯中的茶。

第十四章

没有人留意这位手执佐原手杖的老者。他以和自己年龄相称的缓慢步伐向前走去，尽量远离大部分被无声的自动车辆占据的潮湿繁忙的东京街道。

三三两两的朋友谈笑风生地从他身边走过。他是在一条湍急的溪流中缓缓翻滚的石块。没有人撞上他，或者想把他挤到旁边去。他被人们忽略了。不过其他行人还是会注意到他的存在，顾及他的虚弱。日本有许多事都变了，不过对长者的尊敬还是保留了下来。

天上在下雨。不过他没有带伞，他不愿意使用那种带有恐水症意味的个人物品，似乎他更愿意让自己的身体潮湿一些。他的脸很长，上面布满了皱纹，就像是一幅浮世绘的木版画。他穿了一件朴素的灰色大衣，衣领竖起来遮住了面颊。一顶大得过分的帽子从他头部前后低垂下来，为他暴露的颈部和面部提供了一些保护。他的一双深褐色的眼睛一直盯着人行道，以免被路上的坑坑洼洼绊倒。

他留着浓密的大胡子，上唇的髭须被修剪出梵戴克风格的尖梢，看上去颇为优雅，胡须已经全白了。同样雪白的头发从他脑后垂下来，束在他的大衣竖领下面。像他这样的年纪还能有如此茂盛的头发，已经非常罕见了。

雨滴持续不断地洒落下来，不过还不是很密集，击打在周围的建筑物上，变成细密的雨雾，幻化出彩虹一样的迷离光晕，仿佛某种发光的抽象画卷。同样明亮的色彩在年轻人五彩缤纷的雨衣上舞动。他们在这个傍晚行走在雨中，着急地赶往浅草——那一片年代久远的休闲街区。和这些热情高涨的年轻人相比，街道两旁的建筑物却显得格外灰暗阴郁。

他可以乘上一辆自动驾驶出租车前往目的地。他能够负担得起出租车费，但他喜欢这种在雨中漫步的感觉。这让他想起了过去，那时他还是一个贫穷的部落小民，没有钱买大衣，更不可能购买那种复杂的个人防水用具。在许多个像这样寒冷潮湿的夜晚，他不得不为了一碗热汤面而杀人。

真真正正的杀人。

现在，他能够买得起热汤面了。他能够吃得起日本神户牛排、法国葡萄酒和意大利松露。但今晚不行。在工作之前吃一顿大餐绝不是一个好主意。这会让身体迟缓，思维模糊。

佐原柏木的手杖笃笃地敲打在人行道上。有两次，从这位老者身边经过的情侣递给他一点钱。老者微笑着，礼貌地拒绝了。如果他们知道他是谁，肯定不会有这种施舍的念头，甚至可能拔脚就逃。

他的名字是绯村达也，是山口组的第十一代亲分——或者说是头目。他的社团被认为是日本中流偏上的犯罪组织。他在一幢建筑物外停下脚步，眯起眼睛斜睨着雨中的地址标牌，自顾自地点点头。他的两根手指上各有一道几乎看不见底的伤疤。在数十年前的继承战中，这两根手指曾经被砍下来。现代医疗技术能够重新将它们接好，只留下很小的疤痕——而它们足以彰显过去战争带给他的伤痛。

他用另一根手指碰了一下左手背，激活了埋在皮肤中的信号发生器。几句微弱的话语之后，这个皮下通讯器确认了他需要知道的一切：时间、地点以及他的确就在正确的地方。

他本可以派一名或者多名下属来这里，但这可能会导致他不希望发生的结果。而且无论一个人已经多么老，保持运动总是一件好事。绯村达也能够从他的骨骼中感受到自己的年纪。也许换作别人，会因为身体的这种疼痛而瑟缩，但他只是露出了微笑。寒冷和雨水让他感觉到自己的生命。而且，他已经太老了，不可能引起别人的注意。他深深吸了一口气，走进这幢房子的拱形门廊。

门内的两名看门人斜眼看着他。他们都非常高大健壮，毫无疑问接受过严格的训练。绯村达也能够轻松杀死他们，不过他只是顺从地接受了他们不甚仔细的搜查。

“你想要去哪里，老爷爷？”离他最近的看门人带着一种略带嘲弄意味的谦恭口吻问他。

绯村一只手撑住手掌，用另一只微微颤抖的手指了指。“我得到了一份晚宴邀请。”

比他高大和年轻许多的看门人一皱眉。“谁发出的邀请？洗猫人吗？”他的同伴微微一笑，用手捂住嘴，轻轻咳嗽一声。猫是许多东京饭店的特色。“荞麦屋”这样的高级饭店中的猫全都是人造的，能够自己进行清洁。所以这份嘲讽带有双重的冒犯意味。

绯村抬起双臂，看上去他这样做相当吃力。

“我迟到了，”他说道，“你们如果愿意，可以跟着我。我要见的那位绅士已经在这里了。”

他的声音发生了某种微妙的变化。在年迈虚弱的感觉里突然显露出一种意料之外的力量，这让两名看门人犹豫了一下。他们很可能以为这位老爷爷只不过希望尝尝一杯鸡尾酒，看一看这座城市中的富人和著名人物是什么样子。但他说的也有可能是实话。如果真是这样，他们要把他挡在门外的话，他们的工作可能就要有危险了。资历较深的门卫向他的同事点了一下头。

“对他进行扫描，然后让他进去。”他又对这位老者说，“我们会看着你。如果你只是在这里或者楼上的吧台晃荡，想要在这里磨蹭一整夜，你就会被扔回到雨里。”

“我明白。”绯村继续抬着双手，点了点头。

“没有必要这样，老爷爷。”第一个门卫微笑着示意绯村可以将双手放下，“只要一下就好。”没有光线照在绯村身上。只有看不见的设备发出一阵微弱的嗡嗡声，扫描了他的衣服、鞋、拐杖甚至还有他的头发。嗡嗡声停止之后，门卫嘟囔了一句：“他身上很干净。”

“你们以为会有什么？”老者带着一点责备的语气说道。饭店的内门随即打开，门卫伸手邀请绯村进入：“祝用餐愉快，老爷爷。”

“感谢你，年轻人。我相信这顿饭不会吃很久。”

绯村检查了一下大衣里面的自动存储空间，便向饭店内部走去。作为东京最好的饭店之一，荞麦屋的客人相当多。位于大厅中央的桌子周围是两排各具特色的包厢。包厢内部的灯光都经过调整，以配合食客们的心情。投影设备可以生成屏障影响，遮挡住包厢的入口，将包厢和大厅隔绝开。声音屏蔽装置能够彻底隔绝包厢内外的声音，甚至可以按照食客的希望让外面一部分喧闹声传进包厢里。

绯村拄着拐杖走过大厅，偶尔会有一名侍者向这位衣服满是皱褶却又很干净的老人瞥上一眼。看到没有什么特殊情况，他们就又去忙碌自己的事情了。荞麦屋使用人类侍者，而不是自动点餐装置，这也体现了它在餐饮界地位的非凡。

大厅深处有一些雅间，只提供给更加尊贵的客人。这里更安静，人也少得多，服务的侍者也更多。在这里没有摆在外面的桌子。走过每一个雅间的时候，绯村都会迅速向里面瞥上一眼。有一些雅间进行了光学和声音屏蔽。绯村暂时只能不去理会它们。如果有需要，绯村可以在回来的时候查看它们。

一些雅间（有光学屏蔽的，也有门口敞开的）的门口站着保镖。实际上，绯村只是粗略地查看了一下那些保镖，就找到了他的目标——那个雅间没有光学和声音屏蔽，门口站着两名保镖。即使隔着很远的距离，绯村也能清楚地看到那两名保镖脖颈和手背上的刺青。绯村知道，那些深具传统的绘画会覆盖他们的大部分，甚至是整个身体。

而且这个雅间里几乎听不到什么声音。很有可能那里面只有一个人。绯村确信他找到了目标。他早就确定过，他要找的人今晚会在这里用餐，就是在这个时候。他在心中记下，要给那个向他确认了时间和地点的女人一笔酬金。

他暗自微笑了一下。如果他派来一个更加年轻的部下，肯定会招惹来不必要的注意。而一队部下可能根本进不了这座饭店的大门。一个年迈苍苍的老人却能够在这里得到相当的行动自由。

随后，他步履蹒跚地经过这个雅间，向主厨房走去。那两名保镖只是短暂地瞥了他一眼。一走过雅间门口，他再次激活了自己左手皮下的小装置，喃喃地向它说了些什么。

一阵短暂的停顿。

惊呼声和尖叫声从主厨房那边爆发出来。多个火警同时响起。餐桌旁的食客不安地彼此对视，窃窃私语。有几个人从座位里站起来。

那两名保镖朝厨房的方向走了几步，伸手到夹克衫里面去检查武器。绯村转身回来，就在一名领班试图安慰客人，保镖们还没有想到要回头看看的时候，绯村一步迈进了雅间。

就如同他所推测的，一个人正坐在这个半月形雅间的最深处。如果这里还有别人，绯村就要准备好对付他们。而实际上这个人形单影只，这就让事情变得容易多了。

汤谷英雄抬起头，看着这名闯入者，同时朝他正在观看的三维影像摆摆手。投放影像的装置关闭了。维兰德·汤谷的首脑没有惊叫，也没有呼喊求援，只是继续咀嚼着食物，朝自己右边指了指。

“坐下吧，绯村君，”他说道，“是什么让山口组的头目在这样一个寒冷潮湿的夜里亲自出山了？”

绯村来到这个奢华雅间里为自己指定的座位上，将手掌放到镶银桌面上，朝雅间的主人略一低头，郑重其事地回答道：“今天的确是又冷又湿，汤谷君。不是一个适合杀人的夜晚。尽管付我钱的人正要我做这件事。”

汤谷点点头，考虑了一下绯村的话，然后伸手拿起桌上的瓶子，拔下瓶塞。保镖们回来了，立刻惊呼一声，伸手去掏枪。汤谷迅速摆手。两名保镖向后退去，不过他们的眼神中还是充满了警惕。

“喝一杯冰岛矿泉水吗？”汤谷问。

山口组的头目摇摇头，露齿一笑。“你总是比苦行僧还要苦行僧。我在杀死你之前怎能不好好喝上一杯呢？”

汤谷报以微笑。“你想要什么，绯村君？”

“米酒，热的。”还是那种眼镜蛇一样的微笑，“我要比你传统得多。”

“这是你的身份必需，而我则要自由得多。”汤谷稍稍向前倾过身子，双手按住桌面，“一瓶旧七序和两只杯子，谢谢。”然后他坐回到座位里。“我不太喝清酒，不过这不代表我不懂清酒。”

绯村赞许地点点头。“选得不错，不过有一点太冲了。我们还有重要的事情要谈。”

维兰德·汤谷的主席继续吃着他的牛排和马铃薯。“那么，你是打算在我吃完饭之后杀我还是之前？”

绯村笑了两声。“你很清楚，汤谷君。如果我真的要在这里杀了你，我早被扔回街上的雨水中去了。我说过，付我钱的人要我杀你，但我并没有说打算采取行动。”

汤谷咽下口中的食物，点点头，拿起一块爱尔兰亚麻的刺绣餐巾擦了擦嘴角。

“出于好奇，我想问一下，你又能怎么做？你不可能将真正的武器和爆炸物带过这幢建筑的安保系统。至于体术攻击，我要比你年轻一点，而且也学过一点格斗技术。”他向雅间入口处点点头，“只要我喊上一声，我的人就会冲进这里把你压倒。”

绯村理解地打了个手势。“当然我可以迅速做完这件事。干这一行的人总有一些特殊工具，能够胜过哪怕是最先进的安保技术。”他伸出一只满是节瘤的手，将手杖在桌面向右转了两圈，“如果我将它向左转三圈，它就是一杆枪了。”

汤谷看着这根佐原手杖。“任何金属和爆炸物都会在最基本的安保扫描仪前显形。”

“没有错，”绯村露出微笑，“所以这东西的内部结构完全是木质的。它的击发装置，还有充满致命毒剂的小弹丸，一切都是木头的，精致得很。但在转动完成之前，它们都是错位的，根本无法实现枪支的功能。”

“对此我深感敬佩。”汤谷用叉子叉住两颗绿色的豌豆，将它们放进嘴里，咀嚼起来，“很感谢你给我上的这一课。”他放下叉子。这时清酒和酒杯被送来了。他先为绯村斟了一杯，又为自己倒了一点，然后放下酒瓶，举起酒杯。

“我们互敬一杯，为了不会彼此杀戮的老朋友。”

绯村举起自己的小酒杯。“为了不会彼此杀戮的老朋友，这个任务是留给妻子和情妇的。”他们一饮而尽。汤谷杯中的酒要少很多，他先放下了酒杯。

“那么，绯村君，是谁雇佣你杀我？又是为什么？”

在回答这个问题之前，白发老人把手伸到自己的夹克衫里，拿出一只信封。将它交给汤谷，同时又为自己倒了一满杯酒。

这只信封没有封口。汤谷抽出里面的信纸，打开它们，将它们平放在桌面上。这是一套完整的文件，确认其持有者是一名格拉斯哥的维兰德公司雇员，上面贴照片的位置还是空着的。汤谷抬起头看着绯村。

“有人想要我的下属认为我是被一名维兰德公司的雇员杀害的。”他说道。

绯村点点头。“我不知道是为什么，这看起来完全是多余的。是谁杀死了你又有什么关系？只要任务成功不就好了吗？”他喝了一口酒，“我注意到了这份合约，这一点很幸运。将这个交给我的社团的人显然不知道你和我多年来一直在合伙做生意。我肯定不愿意终止我们的友谊，无论那个人愿意付多少钱。”

“的确，”汤谷简洁地说道，“任何单独的一笔钱都无法和我们的生意关系所产生的价值相比。绯村君，你向我提供了重要的情报。现在该轮到我给你一些情报了。你知道即将开始的契约号远征吧？”

绯村点点头。“怎么可能不知道？地球上的每个人都知道这件事。”他做了个鬼脸，“这和结束你生命的合约有关系吗？”

“有人企图破坏那艘船，将破坏分子作为安保部队的成员安插在那艘船上，还企图绑架我的女儿。尽管他们的行动都失败了，他们的确非常专业。”汤谷指着桌上这份极为逼真的维兰德假文件说道。

“我当然也知道绑架的事。”山口组的头目陷入了沉思，“就是说，原属于维兰德公司的某些人或者某个组织想要阻止契约号行动。这看起来很糟糕。”

“的确如此，”汤谷表示赞同，“无论破坏分子是谁，他们已经不再只满足于破坏和绑架，现在更是要使用暗杀的手段了。”他用一根手指敲打着面前的文件，“我丝毫不怀疑他们正焦急地等待着我的死讯，然后他们就会发出警告——除非殖民任务被取消，否则就会有更多人丧命。他们已经不顾一切了，这实在很令人困扰。”

绯村端起第三杯昂贵的清酒，看着汤谷。“谁不顾一切了？维兰德公司的前雇员？”

汤谷靠在华美厚实的坐垫里。“我不知道。企图阻止这个任务的一个人被确定为汤谷的雇员，其他人则都是长时间在维兰德工作的人。显然敌人在努力挑起我们双方对彼此的怀疑。但随着一件件事情的发生，我越来越倾向于认为真正的动机来自别的地方，应该不在眼下的维兰德·汤谷公司内部。”

他用更犀利的目光看着面前的老人。“你拥有我和政府也无法企及的资源。也许你能够进行一下调查，现在你应该已经能想到要找些什么了。”看到绯村面露犹豫，汤谷又说道，“当然，根据你所提供的信息，你将得到合适的酬谢。”

“当然，”绯村放下酒杯，“无论怎么看，这都是一个收获颇丰的夜晚，这酒也非常好。”他给自己倒上了第四杯。他还没有显露出任何喝醉的迹象。他当然不会。就算是到了这把年纪，绯村达也老爷爷也能够将年龄只有他一半的暴徒和打手喝到桌子下面去。

“和杀人比起来，我总是更喜欢谈生意，”他继续说道，“你想要知道些什么，老朋友？”

第十五章

雨下得更大了。洛佩并不是很介意下雨。实际上，他希望奥利加 –6 上也会有像样的雨水。他喜欢下雨的感觉，下雨的气味。

可惜的是，大伦敦区的雨在最近这几十年里早已不再有正常的感觉和气味了，这里雨后没有充满负离子的清新空气。雨水中充满了当地大气中工业污染的臭气。至于说感觉，偶尔这些雨滴中还会夹杂着大量沙砾——一场暴风雨足以将油漆刮掉。在这种时候，聚集在这里无数大大小小的公司都必须全力抗灾。对公司的股东们和保险公司来说，这可不是什么好事情。

怪不得，他已经不止一次如此暗自思忖，殖民船上的每一个职位都有那么多人申请。如果是在一百年前，说服人们永远离开自己的家园行星肯定会非常困难。而现在，人们争先恐后地想要逃离这里，希望能够再找到一处完全符合他们想象的新家：清洁的空气，能够安全饮用的水，健康的土壤。如果清洁真的仅次于信仰，那么任何明眼人都能看出来，这两种东西在地球上都已经没有多少存在的空间了。

人口过度聚集的大城市情况是最恶劣的。在这里没有人能够保持自己的清洁。大伦敦区同样是问题丛生，但总算比其他许多城市还要好一些。洛佩见到过诸如孟买、内罗毕、圣保罗和其他一些城市的影像资料。那里有成百上千万的人急需饮用水、卫生系统和食物。他们甚至买不起一片布来遮住口鼻，过滤一下会对他们的肺造成严重伤害的空气。

根据洛佩的经验，自己能够在那些地方或者其他任何地方得到一份高薪工作——但这些地方终将不复存在。他从旧视频和画册上看到过的那些城市美景早已不存在了，现在，这颗行星的表面还有一些自然遗留地。尽管人类在竭尽全力保护它们，但也只能在迅速扩张的污染区的指缝间苟延残喘。而且没有人能够生活在自然遗留地里。只有科学家、政府研究员和为数不多的指定访客被允许进入那里。

这都不是洛佩想要的。他喜欢人们，却不喜欢他们对这颗行星所做的一切。将自己的余生用来守卫一片雨林或者一座孤岛一点也不合他的胃口。对此，哈利特完全赞同。如果他们想要在纯净清新的环境里享受和人们共处的喜悦，那么就必须去另一个世界。所以他们作为一对情侣提交了申请，成功地被招募进契约号的殖民安保部队。

洛佩曾经被授予过更高的军衔，但他拒绝了。在深层空间的殖民船中，肩膀上多一道闪亮的横杠没有意义。太高的军衔只会在他和他的部下之间造成更多的隔阂。作为一名普通的军士反而更有利于和大家融为一体。

“军士”很适合他。

从他被招募的那一天起，他就准备好了处理这艘船上的任何问题。其中大多数应该都是船员之间的小争执。他还需要准备好应对遥远未知的奥利加 -6 上可能出现的一切麻烦。但他完全没有想到自己还会在伦敦的维兰德大厦前厅遭遇枪击。

自从那起刺杀事件之后，他就一直在努力思考这件事到底是出于什么原因。现在唯一可能的解释就是这个案件和契约号的任务有关。

现在他正在一间办公室里，坐在一张舒服的椅子中。从这里能够俯瞰肮脏的泰晤士河缓缓流动，就像一条污水形成的蠕虫。尽管这条河就在眼前，但在雨雾中，它几乎无法被看见。在这条宽阔迟缓的河对面，一艘警用小艇正在驱赶一座船屋中的非法居民。码头区的这个地方曾经聚集着来自全世界各个地方的航船。后来，这里渐渐萧条破败，被人遗忘，直到人们需要越来越多的生活区和办公室，才使许多建筑物再一次在这片河岸上冒出来。

比弗利芝队长坐在他的书桌后面。除了另外一张空椅子以外，这个房间里就没有其他家具了。几台投影仪在这名维兰德公司英国区安保主管的周围投放出不同的彩色图像。比弗利芝身材短小，肤色黝黑，看上去就像是一个灭火器。而他也像灭火器一样刚强坚硬。他将头一侧的头发剃成了装饰性的条纹。不过洛佩知道，这个人拥有曼彻斯特大学的两个高级犯罪学学位。

洛佩对他没有什么成见。他们年龄相仿，沟通起来没有任何困难。

比弗利芝先摆了摆右手，然后是左手。他周围的图像分散成彩色的光点，迅速消失了。这间缺乏装饰，气氛肃穆的办公室中，就只剩下了对面坐的两个人，他们中间再没有任何阻隔。洛佩觉得这样的场合很适合交谈，或是审讯。

从刺杀事件发生的那天下午开始，军士就已经将他能记得的一切都告诉了公司的调查人员。他对细节情况有着非常好的记忆力，这也让讯问他的人感到高兴。但他提供的信息没能帮助他们捉获那名逃跑的女子，这一点很让人失望。

洛佩盯着雨和河水，直到他的膀胱开始抽搐。他向比弗利芝瞥了一眼，发现那名安保主管也沉浸在自己的思绪里。洛佩决定将他从沉思中唤醒。

“没有事了么？”军士问道。

比弗利芝眨眨眼，转向他的客人。

“嗯？什么？哦，没什么了。也许你还不知道，这件事引起了大家的许多思考。而思考难免会造成恐慌。”他抬头看了看，一摆手，“而掌权者们只想要答案，而且要快。”

“我们全都想要答案，”军士回应道，“而且要快。如果有人想要杀我，我肯定不可能安稳地睡觉。”

“是的，不过不管怎样，很快你的睡眠就会多到你做梦也想不到了，老家伙，你想不要都不行。”看到洛佩没有笑，比弗利芝也变得严肃起来，“听着，老家伙，作为一个一辈子不止一次被人用枪射过的人，我同情你的遭遇，这是真的。但现在有危险的是我的脑袋和未来，不是你的。很有可能当你穿过妊神星（太阳系第四大矮行星）轨道的时候，我还没搞清楚这到底是怎么回事呢。”

洛佩努力露出一点笑容。“抱歉把这个烂摊子丢给了你，长官。”

“这可真是个烂摊子。”比弗利芝低声嘟囔了一句，靠进椅子里，“一团乱麻理也理不清。”他握住双手，放在大腿上，忽然又向接受自己问询的人倾过身子。“我要告诉你一些事，但你绝不能告诉别人。考虑到你所经历的事情，我有责任将它告诉你，而且我个人也感觉必须让你知道。记住，老家伙，我在这个房间里说的话绝对不能被传出去。”

洛佩耸耸肩。“我被雇用不是因为我是个大舌头。”

比弗利芝流露出满意的神情，“两天以前，东京有人企图绑架珍妮·汤谷，公司主席和 CEO 的女儿。”

“听到这种消息，我感到很难过，”洛佩真诚地说，“你说是‘企图’，我明白你的意思是这场绑架失败了。”

队长点点头。“两名绑架犯在逃跑的时候丢掉了性命，是淹死的。还有三个人逃走了，公司的保安和大东京区的警察还在寻找他们。”

“希望能找到他们，不过我不在乎什么绑架犯。”洛佩竭力不表现出过于冷漠的样子，“但这和有人想要杀我又有什么关系？”

比弗利芝将双手交叠在桌面上。“在攻击汤谷家族时淹死的那两个人拥有维兰德公司的长期雇用档案。企图破坏契约号的那个人是汤谷的雇员，那个差一点杀了你的人也是。”比弗利芝晃了晃一只手，然后又晃晃另一只手。这家伙的两只手倒是挺有表现力的——洛佩心中嘟囔了一句。这时，安保主管又说道：“维兰德的雇员攻击汤谷，汤谷雇员在这里向维兰德发动攻击。我的上级很担心两家公司之间可能还因为合并而残存着一些不快。”

军士考虑了一下这种可能。“也许是有人想让公司以为这才是这些事情发生的原因。有可能是这样，也有可能这只是一种障眼法。”

“的确。”安保主管很欣赏洛佩的眼光，“如果是后一种情况，那么这样做又是为了遮掩什么？还是为了掩护谁？所有这一切事情中共同存在的一个线索就是契约号任务，破坏者想要让任务取消。侵入汤谷总部的绑架犯提出的释放人质的条件就是取消任务。”他摇了摇头，“没有人给出理由，说明为什么维兰德和汤谷的雇员想要让他们自己公司最举世瞩目的项目失败。如果公司能够从这场成功中赢利，那么大家都会有好处。”他用手指敲击着桌面，然后突然停住动作，仿佛刚刚意识到自己在做什么。

“另外，我们已经得到了那个急于加入契约号安保部队的女人的详细情况。”他继续说道，“当你的询问让她感到不安的时候，她逃走了。而她的同伴则准备掩护她，同时干掉你。无论这件事的幕后主使是谁，他们肯定既不愚蠢，也不冲动。”

洛佩考虑了一下。“如果他们真正的目标是阻止契约号启航，那么越接近出发时间，他们就越有可能急于采取行动。他们就要没有时间了。”

比弗利芝在椅子里转过身，看着窗外肮脏的雨和更加肮脏的河流，又陷入了沉思。“的确是这样。我们都知道，绝望的人会诉诸绝望的手段。”

对这种事，军士并不像他的上级那样担忧。“他们已经不可能再伤害到契约号了，至少现在已经不可能了。他们的确在那艘飞船里安插了一名破坏分子。感谢船员的迅速反应，那个家伙失败了。现在，飞船中的安保措施已经被大幅度加强。任何稍有疑点的人都不能离开地球，更不要说靠近飞船了。”

“是的，是的，老男孩，这一点我们都知道。”比弗利芝不耐烦地回答道，“我们关心的是我们不知道的事情。”他的目光直视军士，“我们需要找到那个申请加入契约号安保部队的女人，或者是从日本警察手心逃脱的那三名绑架犯。”他指了指击打在办公室窗户上的雨滴。因为那些窗玻璃被使用了拒水技术，才能继续保持透明状态。“无论是在这里还是东京，雨和河流都会大幅度减少目击证人。我们必须找到能够回答我们问题的人。”

洛佩不动声色地说道：“你要我到这里来不是为了告诉我公司的安保部门都在做些什么。”

比弗利芝轻轻笑了两声。“你的档案说你很聪明，尽管你更喜欢表现成一个粗人。的确，你来到这里不是为了听我报告这些毫无意义的信息。”他再一次向前俯过身，盯住这名来访者，这一次，他的精神前所未有地集中到了洛佩身上。“我知道你终于为契约号安保部队找到了最后一名成员。”

然后比弗利芝激活了一个投影，看了它一眼。“我检查了你的工作日程。在你上船进入深度睡眠之前，你还有一些时间。我想知道，你是否愿意亲自进行一些查问，做一点调查。”他瞄了洛佩一眼，“你不是正式警察，也不属于公司的保安人员。你的调查应该不会那么惹人瞩目。”他向后靠进椅子里，再一次望向窗外的河流。一条浅水独轮正在抵抗着一股股浊流，向上游驶去。船上的大部分灯光都打开了。雨水和雾霾遮蔽了那艘船的大部分细节，让它看上去倒有些像一头远古的海怪。

“也许这些人分属于维兰德和汤谷公司只是巧合。也许不是。但这些事里透着一股臭味，我相信这里面一定藏着什么脏东西，又脏又危险。我们要找出是谁或者什么在操纵这一切，彻底结束这些事！”

“看起来，直到现在他们的运气都不太好。”洛佩平静地说道。比弗利芝看了他一会儿，然后微笑着摇摇头。

“有报告说，你是一个自控能力很强的人。”

军士也向安保主管报以微笑：“头脑莽撞的家伙不会得到这份工作。”

“如果你愿意帮忙，我会非常感激，老家伙，”比弗利芝继续说道，“公司需要尽快查出到底发生了什么以及原因，但此时保持低调要比让它在媒体上被大肆宣扬要好得多。至于‘运气’，如果不是因为珍妮·汤谷反应敏捷，绑架她的人很可能就成功了。契约号上的事故也是一样。我们的人，尤其是货物管理人丹妮尔丝和你的下士哈利特将那件事处理得很好。”

“三件事都是差一点就能成功。”比弗利芝抬起右手，用拇指和食指比画出一个间不容发的手势。“我的上司不希望让他们再有测试运气的机会。”他稍作停顿，整理了一下思路，“你听说过巨图吧？”

洛佩的眼睛里闪过一点真正感兴趣的光亮，身子也坐得更直了一些。“有谁没听说过呢？那是亚洲最大的集团公司。规模要比维兰德和汤谷加起来更大，只不过不像我们这样专业。”他皱了皱眉头，“有人认为可能是他们在操纵这一切，或者至少是与此有关的人？”

比弗利芝又点了点头。“公司高层就有人在这样怀疑。”

“谁？”洛佩问，“汤谷英雄？”

“我不知道。你只需知道，现在的确有这种怀疑，所以我们需要就此进行调查。当汤谷在合并维兰德的案子上赢过巨图的时候，巨图的那些人非常不高兴。现在有一种假设，巨图集团早已在维兰德和汤谷内部安插了人员。就像我们在巨图内部也有我们的眼线。只不过我们还没有直接证据可以证明巨图的领导者和这些事有直接关联。”

“当然，这也有可能是别人干的，”比弗利芝又说道，“可能是另一家公司，对我们有兴趣，有实力采取行动，却还没被我们发现。甚至有可能是个人、政府和政体所为。”

“我们现在的调查方向只能针对个人，”洛佩坦率地说。

“你能够作为独立调查人进行调查，”比弗利芝还是不想放过洛佩，“我的人则不行，看看你能找出什么。这不是一个命令，”他微笑着说，“命令必须经过一定程序，你就将这个看作是个人的拜托吧。”

“如果我真的发现了什么有趣的事情呢？”军士又向他的上司问道。

比弗利芝再一次将双手交叠在一起，再加上一副宽厚的笑容，看上去就像是一尊佛爷。

“那么公司会非常感激你。”

洛佩耸耸肩。“公司的感激对我没什么意义。到时候我早已失去知觉，离这里有好几光年了。”

“那么你可以给你喜欢的人留下一份礼物，或者是远房亲戚，老朋友，无论你想要怎样都行。维兰德·汤谷公司不会让你白白效劳，他们一直都是这样。”

对于安保主管的提议，洛佩并没有感到心潮澎湃。他对这个任务不感兴趣。不久之后，维兰德·汤谷是否会和巨图集团爆发战争，还是珍妮·汤谷会和林俦白结婚就和他没有半点关系了。他的兴趣早已到了许多光年以外。地球上没有什么事情可以影响到他了。

但……

如果这的确是一家公司或者一群人发动的攻击行为，是他们策划破坏契约号，这就让洛佩感到格外担忧了。无论是什么人想要毁掉这个任务，这种危险都将持续下去，在他登上飞船，甚至飞船出发之后，这种危险也还是有可能存在。

洛佩不相信自己的调查能够得到什么成果，不过比弗利芝和其他人对他的看重也让他有一点受宠若惊。

“我只能单独行动，还是能够要求援助？”

比弗利芝摊开双手。“尽管提条件吧，我都会签名同意的。”

“我要的不是条件，”洛佩纠正了比弗利芝，“而是能够和我一同行动的人，和我一同行动的人。”

“当然，老家伙。我可以给你配一些非常有能力的人员……”

洛佩打断了他。“我不想要和一个小组合作。这样太惹眼了，只要一个人就够了。”他露出若有所思的神情，“对这件事，我希望得到一个已经有所行动的人。”

“你看起来很普通。”

和军士一同坐在大厅里，萝丝塔尔饶有兴致地看着一群维修人员安静地将这座大厦的中庭大厅修复成原样。她没有看军士，直接问道：“那为什么你会接纳我进入契约号的团队？”

“因为我对你的长相没有兴趣。”军士告诉她，“这不是对你的冒犯，只是说出我的看法，其实应该算是一种正面认可。不惹人注目会让你获得很多优势。”

萝丝塔尔认真她瞥了一眼中士。此时他们正坐在一张没有靠背的镀镍铁长凳上。这种凳子上还镶嵌着明亮的绿色水晶和黑色橄榄石。

“如果你是在搭讪我，那实在是我听过最蠢的蠢话了。”

“当然不是，”洛佩对她说，“我对你的长相没有半点兴趣。你现在还不明白，不过你会明白的。然后你就会觉得这很有趣，至少我希望你会觉得有趣。”军士的脸上露出笑容，“我们可是要在一起睡上很长时间的。”

萝丝塔尔点点头。“我在决定报名之前已经仔细看过这项任务的所有相关内容了。长时间的深度睡眠，而且没有两人共用的冬眠仓。”

“很不幸，没有。契约号上的每一名殖民者和船员都只能自己一个人待在一个宇宙里。不同的身体节律和需求使得每个人都只能拥有专属于自己的冬眠舱。所以我们只是在距离很近的地方一同睡觉。不过，一个冬眠仓又怎能将朋友隔开呢？”

“所以我现在是你的朋友了？”萝丝塔尔还是对洛佩保持着警惕。洛佩认为这样很好。对于一名安保军人来说，怀疑是一种非常有用的品质。

“我的团队中每一个成员都是朋友。当你了解到我们要多么紧密地合作时，就会知道这是有必要的。无论是在飞船上，还是到殖民地，安保人员都只能在一个有限的空间中工作。如果有人突然感到无法接受与他合作的人，那么他将无处可去。”

萝丝塔尔非常轻微地耸了耸肩。“那么我猜，我们是朋友了。我想作为朋友问问你，为什么我们要坐在这里聊天，而不是为出发做准备？”

“我已经准备好了，”洛佩对萝丝塔尔说，“你会发现这并不需要很多时间，把你的生活收进几只包裹里其实是很快的事情。至于我们为什么还要待在这里，是因为我接受了来自高层的一项任务。”

萝丝塔尔向他做了一个鬼脸。“上帝想让你坐在这里监督维修工人？”

“没有那么高，是我的直属上级。”洛佩回答道，“那个想要用音波发生器向我射击的家伙是为了掩护一个红发女人。那个女人本来想要得到你的工作，现在要射我的人死了，而那名红发女人逃走了。”洛佩朝上方看不见的楼层点点头，“我的雇主们——想要找到她谈一谈。他们很想知道她是谁，还有她和那个为她而死的家伙又是在为谁卖命。”

对此萝丝塔尔似乎很有兴趣。“你认为他们会再一次暗杀你吗？”

洛佩摇摇头。“我只是个次级目标。他们真正想要的是契约号上最后一个安保部队的位置。我的问题对那名申请者有些过于尖锐，导致她的情绪失衡。而负责掩护她的人更多只是为了帮助她逃走，不是要除掉我。如果他们真的打算杀了我，我相信那个逃走的红发女子会返回来加入战斗。而我很幸运，因为你当时在场，并且挺身而出。”

“是的，你的确很走运。”萝丝塔尔表示同意，“我从心底不喜欢在背后打黑枪的人。”

“我们还有另外一些共同的地方。不管怎样，那些职位在我之上的人想要知道这些人是谁，他们代表什么势力。坦白地说，我也很想知道。这不是一个命令，但如果你愿意做些事情，我将很高兴能够得到你的帮助。”

萝丝塔尔考虑了一下。“我又能得到什么？”

“我的感谢。哦，还有一笔钱，你可以把它留给你关心的人。”

“我不在乎钱，不过……”萝丝塔尔冲洛佩一笑，“天哪，朋友又该做些什么？我猜，如果我们要一起工作，一起睡觉，那么我们越快彼此了解就越好。”

洛佩点点头。“如果没有别的事情，这也是在出发之前打发时间的一个好方法。明天早晨七点见，记得要穿平民服装。我会将见面地点发给你。”洛佩站起身，萝丝塔尔也随之离开座位，同时一歪头，用不太确定的眼神看着洛佩。

“具体情况明天我会详细告诉你。”洛佩对萝丝塔尔说，“今天晚上你可能要睡不好觉了。不过等我把情报都提供给你……嗯，人们总是说‘知道真相才会安心。’”

他们从临时通道走出这幢大厦，便彼此道别。不过，两个人都短暂追踪了一段时间对方的信号。

好的安保军人总是会照顾好同袍，洛佩暗自想道。

第十六章

第二天，他们在查令十字路口还剩下的两家书店中的一家见了面。“书”是一种用死掉的树做成的高价古董，这条著名的斜坡街道两边曾经鳞次栉比地矗立着各种漂亮的高档建筑。而现在，还留在这里的商店都像它们出售的古代艺术品一样老旧了。

书商正在为越来越多的有钱人服务，这些有钱人很喜欢将自己的钱和精力花费在对普通民众已经没有用处的东西上面。这不是因为书籍的市场在变大，而是因为印刷它们的纸张早已变得极其昂贵和稀少了。

洛佩希望自己最后招募的这名队员会欣赏他选择的见面地点。他不是一个非常爱好阅读的人，但他喜爱传统，并且希望萝丝塔尔也会有这种情怀。用不了多久他们就要永远离开地球了。现在不正是应该在这种还充满了这颗行星过往回忆的地方多流连一段时间吗?

见面之后，他们去了和书店相隔两道门的一家饮品店。换上平民服装的萝丝塔尔显然是打算让自己成为一位淑女。不过她的努力可能不是很成功，这不是说和洛佩性取向不同的男人不会认为她很有吸引力——对于这一点，洛佩很难做出判断。不过，尽管这个女孩在衣着和妆容上明显动了一番心思，却还是很难掩饰自己身体和面容上的刚健线条。

不管怎样，他们在今后的日子里都会一同工作，所以洛佩必须对她的努力做出回应。当萝丝塔尔坐到他对面时，他说道:“你很漂亮，萝丝塔尔。”

小桌子另一边的女孩也在看着他。“不是‘列兵’萝丝塔尔了?”

“在我们登船之前，不是。”

萝丝塔尔伸手理了理头发。“我昨天好好洗了一个淋浴，用了很长时间。今后很长一段时间里可能都没有这种机会了，这种乐趣很简单，却是我最喜欢的事情之一。登船以后，我洗淋浴应该就要被限时了。我会想念昨晚的。”

“契约号的资源也许会让你大吃一惊。”洛佩向自己右手边的磨砂玻璃墙点点头，“你怎么看那家店?”

萝丝塔尔顺着洛佩的视线望了一眼。“那家真正的书店?”她赞赏地点点头，“我们对书总会有一种特别的感情。哪怕书本身消失了，这份爱还是延续了下来。作为船员，我们所拥有的空间可能只能放下一两本书，那只能让我们寄托一下思乡之情。”

洛佩露出若有所思的神情。“实际上，我从来都不是一个爱读书的人。在我仔细研读过几百本说明手册之后，这种欲望就不太强烈了。我读那些东西只是为了知道如何能够正确和充分地使用各种装备。比如这个。”他亮了一下自己军用等级的通讯终端。

然后，军士挪动座椅，让自己尽可能靠近萝丝塔尔，同时开启了自己的终端。这个终端所放映的图像只出现在它的屏幕上。如果军士使用它的投射功能，那么这家店铺里的所有人就都能看到终端的内容了。

萝丝塔尔立刻就认出，这是在维兰德公司那座大厦的中庭大厅里。他们两个一言不发地看着那名红发女子逃走，以及随后的军士遭遇生命威胁的过程。这段影像被大厅里的几个保安摄像机拍摄下来，所以他们能够从不同的角度把它看几遍。

洛佩轻松地操作着这件装备，整个事件被再一次重演。不过这一次，画面不是在追踪红发女子，而是拍摄到了她的正面。多角度拍摄的影像被整合在一起，形成了那名女子的三维图像，可以从任何角度进行观察。萝丝塔尔靠进椅子里，看着洛佩：“非常清楚。那么现在呢？我估计你已经将这段图像和公众数据库进行比对了？”

“在安保部门工作，”洛佩说，“你要学会不能先入为主，也不要相信第二印象。人类的视觉是一种奇妙的东西，但它并不完美，很可能具有欺骗性，让你很容易就错过面前的东西。”他再一次调整了通讯器上的控制按钮。

屏幕上的画面开始旋转、放大，最终聚焦在那名女子颈后的一小片区域。萝丝塔尔向前俯过身，仔细审视，最终皱起眉头。

“我应该看什么？”

洛佩未作解释，只是将画面进一步放大。萝丝塔尔眯起眼睛，在那根脖颈的根部有一点几乎无法察觉的小皱纹。

“我看到了，不过我不太确定那是什么。外科手术的疤痕？”

“很聪明——但不是。她戴着一种全包头的威尼斯胶原蛋白面具，几乎全无破绽。”他又指了指屏幕，“只是这里在装上去之后又削去了一点冗余的部分。”

萝丝塔尔重新审视屏幕，然后带着另一番敬意看向军士。“我知道这是什么，只是我从来见过有人在娱乐节目之外用过这种东西。”

“之所以会这样，原因之一就是这种东西贵得要命。”洛佩对她说，“普通人根本承担不起。但对资本雄厚的大公司来说就不一样了，比如巨图集团。”

“你是怎么怀疑到这一点的？”萝丝塔尔问他。

“首先，要有数据库支持你刚才所说的对比搜索。一无所获之后，你就会假设你的目标不想要被找到。这意味着她可能使用了某种伪装。假鼻子和假发在很久以前就被更加精致的人造器官取代了，所以应该以更先进的科技产物为线索进行甄别。一个优质的头套能够彻底改变面容，除非你知道该去寻找什么瑕疵，在哪里寻找。”洛佩的面色一沉，“如果她使用的是全身套装，那么我就不可能找到这个结合点了。我猜和她合作的人——或者是她为之效力的人不认为只进行一次面试会有必要使用全身套装。”

萝丝塔尔又指了指屏幕。“为什么我觉得这不是可供商业使用的软件？”

洛佩赞许地看着这个女孩。“观察得很到位，这是军用级别的装置。作为殖民船的安保部队长官，我能够使用一些公众甚至不知道的军用物品。”洛佩说完之后才意识到自己最后的这两句流露出了一些得意的情绪。

萝丝塔尔若有所思地点点头。“所以我们知道她肯定不会再是这种样子了。现在呢？”

洛佩操作着终端。“如果你想知道一个人藏在面罩下面的样子，你就必须把面罩剥开。这只需要一些软件帮忙就可以了。”他输入指令，然后将终端略微转向萝丝塔尔。

在萝丝塔尔眼前，屏幕上的图像发生了变化。从红发女子的头顶开始，一直向下延伸，直到整个头套被剥除，露出下面真实的面容。出现在屏幕上的是一个略有姿色的女人，要比她的面具更年轻一些。短发覆盖了她的后脑，在她的头顶前半部分刺着一匹腾跃的骏马，文身所覆盖的地方当然也就没有了头发。她的眼睛从蓝色变成了褐色，鼻子变得细小圆润了很多，脸上其余的地方也都显著地变小了。

“所以，你知道她是什么样子了。”萝丝塔尔说。

“不一定，”洛佩回答道。萝丝塔尔显得有些吃惊，又有些警觉。

“知道在运行过面具剥除软件之后首先要做的是什么吗？”洛佩问萝丝塔尔。萝丝塔尔摇摇头，“要再运行一遍这个软件，这是职业罪犯摆脱追踪的一个办法在面罩上多加一层面罩。许多侦查员会认为目标人物只戴了一层面罩，马上用第一遍的剥除结果进行搜索。不过在这个案子里，目标人物的确只戴了一层面罩。所以，那个精明睿智的幕后主使毕竟还不是那么精明睿智，这无疑是个好消息。”

“所以，这就是那个逃犯的真实容貌了？”

洛佩点点头。“我确定最后这个合成图像的每一平方厘米都正确无误，没有第二层面罩或者其他的面部修饰以后，我就再一次将他和人口数据库进行了比对。”他碰了一下控制键，一连串影像出现在屏幕上，旁边还有相关的滚动信息。萝丝塔尔认真查看，当她再次开口的时候，声音中充满了惊讶。

“一名中学教师？真是想不到……”

军士插口说道：“这可能也是敌人预先谋划的一部分。如果有人追踪这个假装应征安保队员的人，他也许完全无法想到这个人的真实身份竟然如此平凡。或者，也许并非那么平凡。”洛佩再一次操作终端。萝丝塔尔再一次开始阅读新出现的信息。

“该死的，”萝丝塔尔说道，“她还兼职做脱衣舞女，真是越来越奇怪了，爱丽丝都要哭了。”洛佩面无表情地看着她，她便解释说：“这是个书里的故事，是那种你从没有时间看的书。”

洛佩没有受到萝丝塔尔的引诱去问那是什么故事，只是喃喃地说道：“这个地址在修道院花园。”

“走路就能过去。所以你想要在这里和我见面？”

洛佩点点头。“同时也是为了能有机会在离开之前再找一些关于地球的回忆。”他看了一下时间，“我们多才多艺的哈丝尔顿小姐要到晚上九点才会开始她的第二份工作。我能够请你吃午饭吗？”

萝丝塔尔故意犹豫了一下。“如果我能够请你吃晚饭的话，”她最后说道，“这可真奇怪，因为得到了新工作，我最近总是能得到大笔奖金，却没有时间把它们花掉了。”

“好吧，但我们的晚餐可要早些吃，”洛佩说道，“带着满肚子的食物追捕犯人可不是一个好主意。”

第十七章

这家俱乐部明显是为中等收入阶层的人准备的。它狭窄的临街门面上只有一个分辨率不高的三维广告箱，里面挤满了姿态各异的丰满人体，其中有一些能够很轻易看出来是数字合成的。

旁边的一块简单的招牌上写明这是一家“全自然”俱乐部，意思是这里的演员没有经过整容——或者至少俱乐部这样宣称。考虑到现在的外科手术技术，想要分辨是否整容通常已经不太可能了。

一道狭窄的楼梯向下通往低于街面的地方。楼梯的尽头，一道门里有规律地闪耀着深红色的光芒，就像是一颗被碾碎的红宝石。看门的是一个人，而不是廉价的机器。这个人的厌倦和无聊完全能够匹配上他的体形。洛佩和萝丝塔尔几乎立刻就走了进去。

走进俱乐部，他们发现自己完全浸没在紫色的灯光和不知名音乐的强劲节奏里。这里的墙壁全都覆盖着浅紫色的豪华软垫。洛佩希望这些软垫只是一种装饰，而不是因为这里的酒客喜欢朝墙上摔东西。

这里的防护并不仅限于墙壁。桌面上都铺着薰衣草色的软垫，粗大的桌腿也都被缠裹着紫黑相间的厚实织物。从头顶上和脚下照射过来的灯光映出各种螺旋纹和抽象图案，同时映衬着墙壁上许多用发光涂料制作的照片。这些照片白天被日光照射之后，到了晚上就会自己发光，直到接近清晨的时候。洛佩扫了一眼这里的人群。他相信等到早晨的时候，还留在这个俱乐部的人应该都已经烂醉如泥了。

洛佩注意到这里有安保摄像机。天花板上的排气孔可以被用于释放催眠气体。两个吧台后面有三名酒保——其中一个是机器人，两个是人。这里有几条可能的逃脱路线，还有一些能够被当作武器的椅子和酒瓶。

这个地方算是比较拥挤。不过酒客主要是男性，成双成对的人不是很多，他和萝丝塔尔没有吸引多少目光。他相信这主要是因为男人们的眼睛都紧盯着那三个分别在三座小舞台上表演的人。

沐浴在强烈而且急速闪烁的灯光中，那三个极速旋转的身体时隐时现。两名女性舞者和一名男性舞者偶尔会以灵巧变幻的身姿交换舞台。这些舞者和他们的舞蹈都无法和修道院花园中那些高级场所的表演相比，不过也要远远好过这里的破陋暗巷中那些廉价病态的地下舞蹈。

萝丝塔尔有些无聊，洛佩也在更有趣的地方见过比这个更多样化的表演。不过他们的注意力几乎同时锁定在左边远处的舞台上那个身体正呈波浪形上下舞动的舞者。就在他们注目观看的时候，一个秃头、厚嘴唇、面部坑坑洼洼、目光格外犀利的人来到他们面前。

尽管比洛佩矮，这名保镖肩膀的宽度却几乎能和他的身高相比。他抬起一只手，轻轻放在军士的左肩头。几根粗大的手指簇拥在一起，看上去就像是一捆被做坏的大香肠。

“前面没有桌子了，朋友。”他用足以盖住音乐的吼声说道，“你和这位女士只能在后面找张桌子了。”

洛佩没有理睬他肩头上那几根手指所暗示的意思。“我需要和你们的一个舞娘谈谈。”他朝舞台上的女人点点头。保镖的表情没有丝毫改变。

“所有人都想和我们的舞娘谈谈。”保镖的注意力转到萝丝塔尔身上，眼神中闪过一点兴趣，“你们两个看上她了？”

洛佩摇摇头，露出微笑（他希望自己露出的是能够使人安心的笑容），同时把手缓缓伸进外衣里面的口袋，掏出钱包，用拇指在这只牢固的塑料钱包中翻找了一下，找出自己的身份证明。一看到这个，保镖的脸色一下子变了。他将手指从军士的肩头挪开，瞪大了一双明亮的小眼睛。

“契约号安保部队？”他抬起头看着军士，又看看萝丝塔尔，“是真的？”萝丝塔尔确认地点点头，“你们去哪里都可以，先生，女士。如果我能帮忙……”

“非常感谢，”洛佩将钱包收回到衣袋里，“我们只是想和那位女士谈谈。”

保镖回过头瞥了一眼，又将注意力集中到这两位非同寻常的来访者身上。“奥萝拉？她再过十分钟就要下场休息了。你希望我先通知她吗？”

“不需要。十分钟？”保镖又点点头。能够和两位非同寻常的人物对话，他显然非常兴奋。任何被选中登上殖民船的人都会立刻受到万众瞩目，人们都会钦佩他们有勇气永远割舍下故乡的一切，冒着种种危险前往一个遥远未知的世界。洛佩注意到了这名矮壮保镖的热情，便又说道，“不要向同事和其他人提起我们，好吗？我们希望能度过一段安静的时间……你知道的，我们就要离开了。”

保镖热切地点点头，要引领他们去前排的桌子。洛佩感谢了他，但礼貌地拒绝了。如果他们的猎物再过几分钟就会下场，那么只要安静地等着就好了。

他们在场子边缘找到一张桌子，买了两杯高价饮品，然后向保镖询问了该怎样去后台，保镖同样热情地为他们指了路。充满欲望的电子音乐一开始停歇，三名舞者便逐一离开了舞台。

随舞者离去的方向，洛佩和萝丝塔尔朝大厅外的后台走去。很快他们就在一个私人小更衣室中找到了那名个子很高，但已经不再有红头发的安保部队应征者。没有敲门，他们就走了进去。高个女子立刻在座椅中转过身，覆盖她头顶前侧的文身在近距离观察下变得更明显。这时，她什么都没有穿，但全身最惹眼的地方还是头顶的反光。

“该死的，怎么回事？”察觉到两名不速之客，高个女子立刻抬高声音喊道："海克尔！快来！海克尔，该死的！"

萝丝塔尔平静地说："如果你指的是这个俱乐部的保镖，他现在可能正忙着和他最亲密的几个朋友分享我们的秘密呢。"

高个女子的表情从愤怒变成了犹疑。

"竟然……你们到底是谁？"她瞪着洛佩，眼睛一下子睁大了，"你……我认识你。你是那个该死的……"

洛佩露出一个冰冷的微笑。"放假了，哈丝尔顿小姐。"

哈丝尔顿又瞠目结舌地看了他一会儿，然后起身就向房间后面冲过去。那里有一间浴室，但没有出口。这里的位置比街道还要低，也没有窗户。不过，如果她将自己锁在浴室里并开始尖叫，情况也会变得很尴尬。但萝丝塔尔早有预料，她追上去，敏捷地伸腿一扫。高个女子重重地跌倒在地，只能对这两个人怒目而视。

"你们两个该死的，让我摔断了腿！"

萝丝塔尔俯视着她，咬住了自己的嘴唇。"不，我没有，如果我想弄断你的腿，我会对膝盖后面下手，而不是脚踝。而且如果我用的力量真的够大，把你的腿打断了，你一定会尖叫起来，而不是喊什么'你们两个该死的，让我摔断了腿。'"她向高个女子伸出手。在洛佩的帮助下，他们将这名女子拽起来。被这两个人夹住，哈丝尔顿发现自己的活动空间明显变小了。

她的目光在这两个人之间来回闪动。

"你们想要我做什么？"

"嗯，我们来到这里不是通知你被雇用了。"洛佩向萝丝塔尔点点头，"实际上，她得到了你申请的那个位置。如果说为什么，我只能说，我想知道一些事，不过不是很多。也许你只需要告诉我，为什么你要逃走。”洛佩装出一副惊讶的表情，“哦，还有你的同伙——或者是同伴，或者该死的随便是什么——为什么想要在维兰德大厦的大厅里轰爆我的脑子。”

哈丝尔顿再一次看着这两个人，情绪稍稍低沉了一些。“我能穿上衣服吗？我们可以找个地方谈一谈。”

“你不害怕因为旷工被解雇？”萝丝塔尔问道。

高个女子嘲弄地哼了一声。“丢掉这种工作？是的，这还真是个悲剧呢，不是吗？”她不以为然地耸耸肩，“我在什么地方都能得到这种工作。而且这也不是我的专业——不过你们应该已经知道了，对不对。听着，你们知道在这个时代教师能得到多少薪水吗？我做这种事只是为了能再挣些钱。”

洛佩带着鼓励的语气说道：“也许我们能够让你挣到更多钱。”他向周围扫视了一眼，又一本正经地说：“要比你从这种地方挣到的更多。”

哈丝尔顿的态度明显好了一些：“你不会叫警察或者保安来？”

“为什么？”军士露出和善的微笑，“因为你在一场工作面试中逃掉了？”

“那合谋杀人呢？”

洛佩耸耸肩。“有许多人都想要杀我，他们都失败了。你们也失败了。所以我的心情其实没那么糟。”

哈丝尔顿的表情说明她不确定是否应该相信洛佩。“好吧，我会把你们需要知道的事情告诉你们。作为回报，我们就此别过，各走各路。”

需要知道？不是“想要知道”。哈丝尔顿的用词让洛佩感到有些疑惑，不过他不觉得需要她为此做出解释。至少现在不必。这个女人已经准备开口了，这一点就足以让洛佩感到满意。不出意外，高个女子似乎已经彻底放弃反抗了。

洛佩相信这间更衣室没有其他出路，于是他和萝丝塔尔向后退去，同时紧盯着哈丝尔顿。看来，这名女子的个人词典中没有“端庄”这个词。她用一种化学药剂擦去身上的发光彩绘，穿上相当朴素的衣服，深吸一口气，向他们身后的屋门走去。

“我们离开这里，”她说道，“我知道这里的街角有一个地方，在那里我们能安静地谈一谈。炸鱼加炸薯条，二十四小时加七天。”

“真的鱼？”洛佩饶有兴致地问，“真的炸薯条？”

哈丝尔顿做了个鬼脸：“如果我用教师的工资能够负担这种奢侈享受，我就不会在这个黑窟窿里工作了。”

萝丝塔尔的脸上流露出同情的样子。但她的话语则是另一种样子：“如果你想逃走，我可不会打断你的另一条腿。”

哈丝尔顿没有回应，只是领着他们从一道后门走了出去。他们发现这是一条偏僻的巷子，狭窄又局促，黑黢黢的就像是一个发炎疼痛的喉咙，充满了消毒剂和变异老鼠尿的气味。各种足以让哈丝尔顿的学生家长在厌恶中争相逃走的丢弃物散落在他们脚下坑洼不平的黑色地面上。昏暗的灯光和一些凌乱的发光涂漆让洛佩和萝丝塔尔勉强能够看到他们不愿意看见的一些东西。

洛佩告诉自己，这又是一个让他彻底丢下这个世界的原因。人类让这个世界太像一个马桶了。

光亮和声音出现在前方，他们已经逐渐靠近街道了。前方是一道带有古老的铸铁栏杆的浇筑混凝土楼梯，向上通往街面。哈丝尔顿咒骂一声，忽然停下脚步，靠在一面墙上，抬起右腿，开始用力摆弄脚上的黑色人造革靴子。

“需要帮助吗？”有些不耐烦的萝丝塔尔向这个正在吃力鼓捣鞋子的女人问道。

“不，我没事，谢谢。”哈丝尔顿给了两名安保队员一个微笑。洛佩不由得想到，在这道阴暗肮脏的水泥裂缝里，能够看到天使一样的笑容还真是有些奇怪。这名跳脱衣舞的教师看看他，又看了看萝丝塔尔。

“我只是在竭尽全力，”她开了口，“先知知道我已经尽全力了。就这样结束也不是一件坏事。”她的眼皮抖动了一下。“我无法阻止契约号启航，其他人会做到的。这对我已经不重要了，对你们也不重要。如果契约号离开地球，你们只会死在太空里。这是无法避免的。先知知道，先知一直在说，却没有足够的人愿意听。他们会的，他们会的。深－空－有－魔。”她的手离开抬起的靴子，向靴跟滑过去。

洛佩睁大了眼睛，抓住还不明所以的萝丝塔尔，将她朝楼梯上面扔过去，同时高声喊道：“小心！”

一秒钟之后，中学教师葛琳妮斯·哈丝尔顿的脸上闪耀着天使的光彩，扭动了右脚的鞋跟。那只靴子发出巨大的轰鸣声和闪光，仿佛一个凶暴的神怪从油灯中被释放出来。一团橙色的火球向上升起，烧焦了巷子两侧的墙壁。

就在萝丝塔尔身后，洛佩感到头颈后面的高热，透过紧闭的双眼看到明亮的光芒。这片光非常强烈，持续了不算太短的一段时间。这条巷子里没有什么可以燃烧的东西，只有一些随意抛弃的肮脏塑料和固体物品，还有三个人。

两个人颤抖着站起身，看着第三个人的残迹。哈丝尔顿的大部分身体都消失了，只剩下一副骷髅跪在地上，继续燃烧着，在黑色的窄巷中显得格外刺眼。一分钟之后，这具骷髅开始坍塌。

洛佩看看萝丝塔尔问道："你还好吗？"

"还好。"列兵看看自己，点了一下头，"感谢你救了我的命。"

"没什么。时间已经很紧了，我可不想重新把面试的过程再检查一遍。"他转过身，朝楼梯顶部望去。街上有几个行人听到了爆炸声，或者看见了火光，正聚集过来朝巷子里观望。没有人问洛佩和萝丝塔尔有没有事。

契约号的两名安保队员回到街上，很快就消失在夜晚的人群里。

"她说的那个'先知'又是什么？"萝丝塔尔问道。

"还不知道。"洛佩努力思考着，"这让我开始怀疑，阻止契约号任务的人和公司合并没有关系。他们是外人，只不过利用了公司内部的人。"

他向周围扫视了一眼。这里的普通人正努力在这片越来越破烂的娱乐街区中找乐子，拼命想在几乎已经无法呼吸的空气里活下来。

“有什么想法吗？”萝丝塔尔问。

“你已经把关键词画出来了。”洛佩若有所思地说道，“我们需要先找到一位‘先知’。”

萝丝塔尔有些不确定地看着自己的长官：“但应该是一个预言什么的先知呢？”

“末日和毁灭。契约号的失败。”洛佩对她说，“我们的死亡。”他朝他们经过的巷子里指了指，“她说，我们全都会死在太空里，还说那个‘先知’知道这是无法避免的。但如果契约号任务被阻止了，我们就不会死在太空里，这也不是无法避免的了，这不就和预言矛盾了吗？”

萝丝塔尔和洛佩一样感到困惑。“那个该死的‘深－空－有－魔’又是什么？”

“我不知道。”洛佩承认，“如果那是中国话，那么公司也许就能确认他们的怀疑了。不过，以前还从没有人和我提到过任何关于‘先知’的事情。”看到萝丝塔尔还是不明白，洛佩便向她解释说，“公司一直认为这一切都是巨图搞的鬼。”

萝丝塔尔眯起眼睛。“巨图集团？”看到洛佩点头，她又若有所思地转过身。“我对于公司商战有一点经验。公司雇员会为了雇主而战斗，如果情势的确有可能会不惜牺牲生命——以此挣得大笔酬金。”她怀疑地摇摇头。“但这是我第一次听说公司雇员会为了公司而自杀。”

“我也是，”洛佩说道，“这不合情理。”

他们加快了脚步。路上的行人纷纷为他们让开道路。这些人兴奋又警觉，他们打算在这里快活地过一个晚上，无论会遇到些什么。

找到葛琳妮斯·哈丝尔顿之后，两名安保队员却觉得完全没能拉近和真相的距离。他们只是变得更加困惑，而且洛佩还因为刚才的爆炸而感到一阵头痛。飞船很快就要离开了，他没有时间对付这种毫无道理的事情。

“公司的专业人员不会杀死自己，这是法则。”萝丝塔尔一边走一边说，“狂热分子为了某种事业会这样。”

“所以，我们至少可以将两个词放到一起，”洛佩附和道，“‘狂热分子’和‘先知’。”

“这又怎能和巨图公司牵扯上关系？”萝丝塔尔想知道，“根据我对他们的了解——当然，我对他们的了解并不多——他们是标准的生意人，不是狂热分子。”

洛佩点头表示同意。“狂热分子做不了生意。精英巨图集团的三人组也许都冷酷无情，但他们的动机和狂热分子完全不同。我从没听说过什么先知和巨图有关系。我开始觉得维兰德·汤谷是找错了人和地方。”

“那么，”萝丝塔尔对他说，“现在我们要找谁，找些什么？”

“我不知道。”洛佩转过一个街角。他们快要离繁华的皮卡迪利大街已经不远了。洛佩突然感觉自己被淹没在建筑物的灯光和年轻人的笑声中了。

“但我认识可能知道这些的人。”

第十八章

“你找到那个女人了？”

比弗利芝看着洛佩和他的下属。他们的左边是古老的国会大厦，早晨这座大厦弥漫在城市的雾霾中几乎完全看不到。他们三个脚下的这座大桥在很久以前就不再允许车辆通行，变成了一条纯粹的步行街。这是伦敦城中一个很受欢迎的地方，人们可以在这里呼吸一点相对干净的空气。桥下的河水也能将黏滞的空气搅动一下。不过，待在这里的人都必须忍受被污染的泰晤士河上升起的恶臭。

大大小小的船只仍然不断地在这条水道上穿行。为了防止海潮内涌，越来越高的堤坝被竖起来，占据了曾经与这条河并行的道路。从那时起，河道上便利的登陆点就越来越少了。像这座桥上的其他人一样，这两名安保队员都只穿着平民服装。他们担心那些窗明几净的办公室已经被企图阻止契约号任务的狂热分子盯上了。于是，公司的安保主管建议他们在这种开阔场合见面。

这三个人周围是当地人和游客组成的熙熙攘攘的人流，就算是定向拾音装置也很难窃听到他们的声音，而且他们还故意面对河水说话。

“找到了。”洛佩回答道。他的眼睛因为一直从下方升起的化学臭气而微微感到灼痛。他渴望到洁净无尘的太空飞船和被认为还处于原始状态的奥利加 –6 去，那里才会让他感到自由自在。“她的名字是葛琳妮斯·哈丝尔顿，中学教师，殖民船员的应征者，兼职脱衣舞娘，全职狂热分子。”

比弗利芝显然有些吃惊。“该死的，你是怎么找到她的？”

洛佩的注意力被吸引到一艘有趣的船屋上。那东西看上去像是船，又像是水上飞机。“作为契约号的安保主管，我能够进入这个世界的人口数据库。有一些资源，私人公司甚至是警察也都是无法使用的。”在他身边，勤奋好学的萝丝塔尔什么都没有说。

比弗利芝哼了一声，向他们身后瞥了一眼。他没有打算看到什么人，但作为一名老于世故的监察者，没有什么花招能够逃过他的眼睛。根据他的判断，现在没有人监视他们。

“好吧，老家伙，你找到她了。”比弗利芝说道，“除了她的身份，你还有什么发现？”

洛佩点点头。尽管不得不忍受臭气，但能够在清晨时分靠在石雕栏杆上，凝视这条古老的河流，这种感觉还是很不错的。不远处，大本钟的全息影像发出报时的钟声。原先那座真正的大钟已经在半个世纪前的一场恐怖袭击中被摧毁了。

“她告诉我们的事情确认了我一直以来的想法。从企图破坏契约号的货舱开始，无论是谁在幕后主导这些行动，那些人都在努力诱导我们以为这是公司内部的问题，或者更糟糕，是一场公司战争。”

比弗利芝咬住嘴唇：“我记得这个女人在申请时所持的身份是汤谷公司的雇员。”

“我对此亲自进行了检查。”洛佩将放在桥栏杆上的一粒石子推下去，看它翻滚着落进下面的浑水中。这段石雕栏杆就像是伦敦其余的部分一样，正在崩碎。“她使用的是经过篡改的旧文件，那些文件原来的主人几年前已经去世了。”

“她有没有提到过巨图集团？”

“不，她没有提到过任何公司，只是说了一个没有名字的‘先知’。”

比弗利芝皱起眉头。“那么，不是巨图？”

“不一定是。”军士回答道，“不过也不能完全排除他们的嫌疑，我希望你能够帮助填补一些情报上的空白。”

“她没有说名字？”比弗利芝又问道，“只是一个‘先知’？”

萝丝塔尔说道：“她说，如果我们离开地球，我们就全都会死。她指的肯定是契约号任务，这应该是那个先知告诉她的。她还说，就算她无法阻止契约号启航，也还会有其他人这样做。”

比弗利芝在沉思中点了点头。“敌人已经进行过多次行动，所以我们知道他们是一群人。这是否和巨图或者其他我们视野之外的公司或组织有关，我们还无法确定。”安保主管看上去很不高兴。“还会有其他人这样做，”他重复了一遍萝丝塔尔的话，“这可不是好事，我们必须尽快制止他们。”

看到洛佩还在盯着自己，比弗利芝又说道：“我从没有听说过巨图集团的任何主管、创建人或者雇员被看作是先知。”

“Yuyan jia，”洛佩说道。他似乎完全不在意自己古怪的腔调。

“那是什么，老家伙？”比弗利芝的眉毛紧皱起来。

“我调查过，在巨图的公开记录中，没有人叫这个名字，甚至发音相近的也没有。”比弗利芝仍然只是茫然地看着军士，军士又说道，“Yuyan jia 是中国话里‘先知’的意思。我本以为在那个集团中也许能找到这样被称呼的人，但我什么都没有发现。”

“真希望能够让你成为我的职员。”比弗利芝用欣赏的口气说。

军士摇了一下头。“抱歉，我是一个只愿意出外勤的人。所以我一直在期待着不仅能够呼吸，还能嗅到清新气味的大气。”他转向萝丝塔尔，“明白了吗？我们在寻找一个真正的先知，而不只是被称作先知的人。”萝丝塔尔点点头。他又转向比弗利芝，向安保主管问道：“有没有什么想法？有什么地方或是国际性的组织拥有足够的财力和动机搞这些事情？”

“我立刻调集人员和装备进行这方面的调查，老家伙。”比弗利芝是个言出即行的人。他拿出通讯终端，不停地敲击按钮，开始了必要的调查。“就像你说的，这一切的幕后主使仍然有可能是巨图，或者是以巨图做掩护的某个组织。”

洛佩的回答则显得有些矛盾：“不要否认这种可能，也不要把力量全都集中在这一点上。”

比弗利芝眯起眼睛，看着军士。“那么，有特别需要集中力量的一点吗？”

军士耸耸肩。另一艘让他感到有趣的船正顺流而下朝他们驶来。有几个人在前甲板上忙碌，洛佩仔细查看他们是否携带武器，结果一无所获。不过他也会看漏一些东西，比如脱衣舞娘的靴子。

“这个组织的狂热精神已经非常明显。”洛佩这样说道，算是回答了比弗利芝的问题。“某种古怪的献身精神让他们聚集到一起。我能够理解破坏飞船的行为，但无法理解用气密舱把自己扔到太空去。你也不会自动跳到河里去淹死，或者引爆鞋跟里的炸弹吧。”

比弗利芝抿紧了嘴唇。“我同意你的话，老家伙。没有人喜欢接受审讯，但他们至少可以请个律师，而不是像你描述的那样做出自我牺牲。”

“事情还不止于此，”萝丝塔尔补充说，“她不只是要自我牺牲——她还想让我们和她一起死。哦，在她引爆之前还嘟囔了些什么。那算是她的遗言吧，只是一小段话，几乎像是某种吟唱。‘深－空－有－魔。’”

安保主管的五官都皱到了一起。“我根本不懂这是什么意思，我会让人进行调查。”然后，他第一次向萝丝塔尔露出微笑，“萝丝塔尔女士，对么？”萝丝塔尔点点头，“我听说这位军士还能和我们在一起，全都是因为你的功劳。这很值得赞赏。”

“我已经将奖金送给了我的亲人。”萝丝塔尔转头看着正在凝视河水的洛佩，“如果公司想要再加些奖金，我也不会拒绝。”

比弗利芝又向自己的通讯终端输入了些什么，然后回头看着他们。“我有一种感觉，因为你们两个加入安保部队，契约号被交到了可以信任的人手里。”

“其他人也同样值得信任。”洛佩插口道，“他们在船上已经表现出了自己的能力。”

“我相信，他们正在密切注意其他一切破坏行为。他们全都是值得信任的人，都经过了严格的审查。”比弗利芝不经意地点点头，将终端放回到口袋里，“你们不需要继续辛苦下去了，军士——一有线索，会立刻通知你。你和列兵萝丝塔尔现在可以前往契约号，留在那里，直到飞船启航。毕竟这不是合同要求你们承担的工作，你们也没有义务继续追踪下去了。”

“长官，如果你不介意，我想要留在地球上，尽可能继续调查这件事。”洛佩从石雕栏杆上直起身子，“我像其他殖民者和船员一样迫不及待地想要离开地球开始我们的任务，但我也想尽可能多保留一些对这里的回忆。这里的美好会让我想念它，而这里糟糕的一面会警醒我，为什么我终于还是要离开它。”

“随你，”比弗利芝显得很愉快，“很高兴能知道你愿意继续参与调查。”

“我的工作是保护契约号的安全。”洛佩简单地回应了这么一句，“无论我在船上还是在地上，这一点都不会改变。但我知道一件事——如果那些极端分子被查出来，绳之以法，被送到了优良、安静、安全的地方，让他们能够清醒一下头脑，重新考虑一下自已的动机，那么当我回到船上的时候，就会放心得多。”

“我也是这样想的。”比弗利芝微笑着靠在石栏杆上，又将目光转向军士身边的女子，“可能我还没来得及这样对你说过，列兵萝丝塔尔——欢迎加入维兰德·汤谷公司和契约号殖民任务。”

萝丝塔尔点了一下头，将注意力转到河面上。她对比弗利芝致辞的冷淡反应让洛佩更加相信自己的选择是正确的。无论是什么样的任务，他的战友闲话越少，他们的行动也就越有效率。

随后，洛佩与比弗利芝和萝丝塔尔告别，漫步走进了这座城市的街道。在散步的过程中，他一直留意和观看身边的每一样东西，从灯光流转的维多利亚车站高塔到一块久经风雨的招牌——它指明了英国历史上第一个公共饮水喷泉。

他正在享用一顿简便午餐（食物是英国的国菜——咖喱），通讯终端忽然响了起来。男高音的旋律表明这是他的个人电话，而且完全值得他把外卖食品先放到长凳上，用一些时间来接听。

这是一个小福利，但在契约号上很受欢迎——殖民船的全体船员都能够在地球上的任何地方全天免费通讯，无论多长时间都可以。除了以此来向公众宣扬维兰德·汤谷公司对员工的关心之外，它也有实际的一面，毕竟这些船员很有可能再也不会支付电话账单了。

洛佩毫不犹豫地按下接听键，他知道他和哈利特都不必关心通话时长。电话另一端的声音相当清晰，证明了当代通信技术的强大。洛佩曾经体验过和大伦敦区本地通话时失真很多的声音。

“我是洛佩。”洛佩对着拾音器喃喃地说道。

“该死的，别那么假正经，丹。”哈利特的声音一如既往地放松，“你在工作吗？”

军士向周围扫了一眼。来自这颗行星各个地方的人汇聚到这里，形成一片茫茫人海，却没有一个人多看他一眼。如果有人跟踪他，那他们的能力就实在太强了。

“我会一直工作直到进入深度睡眠。你的情况如何？”

“还悬在半空呢。”这是一个无聊的笑话，但契约号的人很喜欢一遍遍地重复它。“自从我们愤怒的员工飞——出去之后，一直都很安静。楼下有什么新情况？”

“有一些有趣的发展。”洛佩谨慎地选择着言辞。他的通讯终端是维兰德·汤谷最安全的产品，但丰富的经验让他知道，任何通讯器都不可能是绝对安全的。抱持这种态度是有必要的，在涉及电子通信安全的时候，偏执狂才是你的朋友。

“我现在没办法说得太详细，”洛佩继续说道，“毕竟一切都还不清楚，我们也没有再发现和飞船直接有关的行动。如果运气好的话，这个问题就可以在启航前得到解决。否则，就只能由留下来的人应付了。这话我只对你说，我感觉这里不少人会因为我的离开而失望。毕竟我已经证明了我的能力。你确定没事吗？”

“这里再正常不过了，不过也很忙。大多数时间都要进行最后的安保检查。奥拉姆和凯莉恩正在负责让最后一批殖民者进入深度睡眠，我希望你能够尽早把屁股挪回来。为什么不让那些人去完成本就属于他们的工作？”

军士深吸了一口气。“我可以离开，但我觉得有责任尽可能在这里帮些忙。”

“除了公司以外，你还有其他责任。”哈利特低声提醒他。

“我不会耽搁太久的，我保证。”洛佩竭力用安慰的语气说，“我是契约号安保队员，不是地勤，能够给他们带来不同的看问题的视角。而且这里发生的事情毕竟也会影响到任务安全，所以这也是我的责任。”他停顿了一下，点点头，“我们要在深度睡眠中度过很长一段时间，我不想因为在这里丢下没有解决的问题而做噩梦。”

哈利特的叹息声清楚地传达到了通信线路的这一端。

“如果你认为这很重要，那我觉得你应该处理好这件事，”哈利特说道，“我希望不是如此，但我也明白这有可能很重要。”

随后，他们相互说了一些熟悉而愉快的话，便一同挂机了。这段通话让洛佩的心中五味杂陈。像以往一样，听到哈利特的声音让他很高兴。但与此同时，他仍然认真决定要先处理好地面上的问题，才能安心地回到船上去——这是他现在需要做的事情。

现在，他对阻止契约号启航的幕后主使越来越感到气愤了。他觉得他们是他个人的敌人，不只是因为他们曾经两次想要他的命。

第十九章

汤谷英雄应该感到高兴。

他家乡的队伍——优格燕子在第七局以九比六超过了阪神虎。在有顶棚覆盖的大体育场中，维兰德·汤谷公司生产的三维投影仪正在放映出紧张的比赛画面。即时观众反馈表明在座百分之六十三的观众都对此感到兴奋。

但他喜爱的投球手大谷治男在早些时候出局了。不过，燕子们也在第五局的时候打出了两个全垒打。现在上场的全都是替补投手，战斗进入了焦灼状态。

让汤谷感到悲哀的是，和这两支球队的经理不一样，他完全没有替补投手可以使用。

这种伤心不是今天才有的。自从十七岁时起，他或多或少就只能依靠自己一个人。汤谷株式会社在他的苦心经营下从一个不知名的小企业成长为一家著名的大公司。与维兰德公司的合并更是他的巅峰成就，而殖民船契约号的启航将是他人生中最为骄傲的时刻。

如果这个项目真的能顺利实施的话。

然而有人不希望这件事发生，某个人或者某个组织正在竭尽全力阻挠他。他们在他的雇员中散播怀疑和偏见的种子，让汤谷的职员相信维兰德的人正在与他们为敌。尽管巨图集团依然无法免除怀疑，但现在看起来可能还有其他因素在这件事中发挥作用。来自伦敦的最新消息让人感到调查有了进展，同时却又让人更加迷惑。他在那里的安保人员的确有所发现，但他们也说不清发现的到底是什么。

执掌巨图集团的三人组的确对经济很狂热，但他们绝不是通常概念中的那种狂热分子。汤谷一直都很敬佩章，但他不认为章有这样的权威，能够让集团的雇员为了执行命令而自杀，当然，章更不可能下达这样的命令。

现在的难题是，无论是他、戴维斯还是其他维兰德·汤谷的管理者们，都无法想象除了巨图以外还有哪个组织会与他们为敌，能够有这样的意志和能量做出那些事情。至今为止，那些狂热分子都无法阻止甚至拖延契约号启航的日期，但汤谷很担心那些越来越疯狂的狂热分子下一步又能干出什么来。

他们到底会施展出什么手段？他们有没有原子弹？化学武器？如果维兰德·汤谷的雇员为了阻止他们而牺牲，还可以进行掩饰，但现在已经有成百上千的殖民者在飞船上进入了深度睡眠，如果他们遭受伤害，所造成的公众舆论将会……

“父亲？”

珍妮·汤谷和父亲一同坐在公司的私人空中包厢里，正用关切的眼神看着汤谷英雄。尽管汤谷利用长期在复杂的商务谈判中积累的经验很好地掩饰住了自己的情绪，但他的女孩儿还是比其他任何人都能够看懂他的表情。在这几天里，一度积极乐观的汤谷英雄明显陷入了沮丧状态，随后又因为女儿遭受绑架而近乎发狂。而在那次饭店中会面之后，汤谷又明显乐观起来，实际上，如果那次来找他的不是一位老朋友，其结果很可能会非常可怕。

现在，他一定又有了什么新的考虑。尽管他拥有用钱能够买到的最好的医生和药品，但他已经不再是年轻人了。汤谷和维兰德合并的喜悦也已经被最近这些事件引发的深深担忧所代替。

野茂为燕子队打出一个三垒打，他如风一般跑到了垒位上。整个体育场都沸腾了，但在四人包厢里还是一片沉寂。

“父亲，”珍妮这一次加重了语气，“你还好吗？我能做些什么？”

“什么？”汤谷英雄努力向女儿露出微笑，“不，没什么，珍妮，我很好。我只是在思考，仅此而已。”

“我知道你在想什么，”珍妮带着责备的语气对他说，“如果你继续这样‘思考’，你会犯心脏病的。如果你在契约号启航之前去世，那么它是否能出发就都不重要了。”

“这话很有道理，”汤谷依然微笑着回答道，“但说来容易做来难啊。”汤谷用手指点了一下，他的座椅从能够俯瞰体育场的位置向后退去，“我要和你的母亲谈谈。”

“现在？”珍妮朝场上指了指，“比赛就要结束了。”

“现在两支队都还有击球机会，不会那么快结束的。看比赛让人很兴奋，但我没办法让自己专注于比赛太长时间。我本以为来看看比赛能有助我放松一下心情，但在契约号的问题解决之前，我很难思考其他事情。”他从椅子里站起来，椅子便跟随在他身后，直到他打了个手势，让椅子留在原地。他则来到珍妮身边，俯下身，轻柔地在女儿的额头上留下一个吻。“替我欣赏比赛，女儿。如果我没有在最后一局及时回来，你就讲给我听。”

珍妮无奈地叹了口气。“希望这种令人不快的事情能够尽快有个了结，哪怕是为了让你能安下心来。”

汤谷笑着向女儿晃动一根训诫的手指。“是为了公司。”

珍妮伸手按住椅子扶手上的控制面板。“你想不想要我放下私密屏幕？隔绝掉比赛的声音？”

“不，你要替我欣赏比赛。”汤谷抬手梳理了一下自己日渐稀疏的黑发，“我有我自己的私密屏幕。”

他转过身，向包厢深处走去。他知道珍妮在为他感到担心，但他没办法改善女儿的心境。他能够在其他人面前掩饰自己的想法，却没有办法瞒住他的女儿。妻子也是这样，无论汤谷多么努力地装出若无其事的样子，她都能一眼看出他真实的情绪。这种几乎像心灵感应一样的洞悉能力也许只有妻子能够掌握。

汤谷的下属和经理人都有着非凡的能力和技巧，甚至也有很强的同理心，但他们都无法像妻子那样成为他的人生同伴。

将一个棒球体育场的私人包厢内室作为存放爱人骨灰的地方，这的确有些奇怪。但妻子知道汤谷是一个多么狂热的棒球爱好者，所以她在遗嘱里清楚地写明了自己灵堂的位置。这是当她的病情日渐严重的时候，他们经过认真讨论做出的决定。实际上，将灵堂设在这里也是妥协的结果，因为汤谷坚决拒绝将妻子的骨灰撒在投手位上。

这个小房间里的灯光相对比较暗淡，靠近后墙的地方立着几根小竹子和铭牌，它们全都是用非洲孔雀石雕刻抛光而成的——妻子最喜欢绿色。汤谷从身边的橱柜中拿出一大瓶清水，开始清洁这里的一切，使用传统的木桶和毛刷进行净化仪式。这里有大量人工雕刻的兰花和别的奇异花卉，外形栩栩如生，完全能以假乱真——它们被用于代替鲜花。两支银烛台上电能蜡烛的光亮在汤谷走进来的时候就已经自动增强了。

汤谷从一只敞开的盒子里拿起一束自燃香，抖动两下，让香燃烧起来，然后充满爱意地把香插在空香炉里。敞开的水晶瓶中还有绿茶，他觉得没有必要再添加更多了。

汤谷跪坐在灵位前面，将双手在胸前合十，闭上眼睛，低下头。这些日子里，他在正襟危坐的时候都会感觉脚踝疼痛。但就像以往一样，他完全忽略了这种疼痛，还开玩笑地告诉自己，如果妻子看到他这样的牺牲，一定会感到高兴。他挺直身子，将双手放在腰间，看着妻子的灵位。

“今天我没有什么可以给你，妻子，只能告诉你，燕子赢了。”他自顾自地微笑了一下，“我知道，这对你应该就足够了。但我上次和你说的问题还在，我——我不知道该做些什么。我们仍然不知道谁要为这些事负责，可以说什么都不知道。我甚至找不到方法去试探敌人的反应。看起来，我们的人正在接近答案，但飞船出发的日期也越来越近了。这种干扰必须被消除。”

“巨图集团还有怀疑，但看样子也有可能是其他势力在作祟。先前还没有特别的迹象表明我们到底应该对谁下手。”他微微一摇头，“我不能行动，不能下达命令，至今都没有头绪。我是一名将军，我的部队必须不断躲避飞来的箭矢，却看不到敌人的弓箭手在哪里。”

他一直保持着跪坐的姿势，直到膝盖和脚踝几乎要完全麻木。他最不愿意做的事情就是击打安装在墙上的紧急按钮，让人进来扶他站起身。尽管需要经过一点努力，他还是自己站了起来。

“我想念你。真希望能再得到你的建议，还有你的触摸，你的微笑。我想念你看到燕子们打出本垒打或者成功偷垒的时候兴奋得像孩子一样蹦跳。我想念你穿着长裙、戴着首饰为公司奔波的样子。我甚至想念你的唠叨。它们通常都有的放矢，当然，也并不总是。我想念……”

汤谷停住了。他不能热泪盈眶回去看比赛。他是汤谷英雄，是维兰德·汤谷公司的CEO和主席。在他这个位置上的人不会哭泣，只会用安静而严厉的声音下达命令。他需要的是尊敬，就算是在观赏棒球比赛的时候也不例外。

他在东京和伦敦的部下正一步步调查出是谁在不遗余力地一次次破坏他的任务。他们必须把这件事调查清楚，契约号的启航绝对不能耽搁，更不可能取消。必须知道是谁在阻止这一行动，然后就要彻底除掉他们。

安静且严厉地除掉。

他又鞠了一躬，然后转回身，离开了这个房间，离开了电能蜡烛的光亮和昂贵的线香缭绕的香烟，离开了自己这被迫放下的一部分生命。

他的另一部分生命正在焦急地等待他回去。珍妮·汤谷转动椅子，差一点站起身拥抱自己的父亲，不过她最终还是决定不这样做。她知道，在公开场合这样做可能会让父亲感到不安，更无法实现她想要的效果。汤谷也许深爱着自己的女儿，但在他刚刚探望过亡妻之后，不是向他寻求安慰的好时机。就算是一个像汤谷英雄这样刚强的男人也不可能完全对感情免疫。

但看到女儿的表情，汤谷还是立刻加快脚步来到她身边。“我现在好多了，去看看你母亲总是能帮助我放松精神。”

“当她追着你满屋子乱吼的时候，你可不是这么说的。”

汤谷的脸上依然带着微笑。“你的母亲从不会向我吼叫，她只是会强调她认为是重点的内容，并且适当提高声音。”他向球场上点点头，“比赛进行得如何？”

珍妮做了一个鬼脸。“不太好。乙多为老虎队打出了大满贯（满垒时的全垒打），我们现在只剩一个人了。”

“该死，”汤谷重新坐到自己的座位上，“我可没有心情再看加局了。”

“我还检查了一下除颤器，”珍妮微笑着说，“我可不要让别人说我没有照看好自己的父亲。”

汤谷禁不住轻笑了两声。“实际上，我觉得很好，让我们把比赛看完吧。”

两支队一共打了十一局，不过燕子还是在一次短打时成功偷上本垒，赢得了比赛。比赛结束以后，汤谷命令将晚餐直接送到包厢里来。在吃着人工合成的牛肉、蔬菜，喝着仅存于新西兰的最后几片葡萄园中出产的葡萄酒的时候，他便趁着这个舒适的环境开始询问起女儿的看法。尽管汤谷从没承认这是在向女儿寻求建议，只是想听一听女儿的看法，但他们两个都清楚，珍妮的话对他多么重要。

“在伦敦进行的调查看起来有了进展。”在等待小甜点的时候，他对珍妮说道。

“那么问题是什么？”珍妮吮了一口毕雷矿泉水（法国南部的一种冒泡矿泉水）。汤谷株式会社在数十年前就购买了出产这种神奇产品的公司。

“进展还不够快。”汤谷从膝头拿起餐巾，丢在桌子上。他不是很喜欢甜点。珍妮如果愿意，尽可以把他那一份也吃掉。“距离契约号启航的时间越近，我就越感到不安。”

珍妮考虑了一下。“至今为止，那些身份不明的人发动的每一次进攻都失败了。”

“的确，但他们的行动也越来越大胆了。至今为止，我们都很幸运。如果不是你鞋子里的追踪装置和你的冷静应对，也许对你的绑架就成功了。如果不是因为我们的雇员经验丰富，机警干练，比如契约号上的丹妮尔丝和伦敦的洛佩军士，敌人的另外两次图谋也许也会成功。”汤谷坐直身子，将双手交叠在桌面上，认真地看着女儿。“一个人可能玩上一整天的弹子机，把把都赢，却又飞快地失去一切。珍妮，你了解我，我不喜欢把未来押在像运气这样虚无缥缈的东西上。”

甜点端上来了，是两杯新鲜的绿茶冰糕，用石榴调味。不到一分钟珍妮就吃光了一份冰糕，然后开始以更加闲适的节奏享用第二份。

“我们能够进一步加强保安吗？”珍妮问。

汤谷摇摇头，有些心烦意乱地将头转向旁边。“契约号上的保安已经够严苛了，我们已经大幅度修改了两个发射基地的登船程序。我相信，现在已经不可能有任何带有犯罪意图的人还能走进将人员物资运往飞船的穿梭机了。”

马上要将装满冰糕的小勺送进口中的珍妮停止动作，微微一皱眉。“就算是最优秀的安保人员又怎么确定一个人的想法呢？我能够明白发现武器和爆炸物的方法，但——人们心中的敌意该怎样发现？我们已经有设备能够分析每个人的目的了？”

“你知道我的意思。”汤谷不耐烦地回答，“我们的安保人员接受过训练，懂得察言观色。如果有必要，他们还会对登上穿梭机的人进行审讯。我承认，这套系统还不完美，但它在过去就能非常高效地工作。”

“是的，”珍妮喃喃地说道，“但我们谈论的是现在。”

又过了一点时间，汤谷才想到这可能是女儿故意想要激怒他。

“那么你的建议有什么改变，公主？”

“你担心伦敦的进展太慢，尽管你对那里的人员很有信心。”

汤谷轻轻哼了一声。“我相信比弗利芝队长能赢得今天的地位不会是因为他缺乏能力。契约号安保长官丹尼尔·洛佩军士获得他的职位肯定也是因为他配得上这个职位。现在飞船上的安保工作已经相当严格。洛佩军士还在地面上帮助进行侦查。不过……是的，我仍然担心调查的进度不够快。”

珍妮略微一摆头，头发上的钻石尘在包厢的灯光中闪烁不定，让她看上去就像是一位美丽坚强的仙子。

“那么就做些事情加快速度。”这个世界上再没有第二个人敢于用如此突兀的口气向汤谷英雄说话了。

“怎么做？比弗利芝和洛佩已经拥有了他们所需要的一切资源。”

“没有人知道监视者自己是否也在受到监视。”

汤谷皱起了眉头。“是谁告诉你这句话的？”

“你，很久以前。”

汤谷轻声笑了起来。“我的事情，你记得比我还清楚。你的意思是说，我们调查的对象也许知道自己受到了威胁，正在使用手段监视我们的工作？”

珍妮摆动了一下小冰糕勺，在桌面上划出一道弧形。“我是说，如果我们从另一个角度切入，也许能够加快调查的速度，一个完全不同的角度。在战争中，绝不要低估出乎敌人意料开辟第二战线的价值。”

汤谷显出感兴趣的样子。“这句话也是我说的吗？”

“不是，”珍妮挖起最后一点已经融化成水的冰糕，“我想应该是川上操六（陆军大将，明治维新时日本军制改革者之一）说的。”

汤谷考虑了一下女儿的建议，最终回答道：“我认为这是一个好主意，至少应该不会有什么害处。如果现在的调查无法搞清楚我们的敌人，也许另一些人通过不同的方式能够成功。”

珍妮拿起一块亚麻餐巾，用精致的动作擦了擦嘴唇。“你心里有人选了吗？”

汤谷点点头。“有一个人偶尔会为我的一位朋友工作，我和那位朋友最近在晚餐时还提起过那个人的名字。有的人能够在合法的世界中自由行动；但也有人拥有另外一些资源，一些比弗利芝君和洛佩中士不一定拥有的资源。”

“这听起来不错，我同意。”

“真高兴你会同意。”汤谷的话语中同时流露出揶揄和关爱，“我立刻就联系他，向他介绍情况，派他去执行任务。明天晚上就可以到伦敦。让我们希望能有好结果吧。”

“希望像这道甜点一样好。”他们从座位上站起身的时候，珍妮向父亲露出亲昵的微笑，“你真应该尝一尝，父亲。”

汤谷只是摇了摇头。“恐怕在这个问题成功解决之前，我都不会有心情品尝甜点，现在我的心里只有公司。”他们并肩向包厢出口走去。那里有四名保镖正在等待他们：两个护送汤谷回家，另外两个则负责护送他的女儿。

“真希望母亲能在，”珍妮喃喃地说道，“她一定有独特的主意。”

珍妮的话引起了汤谷在这一天中最真心的笑声。“你的母亲会坚持亲自去伦敦，手里拿着枪，轰掉一切敢于挡道的人。她是一门上了膛的大炮，聪明又美丽，但永远都难以预料。”

汤谷的女儿看着父亲的脸：“正因为如此，你才那么爱她。”

“不，我认为那是她最糟糕的品质。”汤谷的脸上再次露出微笑，“但她身上其余的一切足以弥补这一点。”

永田阳二看上去并不像一个黑帮的执行人。他个子矮小，头顶全秃了，面孔浑圆，身材丰满——这种体态隐藏起了他的肌肉和过人的反应速度。他的专长是柔道，同时也拥有许多其他格斗技能的黑带段位。可以说，几乎没有什么战斗方式是他不曾尝试过的。他完全有能力在摔跤、灵活性和战斗中胜过任何与他体形相当的人以及绝大多数比他高大的人。

更重要的是，他的思维要比这些人更敏捷。一名曾经与他打斗过的人说，和他对阵就像是要打败一颗懂得思考的保龄球。你无法伤害保龄球，更无法预料他会做什么，你在上场之后知道的第二件事就是你已经躺在地上了。

他不必收拾行李。放在他寓所壁橱里的那只黑色背包里面总是放着旅行用品，确保他随时都能出发。他向自己名叫月亮的猫道别，知道寓所中的 AI 会照顾好他的伙伴，随后，他就开始考虑这次任务的细节。

月亮被留在了自动驾驶出租车里。他则下车走进机场，登上了正等着将他送去伦敦的私人超音速喷气飞机。他很喜欢大伦敦区，曾在那里度过了几段时光——并不完全是为了工作。那座英国城市和大东京区完全不同，每次都能让他看到全然不同的景致……只要能够穿透那里的污染物，任何人都能发现它的美。

根据提供的情报，他需要寻找一群狂热分子。他们也许是巨图集团的成员，或者受到了巨图的雇用；也可能和巨图完全没有关系。维兰德·汤谷自己的安保力量也在试图找到这些人，但如果有可能，他应该尽量单独行动，这很符合他的脾胃。尽管在情况需要的时候，他也会和别人合作，但他总是更喜欢单飞。

这样的话，至少就不会有人拿他的外表开玩笑了。如果发生那样的事情，他就只能伤害他们，而这也会让他自己感到沮丧。

第二十章

太阳在索伦特海峡的波浪上映出一片片银色的光泽。在这个时代，污浊空气不止吞没了那座不列颠过度肿胀的城市，还覆盖住了它曾经充满原始色彩的原野，只有在这里，与众不同的风景才能让人舒一口气。

在这里特定的一些海岸边，足够强劲的海风会将雾霾吹走。不过这些风能够持续多长时间，就连最优秀的气象学家也无法确定。自从致命污染迫使人们放弃了巴黎市中心之后，政府官方的天气预报就再也没多少人相信了。

这六名议会成员看上去就像是一群上班族趁午饭时间出来散步，毫无违和感地融入到了卡尔肖特海岸边的平民、学生和短途旅客之中。尽管这片海滩完全由鹅卵石组成，没有一粒沙子，但它还是成为了很受欢迎的公众活动场所。人们在这里享受阳光，看着巨大的贸易车辆穿行于这里的三座主要港口之间。

这里还是一个进行交谈的好地方，完全不必担心会受到监听。风声、海浪声和人群的嘈杂声会使最敏感的拾音器也没有用武之地。远处怀特岛的度假旅店吸引着众多游客。但只有那些能够承担昂贵费用的人能够享用那里污染相对比较轻的环境。

议会成员们没有向那里投去羡慕或关注的目光。来来往往的大型货车和小一些的休闲巴士也没有引起他们的注意。叽叽喳喳地追逐浪花的小孩子们，在难得一见的阳光下放松超重身体的夫妇们，还有偶尔一见沉迷在彼此的凝视中完全忘记了周围这个糟糕世界的情侣们——所有这些都不是他们所关心的对象。

现在，他们都快要被沮丧感完全吞噬了。所有这一切——太阳、大海、天空——都无法安抚他们不断遭遇失败的心境。每一个尝试阻止殖民船契约号启航的行动都以惨败收场。他们雇用黑帮，打算彻底除去汤谷本人，最终却只是得知那个黑帮的头目竟然是汤谷的朋友。结果绯村达不单没有履行合同，还直接去找了汤谷，警告他要小心暗杀。

邓肯·菲尔德斯没有和议会成员在一起。先知没办法承受开阔空间带给他的压力。在宽广的海洋面前，他将不得不凝望天空。而凝望天空便会迫使他想到未来将会吞噬一切的虚空。那种对虚空的想象会让噩梦景象更频繁地出现在他的脑海中。他更喜欢农场中阴暗封闭的环境，那里有随时能够助他入睡的镇静剂。

“我们就快没有时间了。”身材娇小的由纪子向她的同伴说道。这片鹅卵石海滩让她想起了在北海道东部的家乡，那里的海岸线上同样也铺满了砾石。

没精打采地走在她身边的男人像受虐狂一样，赤着双脚走在石子地面上，一双鞋被他用左手提着。他偶尔会瑟缩一下，也许是猜到了棱角锋利的石子。他说他喜欢这种疼痛感，这能够帮助他集中精神。

“我们还能做什么？”他耸耸肩，肩膀上的赘肉随之泛起一点涟漪，就像是一颗石子被投入水中。“汤谷的女儿现在受到的保护要比女王更严密。那个老家伙身边更是围绕着一支小规模的军队。三个向契约号运送物资和人员的发射基地全都被严加守卫，我们再也不可能把人派到飞船上去了。”

“也许我们可以控制一个导弹基地。”另一名年轻一些的男子在石子路面滑了一下，不由得轻声骂了一句。他看向自己的同伴们说:“我知道……我已经派出了眼线。成功的话，那艘船就不复存在了。”

“这没有意义。”另一名年纪较长的女子一边说，一边舔着一根冰棍，“控制一个基地是一回事，但为武器编制程序和操作武器系统就需要专门人才了。我们的人员里没有这样的人才。”远处一阵高亢的声音把她吓了一跳，不过只是一艘货船的汽笛声。巨大的船帆正在那艘船的六根桅杆上自动卷起。

“我们必须再想个办法。”说话的男人今天没有穿他做工考究的套装，而是换上了适合炎热环境的丝绸衬衫、轻薄宽松的长裤，再加上一双沙地凉鞋。看上去，他很像是在他的家乡——查戈斯群岛（印度洋中的群岛）的高档度假村里谈论股票交易和税收政策，同时手中还拈着一只细长的高脚玻璃杯，里面盛满了冰块和朗姆酒，还有一顶小纸伞。他一边在石子地面上迈着精准的脚步，一边考虑着各种暗杀计划。

就像其他人一样，他也找不出一个可行的办法。雇佣黑帮的手段本来看似很稳妥，却因为老汤谷仿佛拥有无穷无尽的盟友而功亏一篑了。

这时，议会中那名体重超标的成员停下了脚步，他的同伴们也纷纷停住。他抬起一只手，遮住射进眼睛的粼粼水光。尽管身材肥胖，但他头脑非常灵活，而且在为先知的事业不停地操持着。

“我认为我们选择的方向错了。”

“你是什么意思，帕维尔？”米莉森特——也就是两位女性议员中身材较高的那一位——一边问，一边吃光了手中的奶油冰棍——这根冰棍飞快地融化着，就像他们的希望一样。

帕维尔放下为眼睛遮光的手，看了看米莉森特和其他人。“你们回想一下，最初我们每个人对于预兆都很怀疑，直到分享了先知邓肯所见到的景象，我们才最终相信。”他停顿了一下，“我们不应该从正面攻击维兰德·汤谷，而需要从它的内部下手。”这个概念激发了大家的灵感。他们立刻讨论起来。不久之后，一个完全不同的策略渐渐成形了。

“这不可能。”皮耶尔坚持说道，“那家公司里的所有人都在期待着殖民任务的成功，因为那关系到他们的切身利益，那是价值数百亿的项目。”他哼了一声。“就算我们能够渗透进去，也不会有足够的时间阻止飞船启航了。”

“事情没那么简单，”身体超重的斯拉夫人反驳道，“只要我们渗透得足够深，就有机会。”

由纪子苦笑了一声。“你是说，从那家公司内部进行破坏，阻止契约号离开。这听起来倒挺像是从内部破坏一个国家。”

“为什么不行？”帕维尔直接顶了回去，“这样的事情以前不是没有发生过。”

那位穿着考究的绅士有一个男爵的头衔。但他的兴趣只在拯救人类。他一直在思考，希望在他们迅速减少的选项中找到一个合适的办法。

“我知道这看起来很不可能，但帕维尔的话也许真的有些道理。”他说道，“如果不能砍掉一条蛇的头，就只能攻击它的身体。任何公司都不会是坚不可摧的。我们要做的就是渗透进维兰德·汤谷，阻止他实施殖民计划。我们需要找到合适的办法，即使可能再有牺牲。”他冷峻地看着同伴们，“即使牺牲的可能是我们。”

作为他们之中最有技术背景也是最年轻的皮耶尔，首先提出了一个再明显不过的问题。

“我们该怎样进去？”他问道，“如果进不去，我们就根本不可能造成任何伤害。”

男爵修剪整齐的胡梢微翘起。“皮耶尔，这就要靠你了。”

那个祖先来自法国的南美年轻人做了个鬼脸说：“你的要求可真过分。”

男爵耸耸肩。“你也知道，我们所有人都已经为此赌上了一切，如果失败了，人类又将面临怎样的命运？”

“在我看来，相信先知的人竟然这样少，这实在太让人惊讶了。”主妇一样的女子小心地将舔干净的冰棒放进一只口袋里。

帕维尔哼了一声：“让他们看到事实，他们却只以为先知是个疯子。在我的国家里情况还要好一点，毕竟我们有着接受先知的历史传统。”

法国人的后裔自顾自地点起了头。“我能做到。这会很难，而且如果失败了，还会留下线索让敌人能够追踪到我们，但应该能做到。我们只有一次机会。在那以后……”他耸了耸肩，以此表达自己复杂的情绪。

“在那以后，如果我们的努力失败了，”由纪子说道，“逃出来的人就要重整队伍。我们会一直奋斗下去，直到契约号计划被取消。”她停顿了一下，“至于说牺牲生命，没关系，我们早就已经将自己的生命交给我们的事业了。”

“会成功的，”这名说英语的男爵安稳的话音中充满了自信，“一切有必要的人都要进入公司内部，成功渗透之后，我们就会……采取一切必要的行动。”

“一切必要的行动。”由纪子将男爵的话重复了一遍。他们转头向各自的交通工具走去。由纪子完全不反对议会做出的决定。议会所采取的行动都基于他们一致同意的决定。作为日本人，由纪子非常喜欢这样。

更何况，他们已经没有别的选项了。

也没有时间了。

汤谷用一条新毛巾绕住脖子，走进两部私人电梯中的一部，来到供他使用的三个楼层的第二层。位于第一层的健身房现在没人了，他的剑道教师已经收拾好器具离开了。这种高强度的锻炼总是让汤谷株式会社的主席感到体力耗尽，却头脑清醒。训练结束之后，他在健身房的浴室洗了澡，期待着度过一个轻松的夜晚。片刻间，他想了想是否应该叫一名妓女来和他一同过夜，但很快他就意识到自己太累了。

你已经不再年轻，没办法在修习剑道之后享受女人了。他有些懊丧地提醒自己。不过没关系。早些时候，他已经阅览过了今天最后一批业务报告。现在他可以浏览一下新闻，也许还能看一点体育报道，然后就去睡觉了。依照美国的巴克明斯特·富勒博士（美国建筑大师，发明了网格球形穹顶）的理论，他已经训练自己每晚只需睡三四个小时就能恢复精力了。

他知道，软件维护就像偶尔的硬件修复一样重要，甚至有可能更重要。

他坐到了面朝一片白墙的软椅上，这片墙壁也是投影仪的屏幕。自动吧台为他送来一只闪闪发光的玻璃杯，杯子里是加了冰和塔佩拉巴（一种热带水果）提取物的水。椅垫根据他的体形和体重做出了调整。他低声说出一个指令，墙壁仿佛一下子消失了，取而代之的是一连串图像和音乐。片刻间，那些图像就发生了迅速的变化，音乐也被新闻播报员的声音所取代。当新闻播报员说话的时候，图像伴随他们的话语而移动，有时悬浮在播报员前方，有时又到了他们后面——全由新闻内容来决定。

汤谷看到一场中型海啸在今天袭击了智利海岸，奔涌的海水仿佛就拍打在他的脚边。这个影音系统的触觉功能被关闭了，所以他感觉不到波浪。海啸和引发海啸的地震似乎没有造成多少损害。这样很好——汤谷·维兰德公司对于智利中部港口瓦尔帕莱索一直都有兴趣。

海水的图像消失了。与此同时，两名新闻播报员变成了坐在一张长桌后面的一排六个人。他们穿着一样的衣服，说话的声音一样，甚至微笑的表情也完全一样。

汤谷微微一皱眉，但并没有更多反应。

“我们进来了吗？”六个人之中的一个问身边的人。看起来，他们全都是男性。他们的数字面具非常完美。

“很容易就能知道。”第一个人转向一个看不见的拾音器，“汤谷英雄，能听到我说话吗？”

“我不仅能听到，”汤谷一摆手，开启了埋在墙中的特殊设备，“我还能清楚地看见你们。”

“我们也能看见你。”第三个人向前俯过身，“我们知道，你可能已经开启了搜索和记录设备。你会发现这只是在浪费时间。我们所处的位置就像我们的身份一样被施加了严密防护。我们不可能通过一个简单的双向通信系统伤害你，所以请注意听我们说。破解你的家庭影音系统的私人密码实在需要费些力气。如果你立刻中断通讯，也只是在浪费时间，我们将不得不重新再做一遍这件事。”

不管怎样，汤谷还是让追踪和记录设备保持开启状态。无论这些人是怎样宣称的，他们毕竟还是可能留下一些有用的蛛丝马迹。

就汤谷所知，最近这段时间里，只有一群人有足够的能力和动机渗透进他的公司和个人安保系统。

“你们是巨图集团的人吗，还是受他们雇佣？”

他得到了六个一模一样的惊讶表情。他相信这一幕已经足够回答他的疑问了，另一个人确认了他的猜测。

“我们和任何公司都没有关系。我们是先知的追随者，我们是地球拯救者。”

如果这个人是想用庄重的口吻给汤谷留下深刻印象，那么他失败了。

“从没听说过。”

“这只是因为我们有意隐瞒自己。”六人之中的另外一个说道，“不管怎样，总有一天所有人都将知道我们的存在。”

“这个我相信，”汤谷表示同意，“对于反社会恐怖分子的公开审判和随后的牢狱刑罚都将会在公众媒体上播出。”

“我们不是反社会的恐怖分子。”这句回答似乎表明汤谷真的戳到他们的痛处了。“我们要保护全人类，我们代表先知奋斗不息，只为了全人类的未来。”

汤谷机械地点点头，考虑是否应该叫保镖来做一个见证，但他又决定不要这样做。保镖的出现不会让这次交锋对他更有利，反而有可能让这些打扰他晚间休息的人立刻中断交谈。他需要和他们谈下去。沉默不会给他带来任何情报。

“真是高尚的情操，”他波澜不惊地说道，“自有人类以来，每一个狂热分子的集团都用这样的口号召集信徒。”

“我们也不是狂热分子。”另一个人坚持说道，“我们的信仰是真实的。”

“你们没有只用语言来说服教化。”汤谷厉声驳斥道，“是你们企图破坏契约号、绑架我的女儿、渗透进飞船的安保部队，而在渗透不能得逞的时候，你们又图谋刺杀飞船的安保长官。”他的声音中出现了尖刻的嘲讽意味。“但我相信，你们认为这些都是可以接受的，因为你们不是狂热分子。”

第一个说话的人说道：“如果贴上一个标签会让你的感觉好一些，那么就随你。我们的目标只是希望人类能够存活下来。”

汤谷眨了眨眼。“那么，你们为什么又要毁掉我们这个族群获得救赎的机会呢？”

“不，”六人中的另一个插口道，“我们是为了让人类避开劫难。”

尽管感觉极度荒谬，但汤谷还是禁不住提出了问题。

“避开什么？”

“深－空－有－魔。”他们同声吟诵道。所有这六个人此时看上去没有任何差别，这让他们的吟诵也变得格外令人不安。汤谷不禁皱起了眉头。

“请原谅，这是一个游戏吗？”他的语气显示出他已经到了发怒的边缘，“一个精致的——也许是想给人留下深刻印象的娱乐节目？”

“这不是游戏，汤谷英雄。”第四个说话的人用夸张的严肃口吻回答道。也许以他的观点来看，他一点也不夸张。“深－空－

有－魔……深层空间有魔鬼。先知用他的预见向我们展示了银河系中充满了许多有敌意的、嗜血的生命形态。如果他们找到了来到地球的路径，他们就会彻底摧毁统治这里的智慧生命，也就是我们。”

看样子，这个在报告中提到过的“先知”是“他”。汤谷略微感到一点满意。毕竟他终于有所收获了，每一条线索都是有价值的。

“我明白了。”汤谷回答道，“所以你们并不仅仅是狂热分子，还是发了疯的狂热分子。”

“我们不是狂热分子。”那个说话的人再一次吞下了汤谷的诱饵。汤谷毫不迟疑地开始反击。

“那么你们是天体物理学家，还是外层空间生物学家？不，我认为都不是。你们只是破坏者、绑架犯、杀人犯，而且你们还在因为共同的偏执妄想而受苦。这种事持续越久，我就越觉得是在浪费时间——但你们的确引起了我的兴趣。告诉我，你们是怎样知道那些充满敌意的外星生命的？毕竟我们的探空飞行器和最优秀的科学家都没有找到一点关于这种生物存在的蛛丝马迹。”

“我们知道，”另一个说话的人充满信心地宣称，“因为先知是这样告诉我们的。”

“啊，”汤谷啜饮了一口他冰冷的饮料，“先知，根据你们说过的话，我早就应该想到你们会给我一个如此详尽严谨的科学解释。”

“我们知道你会嘲讽我们，但我们并不害怕。真正掌握事实的人不会被你这种玩世不恭的犬儒主义所困扰。”第一个说话的人在桌子后面挪动了一下身体。他的动作没有出现在他的同伴身上。

看样子，汤谷心中想道，他们的数字面具并不是真正的完美。这种面具持续时间越久，就越有可能被揭穿。果然进行记录还是有用的。

坐在第一个说话者身边的人开口了："先知的预见是非常详尽的……"

"详尽到足以吓到你们，当然。"汤谷打断了他，"毫无疑问，它还足够详尽到让你们愿意提供经济'支持'。"

"我们对先知的支持微不足道。"说话者反驳道，"我们只能提供一些最基本的必要条件。如果你另有所指，我只能告诉你，先知对钱没有兴趣。实际上，他非常痛恨他所见到的那些景象，愿意不惜一切代价让它们消失。"

嗯，汤谷想道，这是一个意料之外的反应。如果这是真的。

"真可惜，我无法看到他所预见的'景象'。"汤谷随意地挥挥手，"谁知道呢？也许它们会说服我取消这个任务。这不就是你们所希望的吗？阻止契约号启航。让人类无法在群星之间安居。"

"这正是我们想要的。"两名说话者同时表示同意。

"我们无法向你展示先知的预见。"另一个人说道。

汤谷尖刻地哼了一声。"对此我一点儿也不惊讶。"

"但我们能够做到的是，"那名说话者继续说道，"让你看到我们充满创造力的人才所制作的视觉影像。它表现了我们对先知预见最好的解读。"

"那么，来吧，"汤谷轻快地说道，"让我感到震撼吧，来说服我。这只不过是一个投资了数百亿的项目，我相信你们先知的想象一定能说服我毫不犹豫地放弃它。”

一名说话者点点头，向旁边招手。这个动作再一次没有同时出现在六个人的身上。他们的面具在不断地解离。只要能再让他们说上一段时间，汤谷相信自己就能得到一些真正有价值的情报。

突然间，六个人消失了。

取而代之的是噩梦。

影像出现，以适当的速度逐步演进，相当逼真。尽管有些地方还是比较模糊，但也具备了足够多的细节，能够让人从心底产生震撼。汤谷感到自己的神经紧张起来，他咬紧了牙关。

汤谷当然熟悉各种当代的恐怖元素，也对传统文化中的种种怪谈了如指掌。他绝不是一个容易被吓到的人，但这一连串幽灵般的画面充满了软椅和墙壁之间的空间。他们与他以前看到过或在书中读到过的那种恐怖都不相同。他无法确定那些屠杀中受难的生灵是不是人类。这就是对未来的预见？是等待着全体人类的低语？随着这些画面向他一步步逼近，他缩进了软椅中。

很明显，这些画面出自数字艺术大师的手笔，它们所表达的强烈情绪更是汤谷从不曾体验过的。它们被连续展示出来，仿佛形成了一种激荡心灵的旋涡，一种不断崩裂又被重组的恐怖的狂暴力量。终于，汤谷不由自主地发出哀求的声音。

“好了，够了……够了！”他全身都是汗水。他相信那些闯入影音系统的人一定能看到。

画面消失了，白墙上再一次出现了坐成一排的完全一样的六个人，其中一个微微向前倾过身子。“不必因为自己的反应而感到羞愧。”他说道，“最初我们和你的反应完全一样。要知道，我们每一个人都曾见证过先知在这些景象中痛苦挣扎的样子。”说话的人缓慢地摇摇头，“无论多么富有技巧的艺术家，也不可能凭空演绎出这样的恐怖时刻。”

汤谷迅速喝下杯中剩余的冷饮，又立刻命令自动吧台再为他准备一杯。拿到新的杯子以后，他一口气喝下了半杯冰水，然后才做出回答。

“非常震撼，但你们又凭什么如此确信这些幻想，你们的先知所经历的这些噩梦，会是……”他朝天空的方向瞥了一眼，摆摆手，“会是存在于哪里的生物呢？真的有危险隐藏在太空里或者其他的世界中吗？我不是要贬低这些画面的威力，但它们难道不会只是普通的噩梦？只是被完美阐释的可怕幻梦？”

六人中的另外一个说道：“先知清醒的时候非常明确地讲述过它们的起源和所在位置。”

汤谷皱起眉头。“你该不会是要告诉我，他能够为自己预见到的景象提供星系坐标吧？”

自从演示那些噩梦画面以来，这六人第一次露出不确定的神情。他们之中的一个人——一个相当果断的人做出了回答。

“先知并非那样全知全能。他只能指着夜空，不断重复说：‘深层空间有魔鬼’。当他醒来的时候，他甚至不敢在满月时走出房间，也不敢看天上的星星。”说话人的声音中流露出思考的意味。“他的预见是值得相信的，我们必须相信！外太空殖民会引来其他种族的注意——那是极其危险的，拥有未知力量的恶魔会因而到达地球。我们认为人类的命运已经岌岌可危，我们绝对没有夸大其词。”很明显，他察觉到自己抬高了声音，便努力让自己镇定下来。

“这是我们无法承受的风险，”他继续说道，“如果我们愿意努力，而人类也有这样的意愿，我们可以修复我们对这颗行星所造成的损害。我们不需要向隐藏在视野之外的怪物暴露自己——现在我们还没完全做好准备，这一点是毋庸置疑的。契约号不能离开地球。”

另一名说话者接着说道：“我们本来不想这样。在知道这一切以后，我们之中的一些人或者单独，或者齐心协力试图让其他人明白盲目扩展我们世界的边界是多么危险的事情。但没有人倾听我们，没有人真正注意到我们。对世人来说，我们无足轻重。为此，我们不得不集中起力量，在阴影中全力以赴。现在我们已经数次尝试阻止这个行动，但全都失败了。”

“我们知道直接和你交谈是多么冒险，但我们更明白我们已经没有时间了。终止这个任务的唯一办法就是让维兰德·汤谷的首脑明白我们肩负着怎样的使命。”

六人中的另一个语气充满了恳求的意味，说道：“现在你已经看见了证据，现在你应该能够理解了。我们将使用我们的头脑，我们的身躯、财富和我们的灵魂来保护地球和地球上的人类。我们只求你考虑一下我们向你展示的情景，然后再做出决定。作为一位极为成功而且睿智的企业家——一个多次证明过自身能力的人——我们相信既然你看到了事实，就一定能够做出正确的反应。”

“你的决定将会决定我们行星的命运。”这是他最后说出的话。

汤谷点点头，用自动吧台递过来的毛巾擦了擦脸上和脖子上的汗水。

“你们给了我许多需要思考的东西。”汤谷努力保持着声音的平稳，“我不知道……”他沉默了片刻，将毛巾按在嘴上。当他移开毛巾的时候，说话的语气中充满了决心。

“无论你们相信什么，我不可能一个人取消契约号任务。那样会让我的能力立刻遭到质疑，但我能够延后它的启航时间。在这段时间里，我能够与特定部门的关键人物进行沟通。只要齐心协力，我相信我们能够创造出足够的理论来说服他们，同时彻底结束人类继续深入太空的欲望。”他咬紧了牙关，“是的，我认为这可以做到。不是在一两天，但在飞船启航之前——应该可以。”

让汤谷感到惊讶的是，六个戴面具的说话者完全保持着平静。而最左边那个人的反应让汤谷不由得心生感激。

“我们真是大大松了一口气，”他说道，“我们不想冒犯你，但你当然能理解，我们还会继续监视契约号项目，确保你言而有信。”

“当然，”汤谷迅速喝下了杯中剩余的冰水。他的手在不断地颤抖。“如果我处于你们的位置，我也会这样做。这是唯一理智的选择。”

“那么我们就不打扰你了。”另一名说话者宣布道，“请认真思考我们对你说的话，你见到的画面，还有我们讨论的所有这些事。”

汤谷用力点点头。“如果你们再次联系我，无论出于何种原因，我向你们承诺，我都会立刻做出回应，毫不犹豫，就从现在开始。也请你们不必犹豫。”

投影墙壁和他软椅之间的空间恢复成一片空白。片刻的沉寂之后，汤谷刚才观看的电视节目又恢复了，仿佛什么都没有发生过一样。

汤谷的确像最后那名说话者所建议的那样，坐在椅子里，思考着他所看到的一切。有一件事他确信无疑根据他所听到和见到的种种景象，他必须立刻采取一个重大的应对措施。他开始行动，快速而且笃定。

他做的第一件事就是放下叼在嘴里的毛巾——不是为了塞住惊恐的呼叫，而是隐藏自己努力克制的笑声。随后，他检查了记录仪器，确保他看见和听到的一切都被精确记录下来。他关掉了软椅内部的发热装置。在刚才的交谈中，他实在流了太多汗水。

他又记下来，要解雇掉那个负责他电子系统安全的人。

然后他给伦敦去了电话，他毫不怀疑那座城市有许多精神病专家。他需要的是治疗精神失常的人才，他需要将一个或更多这种人才纳入到维兰德·汤谷的工资名单里来。

第二十一章

每过一天，丹妮尔丝都在越来越期待深度睡眠。出发前的准备事项正在有条不紊地一个个被完成，现在还剩下的事情只有十几项了。收储各种物料和补给品的大型容器必须在主货舱重新摆放，好让它们能够被容纳在预定的空间中。

不过和检查巨型地形改造设备以及相关支持车辆相比，这项工作还是很容易的。每一台设备和车辆都堪称一个技术奇迹。现在他们所需要的一切都已经被运送上来，存放在合适的空间里。一旦契约号飞过月球，就再也不可能回来了。如果他们真的忘记带上了什么东西，到时他们也就只能自己想办法解决了。

不过，有一样关键物品是他们无须携带的，那就是大地。想到此，丹妮尔丝不由得自顾自地笑了。可以开发成农场，进行耕种的土壤，可以熔炼出各种原料的矿石，能够让她喜好攀岩的丈夫攀爬的垂直岩壁。丹妮尔丝不知道如果奥利加 –6 是一个沙漠世界，她的丈夫又该怎么办。也许那里只有不断流动的沙丘或者更有可能是令人惊叹的肥沃原野，就像北美大草原或者乌克兰草原。

丹妮尔丝强迫自己将心思转回到手头的工作上来。现在没必要去做那些不切实际的想象。根据远程调查的结果，那个世界的表面适合人类生活，但那里的具体地形依然是一个谜。可以肯定的是，奥利加 –6 上有陆地、海洋、接近于地球的重力和可以呼吸的大气。除此之外，它的细节情况就只能由殖民者自己去发现了。

丹妮尔丝和雅各将会是发现那个世界的人。到达那里之后，他们需要用很久的时间才能将全部殖民设备卸载下船，进行检测，将其投入使用。

“你和那个通讯终端一起睡觉的时间要比和我睡觉的时间更长。”

丹妮尔丝在一片忙碌的货舱中转过身，同时还在抱着自己的通讯终端。

“它会发热，让我感到暖和，而你一直在我的脑子里。”

她丈夫的表情变得悲哀起来。“船上的食物一直都不合我的胃口，可能还是深度睡眠会更好一些，那样我的胃就不会因为食物太热而感到难受了。”

丹妮尔丝继续用一只手抱着通讯终端，用另一只手的食指戳了几下丈夫的胸口。“你每次在床上的时候都显得很疲惫。”

“你怎么知道的？”丈夫反驳道，“每次我结束工作的时候，你都睡着了。”雅各的嘴角弯曲成一个快活的微笑，没有人能够抵抗这样的微笑，它赢得了所有人的好感，无论工程师、教授、政治家还是维兰德·汤谷公司的高管们。在那个刻骨铭心的时刻，正是这个笑容让丹妮尔丝说了“好的。”

丹妮尔丝重重地叹了口气。“这种工作根本没有自由时间可言，除非我们进入深度睡眠。到那时，这一切就都无所谓了。”她转过身，朝一台巨型挖掘机指了指，那台机器正处在搬运位置上。因为飞船上的人工重力设定得比地球重力轻一些，所以搬运这些大家伙的工作还要稍微容易一点。

“我不仅要确认运上船的每一样东西都符合图纸上的设计规格，并且功能正常，还要决定它们应该被安置在什么地方。”她举起自己的通讯终端，“在办公室里做出漂亮的设计规划是一回事，但当你在最后一分钟发现还要为一两台额外的挖土机腾出空间，就完全是另外一回事了。”

雅各理解地点点头。“有趣的是，有一些工作从来不曾改变过。你正飘浮在距离地面几百公里的近地轨道上，但你的工作却和十八世纪香港运送茶叶和瓷器的快帆船上的押货人完全一样。把货物送进合适的舱位。”

丹妮尔丝咳嗽了一声。这里的湿度就像契约号其他每一个区域的生命支持环境一样，理论上是被设定成最适合人类生存的水平。但她很想和主母谈一下船上的大气环境，她觉得这里确实太干燥了。

“等到公司不再将新的货物塞进这艘船的船舱的时候，我会非常高兴。”她做了一个鬼脸，“这里和你那种运茶和瓷器的快帆船有一个地方不一样，只要是能装进来的东西，我们都能运送，完全不必担心会沉船。”她的通讯终端发出轻微的铃声。雅各等待着她处理掉第786号请求———一天里这样的处理请求总有上千个。

“你那里怎样，雅各？”丹妮尔丝签署掉那个请求之后问道，“今天过得好吗？”

“这正是我要来告诉你的。”

丹妮尔丝假装出不耐烦的样子，指了指通讯终端。“你可以直接给我电话的。”

“我知道。”雅各又露出了那种无可抗拒的微笑，让丹妮尔丝不由得感到一阵心旷神怡。“但我很想来看看你，这样的机会实在是太少了。”随后，雅各的表情变得严肃起来，“我们从地面得到了新的安保数据升级，无非是告诫我们要小心这个，警惕那个。和以前一样，数据显示会有更大的危机发生。”

丹妮尔丝摇摇头。她的身后传来金属撞击的声音，让她打了个哆嗦。对于装载上船的每一样货物，她都觉得自己对其负有责任。

“我可看不出有什么迹象表明会发生‘更大的危机’。我们能做的都已经做了，根据我的理解，地面上的安保部门已经查得滴水不漏，就连一只地沟老鼠如果想要登上穿梭机都必须出示三种不同的身份证明，还要让它的一双小眼睛接受视网膜扫描。”

“不管怎样，”雅各坚定地说道，“我必须对每一个站点和每一名船员进行严格检查。”

“什么，还要再查一遍？”丹妮尔丝的声音中明显带着难以置信的语气。

“再查一遍。”他点点头。

为了遵从公司规定，曾经雅各不得不向他的妻子提出过一连串尖锐的问题。其中一些丹妮尔丝回答得没有问题，但也有一些不适合提交的答案，雅各都对其进行了修改，以免吓到那些负责收取答案的“监考人员”——毕竟他们也都是无辜的。现在他又要去进行那些无法避免的面试了，不过他没有忘记自己这次来找妻子要说的最重要的话。

“地面安保部门说，公司正在查找那名破坏分子的幕后主使，这项工作已经颇有进展了。他们相信，也同样是那一批人谋划了对珍妮·汤谷的绑架，以及对洛佩军士的刺杀。”

丹妮尔丝一皱眉。“我还以为绑架珍妮·汤谷的是黑帮。”

雅各摇摇头。“不是。他们做得很专业，差一点儿就成功了。安保中心认为这三起事件之间可能是有联系的。我没有得到太多细节，公司里的很多事情只有高层才能知道。”

丹妮尔丝若有所思地点点头。“这样处理是有原因的。如果消息走漏出去，肯定会对任务造成负面舆论。”她抬起头看着丈夫，“说到保安，我们的安保长官什么时候能回来？还有那个叫罗丝博格的新兵呢？”

“萝丝塔尔。”她的丈夫纠正道。

丹妮尔丝有些气恼地耸了耸肩，“无非就是一朵玫瑰（玫瑰是“萝丝”一词在英文中的意思）再加上些什么。我相信她有能力，否则洛佩不会让她成为安保部队的最后一名成员。如果公司那么担心我们在这里的张狂，为什么还要耽搁他们回来？”

“看样子，”雅各对妻子说，“我们的军士正在参与寻找那些敌人的工作，问题解决之前地面部门都不愿意放他回来。”

丹妮尔丝点点头。“这意味着他们相信问题能够在我们出发之前解决。不管怎样，这听起来很鼓舞人心。不过，我还是更希望飞船上的每支队伍都能齐装满员。”

雅各伸出右手，用手背轻轻抚触妻子的面颊。“你总是为飞船的准备工作感到担心，哪怕不是货物的问题，而是人员问题。如果你不能想办法放松一下，在我们脱离近地轨道之前，你的精神大概就要崩溃了。”

丹妮尔丝抓住丈夫的手，在上面飞快地吻了一下，才将它放开。“你也有很多事情需要担心。至于我，等我进入深度睡眠的时候，我就能放松下来了。”

雅各笑了两声。“不，你不会的。你会来回翻滚，呻吟着要你的通讯终端，好在睡觉的时候继续检查你的货物。”

丹妮尔丝也向丈夫报以微笑。“我还是很希望他们能够提供双人使用的深度睡眠仓。”

雅各伤心地摇摇头。“那样的话，一个冬眠仓里就要有太多技术连线。而且你也听过了他们的介绍，你会一直睡下去，当你在多年以后醒来的时候，会感觉仿佛根本没有过去多长时间。”他伸手揉搓着自己的下巴，“就连胡须也会停止生长，新陈代谢会进入全面停顿状态。”

“这话你说给自己听就好了，”丹妮尔丝回头看了一眼，“让他们等我签名确认下一批货物。稍后见，我会穿上蕾丝衣服给你看。”

雅各很想将妻子抱进怀里，但他还有工作要忙。妻子提到的蕾丝衣服是她在一年前穿过的一件睡裙，那还是在公司主办的一次南太平洋旅行的时候。丹妮尔丝很不情愿地将那件衣服留在了地球，因为携带它不符合公司规定。

雅各转向左边，朝舰桥走去。他也有自己的工作要完成。他一边走，一边和路上遇到的工作人员打招呼，同时他发现自己正在回想刚刚对妻子说的那些话。契约号的安保工作已经做到了尽可能严格的程度。根据他被告知的信息，地面保安也同样在可能的条件下达到了最高等级。现在没有什么可以担心的，即使是这样，他还是同意妻子的话。

尽管哈利特下士很有能力，雅各知道，如果洛佩能够回来，他也会安心许多。

两辆自动厢式货车沿着蜿蜒曲折的泥土道路朝一群牛行驶过来。母牛们仍然在忙着吃草，甚至没有抬起头来看一眼。牛群中唯一的公牛悠闲地喷出一股鼻息，也低头去继续吃草了。古老的石砌矮墙将连绵起伏的原野和这条平平无奇的道路分隔开来，让牛群不会对路上的车辆造成妨碍。

一小群谷仓燕子安静地飞翔在厢式货车上方，正努力向北方前进。一只燕子无法承受附近城市散播出来的污染空气，从天空中掉落下来，死在了路旁，它的同伴没有片刻停留，甚至没有回头看上一眼。

车安静地停在农场的主建筑以外，上面的乘客一个接一个下了车。他们之中的两个人因为缺乏黑色素，额头和面颊上已经清晰地显现出被太阳晒伤的痕迹，这都是连续在南方海岸游走了几天的结果。两部基础型服务机器人走过来，接下了他们数量不多的行李。

进入屋子，这一队人暂时去了各自浴室或各自的房间。一小时之后，他们再次聚集到了中央会议室。帕维尔是第一个发言的。

“我们全都思考了一段时间。那么，结论是什么？”

米莉森特，也就是那位主妇一样的议会成员毫不犹豫地开了口，她的口气就像是在每周女红聚会中闲聊时一样。“我认为他在说谎，他从看到第一幅图像时就开始说谎了。他从假装身上冒汗到那个虚伪的承诺，全都是谎言。”

议会中最年轻的成员点头表示同意。“在我的家乡，他会被说成是人精。显然他很有技巧，但依然是个人精。”

随后，有人建议向先知寻求看法。但菲尔德斯没有参加和汤谷英雄的会谈，他不太可能给出什么有用的建议。

到最后，大家达成了一致的看法，汤谷英雄说了谎，他根本不相信他们。毫无疑问，此时他肯定正在催促他的安保力量更加卖力地寻找黑客信号的源头。

“那么，”男爵喃喃地说道，“我们该怎么做？有什么事情是我们还没有尝试过的？”

议会中最年轻的成员再次开了口：“我鄙视说谎的人。”他的语气格外恼怒。“除掉一个人实在要比让他们明白道理容易多了。”他的眼睛盯住了五位同伴。

“我们还有人可以做到这件事，”由纪子说，“但这虽然能让我们感到痛快，却无法完成我们的目标，也就是阻止契约号启航。像维兰德·汤谷这样的大公司不会因为位置最高的那个人消失就在既定的轨道上停下。推动它前进的是它的内在惯性，它的一切活动都还会持续下去。如果汤谷英雄真有不测，我们就会看到维兰德·汤谷这头巨兽会将他的葬礼安排在契约号启航的那一天。”这个日本女孩的厌恶之情早已溢于言表，“公众只会对他的死报以同情，为这个项目再添一座纪念碑和一位殉道者罢了。”

那个年轻人显出一副气馁的样子。“我收回我的建议。”他又向自己的同伴们问道，“还有其他办法吗？”

“考虑到维兰德·汤谷公司现在严格的安保措施，”男爵说，“我们应该没有机会再绑架任何重要人物或者汤谷的家人了。我们的确有一定的人力资源，但资源终究是有限的。按照计划，契约号只要再过几个星期就要启航了，我们真的快没有时间了。”

“那么，你有什么建议？”最年轻的议员看着自己的长辈。男爵用左手轻松地托着一杯白兰地，另一只手打了个手势。

“我只能以最真实的态度表明，我也没有办法。”

“我们不能放弃。”帕维尔说话时面颊不住地抖动着，“我们不能背弃先知的话。”他逐一注视他的同伴，“我们全都知道，如果那样的话我们这个种族又会遭遇怎样的未来。”

“我很愿意将自己的生命奉献给我的事业，”主妇般的女子郑重地宣布，“但我不会进行无意义的战斗，比如在莱斯特广场自焚，这会为我们造成大量公众话题，但除了给我们造成大量公众话题之外，不会有任何结果。”

讨论孩子之类的各种话题，都被提了出来进行商讨，又被否决掉，失败的气氛越来越浓。一个小时以后，与会人员已经用光了他们的灵感。就在这时，两位女性议员中比较年长的那一位清了清嗓子开始发言。

“无论我们选择怎样的方法，考虑到现在的时间，只有一次机会了。所以，这一次绝对不能失败。我们必须找到一个万无一失的办法。”

由纪子朝米莉森特一鞠躬（或者只是礼貌地一点头）。“米莉森特，你总是在有了卓绝的想法时才会发言。请告诉我们，这次你又有了什么我们都不曾想到的方案。”

“我想，的确是有一个。”高个女子微微一笑，那种愉快的表情很让人感到很安慰，“我想征求一下你们的看法。”她开始将这个方案的细节一一讲述出来。跟着她的话音，其他议员的表情从惊愕变成犹疑，最后又变成了无声的恐惧。尽管有人脸上流露出恐惧的神情，但没有人表示反对。

英格尔顿男爵一口喝光了杯中的白兰地，舔了舔嘴唇，看着坐在自己对面的女子。和由纪子不同，他明确无误地向这名女子鞠了一躬。

“我只能说你的确眼光过人，米莉森特。如果这件事能够做成，能够实现你所陈述的效果，你的方案就很有可能阻止殖民船，而且成功概率要比前几次的方案更大。”

最年轻的议员也表示同意，不过他警告说：“如果这件事做得太过分，它就会真的彻底毁掉这个任务。但我不确定杀死那艘船上的每个人是不是你可以接受的代价。”

主妇般的女子将目光转向他，一双蓝色的眼睛里闪动着钢铁一样的寒光。“如果一切按照预定的计划发展，这样的结果是可以避免的。如果不是……”她没有把另一种结果说出来，“我们只能接受用几千人交换整个人类的未来。为了解决人类灭绝的问题，一些额外的损失在所难免。如果我们能够避免最糟糕的情况发生，那些船上的殖民者就什么都不会知道，也不会感觉得到。”

她的回答没能完全安抚年轻人。

“船上还有数百名儿童。那些最年轻的在您这儿。”年轻议员绷紧了嘴唇，“我和你们都很清楚这其中的风险，但无论我怎样努力，都不可能在心中将数百名儿童的死亡看作是‘额外的损失’。”他摇摇头，“我们需要再想别的办法。”

“没有别的办法了。”帕维尔赞同年长女子的策略，“我们已经努力考虑过别的方案……但失败了。”他看着那位本应该只习惯于把巧克力饼干分给欢笑的邻居孩子们的女子。“米莉森特制定了一个方案，如果我们能够实现它，做好我们必须做的每一件事而且它也能成功地发挥作用，那么就只有屈指可数的几个人会牺牲。如果有更多的人死去……”他耸了耸宽厚的肩膀，“至少人类能够生存下来，深－空－有－魔。”

“我和你们一样清楚我们的目标，”年轻议员显得非常不安，他在自己的椅子里动了动身子，瞪着那位欧洲代表，“但一定会有别的办法。”他坚定地看着身边的同伴们，“我无法同意这个方案，因为这可能导致数千名无辜者死亡。”

他的眼睛突然睁大了。

在他身后，英格尔顿男爵像平时一样从容镇定，将家传佩剑从年轻人的脊背上抽出来，退到尸体一旁。年轻人惊讶地瞪大了眼睛，离开椅子向前翻倒。男爵找到一块布，将细长的剑刃擦拭干净。

“我们可以欣慰地知道，曾经的同伴永远有一颗洁净的心。他不必再同意米莉森特女士的方案了。”男爵叹了口气，“很遗憾，我们将不得不为北美洲指定一位新代表了。”

“这件事可以等到以后再做。”急躁的帕维尔转向年长的女子，“我们赞同你卓越的方案，你有没有进一步考虑过它的细节？”

米莉森特点点头。脸上重新露出了母亲般的微笑。“行动方案比较直接，一旦成功展开，就不可能再停止了。”

“如果有军队干涉呢？”由纪子提出一个关键性的问题。

米莉森特转过头看着她。“这几乎会破坏我们的成功，但时间对我们有利。首先，公司必须搞清楚发生了什么。然后他们必须通知军队，而军队也必须先确认详细情况。必须有人做出予以干涉的决定，接着还要下达命令……”她靠进自己的椅子里，椅子感受到她的动作，轻松地接受了她的重量。“在公司、警察和军队能够做出决定之前，我们的行动已经结束了。”她的微笑变得愈发灿烂，“官僚主义是我们的朋友。”

“到那时候，契约号的任务就完蛋了。”帕维尔显得非常满意，“或者至少要推迟许多年。”

“数十年，”由纪子插口道，“我们将有足够的时间将先知的信息传播出去，有时间加强我们的力量。到时外星殖民的概念将不会再为公众所接受。”

所有人都看着非洲代表。“楚玛，英格尔顿男爵能够安排好我们在这片大陆上的关键人员，但执行任务需要你的区域中技巧最为娴熟的人。你认为他们可以胜任吗？”

被询问的男人考虑了一下，然后安心地点点头。“是的，我们可以做好分内的事，只要英格尔顿男爵提供必要的专家。”他扫视了一下自己的四名同伴，“我相信这个方案是可行的，相信它一定能成功。”

帕维尔直起身子。“那么就让我们开始工作吧。从此刻起，每一个小时都是珍贵的。”

他们陆续走出会议室。直到返回自己的房间时，由纪子才想到应该通知碧丝玛拉医生，会议室里还有一具尸体，需要找几个人把那里清理干净。

第二十二章

“你应该回到契约号上去，老家伙，我可以让你一路畅行无阻。”

洛佩坐在这名安保主管的对面，完全不理会不住敲打办公室窗户的肮脏雨滴。这座城市从没呈现过真正的自然状态，就算是在罗马时代也没有过。现在，居住在地球上就像是住在一只垃圾桶里，而且这只垃圾桶还在被渐渐填满。很快，雨水中的脏污和气味就变得无法被忽略，更不可能被清除掉。这颗行星的问题在于人类已经越来越没有地方倾倒他们的废弃物了，适应这种环境的难度实在不小。

现在既然有了机会，洛佩选择彻底离开这里。但暂时还不行，这里还有一些事情要处理好。只不过个人事务恰巧也是公司的事情会让他处理起来更加简单。

“他们想要杀死我。”洛佩说道，“那些狂热分子。”

“也许雇佣他们派来的人，而不是萝丝塔尔。”看到洛佩没有笑，比弗利芝将目光转向一旁，“好吧，用这种笑话调节气氛的确不太明智。”

“现在无论是什么笑话都很难调节气氛。”军士轻声回答道，“因为我们谈话的主题是暗杀。”

“我有一整支部队整装待命。”比弗利芝对军士说，“我们集结了当地的维兰德·汤谷安保部队。我们会严格执行CEO的命令——保持安静，尽可能不制造喧嚣。”他俯身到桌面上，直视着这两位访客，“这一次我们不需要你，老家伙。”

“这个我知道，”洛佩承认，“但我需要你们。我需要参与其中，即使我只是一名观察者。萝丝塔尔也想随队行动。”

比弗利芝靠进椅子里，叹了口气。“的确，我们会有你喜欢的外勤行动，但这不是外出野餐。那些人很可能拥有武器，甚至可能是爆炸物。我们很可能会和他们交火。”

“这个我也知道。”一丝淡淡的微笑出现在军士的脸上。他的胡须之间露出了牙齿。

直到此时，萝丝塔尔都安静地坐在办公室一角。现在，她向这位安保主管说话了。

“我不明白的是，为什么汤谷这么重视行动的隐秘？”她仿佛在用手指勾出相关的重点，“首先，那些疯子要破坏契约号，然后要绑架他的女儿，还企图安插新的间谍到船上去。当他们失败的时候……”她指了指洛佩，“他们就企图杀死军士。”女孩摇摇头，

“如果他们被逮捕的消息广为人知，又有什么关系？我相信这只会让公司得到公众的同情。毕竟整个殖民计划都得到了广泛的支持。”

比弗利芝礼貌地倾听过萝丝塔尔的发言，然后才回答道：“所以你才是安保部队的一名列兵，我是安保部队的主管，而汤谷英雄则是这颗行星上最大的一家公司的头目。老姑娘，从我们能够收集到的所有情报来看，这些‘地球拯救者’是一个类宗教组织。他们有他们的‘先知’。”他依次看着洛佩和萝丝塔尔，“也许我们以为他们只是一些危险的疯子……”

“他们就是危险的疯子。”洛佩插口道。

比弗利芝保持着耐心，“但也会有其他人听到‘先知’、‘信仰’这样的字眼。如果我们真的发生了冲突，有人丧命，很可能会有头脑糊涂却又身份重要的人提出一些令人不快的问题。不等你反应过来，就已经有人指责维兰德·汤谷摧毁了无辜信徒的田园生活。”

洛佩粗重地哼了一声。“看看他们干的事情，我可不觉得他们能够被称为无辜。”

“你说得没错，”比弗利芝加重了语气，“我也这样想，但公司不愿抱有侥幸。所以，这次行动要尽可能低调。有多少水就配多少肥皂，尽量少用子弹。”

军士点点头。“我懂得在哪里用肥皂。”他身边的萝丝塔尔也赞同地点点头。

比弗利芝朝天花板瞥了一眼。“能看出来，在这件事上你已经放弃理性思考了，老家伙。”

“如果我们理性，”萝丝塔尔平静地对他说，“我们就不会愿意进入深度睡眠，等醒过来的时候发现自己到了一个陌生的世界，再也回不了家。”

比弗利芝的面色没有丝毫改善。“听着，我没有接到命令要把你们赶走。如果你们坚持要来……”

洛佩向萝丝塔尔瞥了一眼。不过这并没有必要，“我们要参加。”

“那就尽量离我们远点。”

洛佩严肃地点点头。“这没问题，我是个很擅长躲避的人。”

“我肯定会追随军士的领导。”萝丝塔尔礼貌地说。

然后洛佩改变了话题，问起了一件他已经寻思了好几天的事情。“公司到底是怎么找到这些欢快的无政府主义者的？”

“似乎是这些自称地球拯救者的人决定要说服汤谷英雄本人相信他们的正义事业。”比弗利芝将双手交叠在桌面上，“他们黑进了汤谷家的私人通信系统，用了一些时间很诚恳地说服他，让他看了他们先知的噩梦。”

萝丝塔尔有些怀疑。“所有这些阻止殖民计划的暴力行动，原因竟然是某个家伙的噩梦？”

比弗利芝点点头。“他们因此而建立了组织。很显然，不少人都相信了他们的话，相信到足以将自己的生命献给这种虚伪的事业。”安保主管耸了耸肩，“似乎在那个组织的历史中，有个非常具有魅力和公信力的人编了一个很好的故事，于是就连看上去应该有头脑的人都抛弃了一切理性，全身心地投入到那个谎言中去了。”

“那个先知，”安保主管继续说道，“他的身份已经被确定，曾经是下汤顿区的一名保险代理……”

“保险代理。”萝丝塔尔嗤笑了一声，“这就能解释很多问题了。”

“他的名字是邓肯·菲尔德斯，现在常常会做各种噩梦，看到成群的凶残怪物在‘深层空间’等待与人类的宇宙探索者相遇，这样他们就能跟踪那些人返回地球，蹂躏这颗行星。”

“他们动作太迟了。”列兵不假思索地说道，“我们已经把他们想做的事情做过了。”

“所有这些情报，包括他们组织核心所在的位置，都是他们通过分析和汤谷联系的信号获知的。黑进通信系统和汤谷交谈的一共有六个人。当然，他们戴着数字面具，并使用了几个代理服务器。”

“那些地球拯救者很聪明，”安保主管继续介绍情况，“但他们并不是最聪明的。公司拥有军用级别的解码和降噪技术。他们的视觉面具水平很高，我们的人无法识别出他们每一个人的面孔。但他们的音频掩蔽却是可以破解的——这些人想来对此没有多加注意。”

“我们拿到他们真正的声音之后，就能够将其和最近居住在英伦三岛上的人口声音记录进行比对。我们还可以比对更多人口，不过这已经没有必要了。”安保主管坐进了椅子里。

“所以我们能够监控他们组织内部的对话，并知道了他们躲藏的地方。如果你仍然坚持参与我们的抓捕行动，明天早晨六点在楼下的室内停车场集合。我建议你在来之前先吃些东西。”他露出一个无力的微笑，“我们要去汉普郡，半路上恐怕没有时间吃早餐。”

洛佩和萝丝塔尔都美美地睡了一觉。在可能有危险的行动前让身体得到充分休息是他们职业训练的一部分。他们在清晨醒来，吃过东西，清洁了身体，便来到集结地点。

就连洛佩也不由得为了这次行动的阵容而感到惊叹。十二架武装运兵车被颇有艺术性地伪装成普通的运货厢式卡车，排列在公司仓库的最底层。他和萝丝塔尔走过去的时候，一队队面色严肃的维兰德·汤谷安保队员正在上车。军士迅速计点了一下人数——超过了一百人。他不知道那个组织的力量如何。至今为止，那个组织都给他一种深不可测的感觉。很明显，比弗利芝志在必得。洛佩知道，远超过敌人的力量有可能在战斗开始前就迫使敌人屈服。

随行的还有几辆小型车辆。契约号的两名安保队员看到比弗利芝，便朝他走过去。这名安保主管也看到他们，便暂时停止下达命令，严肃地向他们两个问好。

“你们和我坐一辆车。”安保主管转过身，率先朝一辆看上去再平常不过的家用面包车走过去。只有受过训练的眼睛能够注意到这辆车的防碎玻璃、防刺穿轮胎和半厘米厚的装甲车壳。

一上车，他们身后就响起了强力电动马达的微弱嗡鸣声。这种声音回荡在整座地下停车场。洛佩和萝丝塔尔坐在中排，两名武装警卫坐在他们身后。

安保部队的一名低级职员坐到了方向盘后面。离开内城区之后，车队会进入自动驾驶状态，直到距离目的地还有十几公里的时候，到那时驾驶员会恢复手动控制，以免发生意外。

“到那里之后我们该怎么做？确切位置是哪里？”萝丝塔尔问。

“汉普郡中心。”比弗利芝回头看了一眼两名编外乘客，“也许你们不知道，是一片农业区。非常漂亮，还保留着传统的旧英国风貌。如果北风把雾霾吹回伦敦，你们就能看见那里的景色了。不过如果那里还被雾霾覆盖，应该对我们的行动有利。”他露出满意的微笑，“这些狂热分子选中了这个偏僻的乡下地方很可能是为了掩人耳目。不过这也帮了我们大忙，因为我们也不希望引来别人的注意。”

洛佩注意到，现在只有一辆卡车还在跟着他们。这并不让他感到奇怪。其他车辆分别有各自的路线，这同样是为了避免引起外人的注意。他们会在目的地重新会合，谨慎和警惕是这种行动永远的原则。让洛佩感到好奇的是，当车队离开停车场的时候，靠近队尾处一辆深蓝色的小车突然调转方向，沿着一条出口匝道开走了。他想和比弗利芝提一下这件事，又决定还是不要多嘴。安保主管完全能掌握这种事。

他们离大伦敦区越远，空气就变得越干净。就像比弗利芝所说的，一阵急骤的西北风将所有污染物都朝海峡的方向推去。结果这一路的能见度都相当好，几乎能比得上传说中的古代大气。而待在厢式卡车中的安保队员们呼吸着透过厚重过滤网和清洗系统的洁净空气，并不在乎外面的大气条件是什么样子。

分散的车辆离开M3.5大道，进入A408大道，开始重新聚集起来。到了下午，他们再一次分开。三辆卡车再加上一辆指挥车进入了偏南的一条当地道路，另外三辆车和一辆小车转向北边。剩下的两辆小车，包括洛佩和萝丝塔尔所在的那辆车，在六辆重型载人卡车的跟随下继续沿着A408大道向西行进。

比弗利芝一次又一次地查看其余人员和车辆的情况，他的部队将直捣地球拯救者的老巢。另外两支部队则从东、西、北截断敌人的退路。等到地球拯救者明白发生了什么，他们应该已经被包围了。详细的卫星照片显示那里只有一条进出的道路。但就像一切优秀的战术家那样，比弗利芝不会心存侥幸。没有人知道地球守卫者的基地到底有怎样的布置和结构，那里是否可能会有越野车或双轮机车。

“会不会有飞行器？”洛佩问。

比弗利芝看向他。“我们的卫星能够看出那里的牛奶桶，但我们没有找到小型机库。”他会意地一笑，“那种建筑和农场的反差太大了，会吸引乡下人的注意。穿地雷达也没有发现地下机库，他们也许会有小型飞行装置。如果是这样，无人机能够对付他们。”

洛佩点点头。他见到车队装备了无人机。那些无人机只有手掌大，足有数百架之多，它们会在安保队员发动进攻时飞上天空，形成一片乌云，覆盖住地球拯救者的基地。数百个摄像头、传感器和其他侦测设备将数据汇总到一起，让他们对那座基地内部的情况一览无遗。没有人能够在穿过这层监视网的同时不激发警报。

“美丽的一天。”萝丝塔尔透过护甲车窗向外面望去。这时，他们驶上了一条蜿蜒曲折的乡间道路。在一片经过辛勤保育，仍然满是翠绿的草场上，几匹马正在吃着暂时还能够抵抗污染物的青草。总有一天，基因学者们将用尽他们的基因储备，到时这样的草场就会在严重的污染中枯黄贫瘠。不过，至少现在英格兰历史上著名的牧场还能在几个地方存续下去。

他们的驾驶员早已恢复了人工驾驶，现在他看到了远处道路中有一座钉着牌子的木制大门，便减慢了车速。当他这样做的时候，洛佩想起了什么，便朝车队的末端瞥上一眼。在伦敦就离开了车队的那辆小车没有再出现，他耸耸肩。很可能那辆车和这次行动没有关系，他的目光转到了那道大门的牌子上。

玫瑰山丘农场

“我们到了。”比弗利芝的脸上已经没有了笑容。

洛佩坐在车右边，放下窗户，眯起眼睛向指示牌后面望去。“我只看到了草和泥土路面。”

“这里的建筑物在那座山丘后面。”安保主管指了一下，然后拿起通讯终端，下达了命令。一段时间以后，蜂鸣声响起，并向他们迅速靠近。无人机蜂群从第四辆卡车上飞起，越过他们的头顶。很快，蜂鸣声就变小了，但没有完全消失。乌云一般的无人机飞快地向那座低矮山丘逼近。两团相似的乌云也从另外两个方向飞过来，和主车队的蜂群会合在一起。

他们又在车里静静地坐了一段时间，直到比弗利芝低声向驾驶员下达了一个命令，他们的车才开始向大门驶去。

“基地里没有反应。”安保主管向两名乘客说道，“他们选择无视那些无人机，那些人不可能看不见它们。”

萝丝塔尔指出：“有可能我们的出现吓到了他们，他们正在讨论该怎样做。”

比弗利芝点点头。“我们给他们一个建议如何？”

大门上有两副电子锁，车队的解码器在一段距离之外就破解了它们的密码。大门被打开，刚好容纳后面的卡车开进来。现在已经不必再有任何耐心了。他们让车辆全速行驶，这座农场里的人可以选择无视头顶上乌云一般的无人机。但他们不可能忽略轰隆驶来的两辆小车和流量卡车。

刚刚驶过山丘，农场建筑就出现在他们的视野中。从表面上看，这些房屋没有什么特别之处。任何不知情的来访者都只会觉得这是一座普通的农场。

车速放慢，随后完全停下来。驾驶员向面前的两块控制面板摆手，车厢的前部和中央立刻被清晰的画面所充满。坐在中间位子上的洛佩和萝丝塔尔能够轻易地看到一片画面上的各种数据和一些亮点。

“这里，这里，都埋有传感器。”驾驶员一边指一边说道，“这里有管道。”他的手指点住一个微微有些变形的投影。“能够清晰地看见跳雷隐藏的地点，我们的系统已经压制了他们的内部控制。”他又检查了另一组信息，“第二和第三组也遭遇了相似的防御体系。再过一两分钟，所有不具备军用级别屏蔽防护的电子控制系统都会宕机，变得连一台吐司炉都不如。至于那些地雷，它们也全都会失效，我们可以直接开车扎过它们。”

“好吧……地雷。”比弗利芝审视着投射信息，“除非我们真的犯了大错，无意间闯进了一个严重反社会的农场主的家，否则我就只能说，我们找对了人，到了正确的地方。”他看了驾驶员一眼，“还有什么消息？”

驾驶员继续审视众多的信息。“两部微型机关炮，就在进入道路的左右两边，可以从侧面攻击我们。”他刚说完，那两件自动武器就开火了。萝丝塔尔打了个哆嗦，洛佩却纹丝未动。除了发出一堆噪音以外，这些击中他们的子弹不过像一堆滚珠，不会造成任何伤害。建筑物里面的人一定也看到了这种情况，因为这种徒劳的射击很快就停止了。

“有趣的武器系统。”驾驶员看着一个更小的指示器，“是水力驱动的，所以我们的电子压制没能关闭它们。”他望向自己的上司，“我们该做些什么反应，长官？”

比弗利芝想了一下，朝前方两座仓库中的一座点点头。除了这两座仓库之外，他们还能看见两座应该是住宅的主楼。其中一座住宅有着格外宽阔的屋顶，现在它们沉重的百叶窗全都落了下来。

“那边有一个谷仓，老小子，就是有长尖脊屋顶的那一座。命人向它问个好吧。”

“是，长官。”驾驶员传达了命令。

第四辆和第五辆卡车上的发射器对准了那座仓库。它们射出的导弹很小，但能量巨大。连续两颗导弹击中了比弗利芝指出的那座建筑的侧面。

爆炸非常猛烈。洛佩和萝丝塔尔坐在车里都能感觉到震荡。大块的石头夹杂着碎屑飞上高空，那些古老的石墙全都分崩离析。

但那座建筑本身仍然屹立不倒。在石块崩飞的地方，能清楚地看到它的内部金属护墙。

比弗利芝向前俯过身，咬住嘴唇审视轰炸结果。

“真是有趣的建筑结构，这个农场主的牛一定非常值钱。”他在座位上动了一下身子，拿起一只小型拾音器。

“房子里的人注意！”他说道，“我是基乌卡·比弗利芝。”他洪亮的声音回荡在封闭的指挥车外。“你们的基地已经遭到了全频段的电子压制，你们的电控武器都已无法发射。你们也无法和外界联系寻求支援，或向当地政府报警。如果你们拥有小型武装，请注意我们的军力远远超过你们，现在这片建筑已经受到了高密度无人机群的监视。我们不希望伤害任何人，但你们将被逮捕，被交给大伦敦区市政警察。”他停顿了一下，让建筑物里的人们有时间思考他的喊话。

“为了避免流血，我要求你们放下武器，双手举过头顶走出来。如果你们有别的打算，我们的远程侦测设备不仅能够发现并定位自杀炸弹，还能远程关闭其功能。任何牺牲自己的错误行为都是无用的。请走出来。马上！”

他满意地靠进座位里，等待着。几分钟过去了，房子里没有半点动静。突然间，一队山羊从一座谷仓后面走了出来。不过比弗利芝的部下都经过严格训练，那些动物的出现没有导致任何人的枪支走火。

安保主管转头看着洛佩。“你有什么看法，老家伙？我们应该逼近过去，还是再给他们一点时间，让他们做出决定？”

“这是你的舞台，比弗利芝。”

洛佩的上级点了一下头。“话是这么说，但我很重视你的经验。”

军士向萝丝塔尔瞥了一眼，才回答道：“我的经验告诉我，你不能和狂热分子谈判。你已经关闭了他们的电子系统，这很好。他们也知道我们不害怕他们的水压武器，但这不意味着他们没有其他厉害的手段来对付不受欢迎的客人。”军士转头看向萝丝塔尔，“你的观点呢，列兵？”

被要求发言，萝丝塔尔吓了一跳。但军士的信任显然让她很高兴，这名列兵犹豫了片刻才开了口。

“你警告他们不要使用小型武器抵抗，”她对比弗利芝说，“这不意味着他们会听话，也许他们已经准备进行抵抗了，有很多武器都没有电子控制。也许他们有手枪，M90 步枪。一个疯子能够用 M90 造成很大的破坏。”

洛佩露出赞赏的神情。“一个疯子用火铳也能造成许多破坏，只要他们知道该如何装弹、瞄准、设计。所以我们现在进去并不安全。”

“恐怕我只能同意你们的意见。”比弗利芝不情愿地等卡车里的特战队员下达了命令。

开始有人影出现在他们的指挥车后面。这些人向前冲去，其中一部分人手持枪械，另一部分人拿着另一种装备。洛佩觉得自己认识那种装备，但还无法确定。

他们饶有兴致地看着突击部队向两幢主屋冲过去，暂时没有顾及两座谷仓。维兰德·汤谷的突击班已经预料到会遭受武装抵抗，他们全都装备了军用级全身护甲和作战器械。

但房子里的人还是没有反击的迹象。

在神枪手的掩护下，化学兵将炸药包放在一切可能作为出口的地方，就连屋顶的通风口也没有放过。队长确认无误以后，两只突击队全都撤回到安全区域。比弗利芝一声令下，他们便引爆了炸药包。

一连串喑哑的爆炸声回荡在建筑物周围。每一个炸药包都有单面防爆层，使得炸药的威力完全指向了建筑物的缝隙、开口和通风口内。这种炸药包喷射出威力强大且持久的烟雾粉尘，在封闭的建筑物内猛烈崩散。

比弗利芝满意地看着战场。

“现在我们只需要等待就好，我们不听劝的朋友们很快就应该出来了。他们需要干净的空气，但房间里已经找不到任何未经污染的地方了。”

“除非，”洛佩指出，“他们有过滤面具。”

比弗利芝似乎已经想到了洛佩会这样说。“如果真的是这样，那我们就只能用一些不太文明的手段把他们挖出来。不过，我还是要活捉他们。死人可是完全无法审问的。”

片刻之后，第一只山羊爆炸了。

一些安保队员躲在一道塑料水槽后面。羊群在不知不觉间接近了他们，随后便被连续引爆。几名保安队员飞上半空，落在地上的时候，四肢都折成了不正常的角度。很难评估他们的伤势，一些人的全身护甲明显是发挥了作用，但有两个人躺在地上一动不动，脸上全都是血。

“医疗兵！”一名幸存者喊道，一小队人从一辆卡车上跑下来。枪声也在此时从六个地方同时响起，包括主屋和两座谷仓的底层。

“还击，还击！”比弗利芝冲着他的拾音器高声大吼，而他的联络员已经半像冲锋，半像摔跤一样地撞出了指挥卡车。子弹在车辆周围的地面上激起一片片尘土。人们来回奔窜，寻找着更好的隐蔽位置。

安保队员们分散开队列，形成一片更加宽广的弧形火力网。与此同时，子弹还在不停地倾泻出来，一颗炮弹精确地击中了车队中间的一辆卡车。这辆只剩下驾驶员的车在一团迅速扩张的浓烟和火焰中离地而起，翻滚了两次，才又重重落在地上。

比弗利芝的队伍不断承受着伤亡。他们也开始使用重型武器，一枚导弹击中了主屋中部，将金属、混凝土和身体残片送上天空。又一枚导弹把谷仓的一部分打成了碎片，木头混合着鲜血骸骨四散崩飞。躲藏在谷仓里的武装人员在力量强大的爆炸中全都变成了碎屑。

在交火的过程中，一阵狂野的音乐突然震响起来，出人意料的金属打击乐的声音充斥在空气中。随着这一阵噪音般的旋律被隐藏的扩音器送出，两座紧闭的门全部洞开，一群恐慌的牲畜冲向了惊骇的安保队员们。

随后就是一场彻彻底底的血腥和混乱，受惊的牲畜在攻击部队中间上蹿下跳，除了妨碍作战人员瞄准以外，那些胡冲乱撞的牛体内还嵌入了体积和爆炸威力都更大的炸药。就连一群鸡鸭也在安保队伍中随机引发了一连串爆炸。没有人知道这些慌乱的牲畜之中哪些身上有爆炸物，哪些没有。安保队员们只能轰飞他们所见到的一切生物。

洛佩仿佛突然想起了什么，向前俯过身，对比弗利芝说：

“我们需要一辆车！”

安保主管停止对拾音器吼叫，猛地向他转过头。

“什么事？我没有时间……你是什么意思？你需要一辆车？”就在前面离他不远的地方，一头在恐慌中逃窜的公羊奔上一小片高地，随后就在几名隐蔽在高地后面的安保队员中爆炸了。身体护甲救了两名安保队员的命，但第三个人的面部被一根银色的细长碎骨刺穿了。

“我要去查看一下。”洛佩一边喊，一边瞥了一眼萝丝塔尔，“我们在这里做不了任何有用的事情！”

比弗利芝没有时间争论。“好吧！”他向他们背后一指，“给你们第二辆小车。我会告诉驾驶员，注意隐蔽，绕路过去，不要让一只兔子把你的屁股炸开花！”

洛佩点了一下头，朝萝丝塔尔打个手势。

“跟我来，列兵。”

萝丝塔尔钻出装甲车辆，伏低身子，紧贴在车边上，跟着洛佩向后面的第二辆车跑去。就在他们奔跑的时候，已经卸下全体部队的卡车离开道路，在草地上展开队形，以便于它们的重武器轰击那个疯子的基地。

洛佩来到小车旁，钻了进去，此时萝丝塔尔也坐到了车后座上。鲜血和内脏还在不断泼溅到地面上，震耳欲聋的枪声充斥在清晨的空气里。驾驶员回过头看了一眼刚刚上车的人。他的年纪很轻，一双眼睛睁得老大。

“长官？”

“叫我军士。”洛佩说道，“转向，从我们进来的路开出去，沿着围墙转向西边。”

“那里没有路，长官……军士。”

“我知道。”洛佩稍稍放低目光，看着这名驾驶员，“这是问题吗？”

“对，这部车不是，军士。”

电动马达发出一阵嗡鸣声。这辆车猛地向后退去，掀起一片沙石，调转了方向，沿着进来的大路一直开了出去，驶过零星分布的卡车，敞开的大门，驾驶员启动悬挂系统，将车辆底盘抬高了半米，车轮随即开始碾压路边的石块和青草。尽管车辆的悬挂系统能够缓冲掉最严重的撞击和颠簸，萝丝塔尔还是不得不趴在前面的椅背上，稳定住身子。

“有什么主意，军士？”

洛佩稍微向她转过身。“现在这里已经是一团混乱，我觉得这种局面可能是被有意设计出来的。在战斗中制造混乱会有什么目的？”萝丝塔尔没有回答，只是摇摇头。“转移注意力，”洛佩严肃地对女孩说，“这是一场乱中取胜的战斗。当你被困住的时候，你的选项就会因为混乱而增多。”

他们来到了一小片依然存活的森林旁边。驾驶员驾车穿行于树林中，在他们右手边，农场上的爆炸和硝烟正离他们越来越远，能看见几只小动物朝他们这里跑过来。他们很快就找到了另一支安保部队，那支部队在围墙以内就位。那些惊惶不安却又有着致命危险的小牲畜在可能爆炸之前就被打倒了。

在比弗利芝的直属部队和第二支部队之间，他们遇到了那些马。

第二十三章

在第一支部队的指挥车内，比弗利芝不安地移动着身子，不断下达命令。他发现自己必须应对一种混杂着决绝与厌恶的心情。

比弗利芝身后的卡车开始使用重武器攻击。很快，最后一批逃散的牲畜有的被打倒，有的被那些绝望的狂热分子引爆——无论是否能够炸到目标。地球拯救者耗尽“弹药”只不过是时间问题。

“比弗利芝长官?”驾驶员向前俯身，伸手一指。安保主管朝两幢主屋中的一幢望过去。

那幢房子的屋顶分成两半，像蚌壳一样打开了，空气中的硝烟稍稍散去。比弗利芝看到一部交通工具出现在那里，它有卡车一样大，底部扁平，有一个半圆形的舱盖，四角各有一部指向地面的喷射引擎，将它向天空中撑起来。已经减弱但还持续不断的枪声也无法遮住它清晰的马达声。看到那艘逐渐升上半空的飞行器，攻击队员们纷纷调转枪口指向它。子弹“砰砰”地打在它的侧面。与此同时，卡车上的炮火也瞄准了它。

如果不是无人机群，这架形状特殊的飞机恐怕已经成功逃走了。安保部队的无人机兼具观察和阻拦的功能。它们立刻群集到飞行器上方。这时飞行器已经越过它的护盾机库，正打算向北方逃走。数十架小无人机冲进了它的进气和喷气孔。片刻间，飞行器仿佛还想加速，突然微微抖动了一下，停在半空中，随后又再次向前飞行，但此时数百架无人机几乎已经完全覆盖住了它的表面。

这时，飞行器的尾部发出一阵响亮的杂音，紧接着又是一阵物体碎裂的声音，仿佛是一架弹球机的玻璃罩子被移开，里面的零件纷纷迸溅出来。飞行器向后退去，又向右方倾斜，然后猛地转向左边，划出一道抛物线，撞在地上。

这时建筑物内的火力明显减弱了，安保队员们从掩体后面冲出来，用枪瞄准了飞行器。飞机尾部的一部引擎爆炸了，无数金属和纳米纤维碎屑飞上天空，又像雨点一样溅落下来。安保队员们立刻卧倒在地，避开飞溅的碎片。身体护甲能够进一步保护他们免受这些碎片的伤害。随后，他们站起身，继续向飞行器靠近。这时，飞行器的尾部已经冒出了烟雾。

两辆维兰德·汤谷卡车驶下大路，准备为向前推进的安保队员提供掩护活力。还有三辆卡车留下来阻止从建筑物中出逃的地面车辆。比弗利芝也跳下车，大步跑向坠毁的飞行器。而有几个人正从飞行器中爬出来。

这几个人举起双手，身上和脸上能看到血迹和瘀伤。尽管明显身带伤痛，一名男子还是努力显示出从容不迫的样子，仿佛向自己的痛苦屈服有损于自己的人格。一个身材非常肥壮的金发男人扶着一名身材丰满，只比他矮一点的女子走出了损毁的飞行器舱门。跟在他们身后的最后一名幸存者肤色要比他的同伴黑很多。

一共四个人。比弗利芝派人去查看坠毁的飞行器内部，这些人看上去根本就不像是能干出破坏、绑架和暗杀的犯罪集团，也不像是狂热分子。但比弗利芝明白，这正是这些人的危险之处。最危险的人从来都是看上去一点也不邪恶的人。同时这些人也没有制服、徽章、肩章和胸章——没有任何东西能够表明他们的位阶和权责关系。

“你们之中哪一个是驾驶员？”比弗利芝向他们喊道。

“没有驾驶员。”为首的那名男子竭力想要站直身子，但还是哆嗦了一下。比弗利芝相信这个男人一定很难对付。他的衬衫前襟已经浸透了鲜血，尽管受伤不轻，他终于将身子站得几乎笔直，“是自动驾驶。”

比弗利芝点点头，忽然又吃惊地抽了一口冷气。

“我认识你，”安保主管说道，“你在媒体上露过面，你是……”

“约西亚·莱布里奇·英格尔顿男爵，不准备为你效劳。”男爵向周围扫了一眼，打了一个手势，“我相信你们应该具备相应的授权，才敢对一座无害的乡村别墅进行这样的军事入侵？”他转回头看着比弗利芝，“请让我看看授权书，老男孩。”

面色冷峻的比弗利芝没有心情和他玩这种游戏。他的人至少死了十几个，可能更多，还有许多人急需救治。

“武装抵抗、弹跳地雷、自动机关炮、塞满爆炸物的牲畜——这些都是我需要的‘授权书’。”比弗利芝说完又加了一句“老小子。”

“我们只是需要自卫。”英格尔顿的同伴们已经被看押起来，同时也得到了医护兵的检查。

安保主管累了。“那么，为什么住在‘和平无害的乡村别墅’中的人们需要军用级别的手段来自卫？这样的地方还会需要任何自卫手段么？”

英格尔顿没有理睬想要检视他受伤右臂的医护兵。

“我们是一个宗教组织的成员，”他回答道，“我们不会伤害任何人，但总有人对我们存有偏见和怀疑。我们隐居在这里……”他指了一下农场，现在那几幢建筑物都已经遭到了严重损坏。“……因为我们认为和平和安宁有助于我们的事业。”

比弗利芝瞪着他。“你所说的‘事业’就是谋杀、绑架和试图破坏契约号殖民计划。”这个人的高傲自大让安保主管感到气恼。

“呸，我所说的可不是这种事，我们要确保人类能够在自己的家园安全地生存下去，也就是这个世界——地球。”他抬起一只手指向天空，显然是在模仿古代圣经中的先知们。

“深层空间有魔鬼，”他继续说道，“只有这里才是安全的——只要我们不被发现。让飞船和殖民者进入宇宙只是在邀请潜藏于黑暗中的恐怖和狡诈的生物来猎食我们。”他放下手臂，我们坚定地反对有人将我们的存在向整个宇宙公开，就是这样。

比弗利芝厌恶地哼了一声。“太空里什么都没有。没有智慧生物，没有邪恶或其他什么东西。我们早就寻找过他们，但始终一无所获，就连一点有机质都没发现。宇宙里只有我们。”

男爵身后的那名大汉说话了。他仍然在为刚才的激烈撞击而喘息不定。

“你们只是没有用正确的眼光去找，而且还找错了地方！”

“闭嘴，帕维尔！”那位家庭主妇一般的女子怒气冲冲地说道。

英格尔顿也用警告的眼神看了一眼那个胖子，然后又微笑着转向比弗利芝。

“我们和你们的信念不同。但仅凭这一点，你们不应该这样残暴地攻击我们。我可以确定，维兰德·汤谷公司将受到控告，因为非法侵入、破坏私人财产、进行暴力袭击和人身伤害。我们的律师一定还能查出你们更多的罪名。”

比弗利芝对这种威胁完全无动于衷。“我的部门可没有干过这种事，”他将手在面前一挥，攥起拳头，只用大拇指朝背后的面包车和卡车一指，“我只戴着我自己的名牌，我们的车上根本没有公司标识。你怎么会以为我们是维兰德·汤谷的人？”

英格尔顿男爵张口要反驳，却又犹豫了一下，一时间露出莫名的不安表情。不等他恢复镇定，比弗利芝已经抢先开了口。

“你知道我们是维兰德·汤谷的人，是因为你们曾经攻击过维兰德·汤谷公司的机构和个人。我不知道你们这种不言自明的推论是否能够被当作你们对自己罪行的供认，但这次对话已经被记录下来。我打赌，我们的律师能够将此作为呈堂证供。”他向他几名队员打了个手势。他们立刻走上前，将四名从飞行器上钻出来的幸存者的双手铐住。比弗利芝满意地看着部下的行动，抬高声音说道：

“你们全都受到了公民的逮捕，我们会将你们带回伦敦城。在那里，你们将有机会和你们的法律代表联系。到时候，我和你们之间的事情也就了结了。如果你们想要进行个人控诉，你们尽可以将我作为目标。请记住，我是齐奥卡·比弗利芝上校，维兰德·汤谷英国安保主管。我负责指挥今天公司在这里的行动，这是在公司的命令下，为了保卫公司——尤其是契约号殖民任务，阻止再次发生破坏和暗杀事件。公司相信你们……对了，你们自称什么？”

“地球拯救者。”男爵和黑皮肤的男人同时宣布。

比弗利芝继续说道：“公司相信你们，所谓的‘地球拯救者’要为这些罪行负责。公司将指控你们对其财产和个人犯下了多起暴力罪行。请与看押你们的人合作。如果你们在返回伦敦的路上挨了一枪，你们就很难为自己辩护了。”

那名身材丰满的女子用充满杀意的目光瞪着比弗利芝。“你这是在预告你们的图谋吗，上校？”

比弗利芝的注意力转向了她。“只是一个警告。合作，你们在回去的路上就不会受到伤害。”然后他又禁不住加了一句，“尽管我自己希望情况不会是这样。”他突然弯下腰，把手伸到了那名女子的裙子下面。女子的愤怒表情只持续了很短一段时间——直到比弗利芝从她绑在左侧大腿的隐匿枪套中抽出那把自动手枪。这时，女子就只能继续瞪着安保主管了。

“凸起得太多了。”他检查了一下武器，“你应该选一把小一些的枪。”

“我喜欢大口径，”女子的声音差一点儿怒吼了，“能打出更大的窟窿来。”

比弗利芝没有因为自己的犀利目光而感到得意，只是将攥紧的拳头抵在腰间，审视着这四个人。“那么，你们之中谁能告诉我，我们在哪里可以找到那个自称‘先知’的人？”

“深－空－有－魔……”四名囚犯齐声吟诵。

比弗利芝又问了一遍，却只能再次听到这种庄严的吟诵。他闭上眼睛，摇了摇头，决定放弃，然后命令部下对建筑物进行搜索。他们一定能找到邓肯·菲尔德斯。

现在重要的是，契约号任务所遭受的威胁已经被解除了。令人困扰的媒体还没有出现。他的直属上司应该会感到高兴，汤谷老人也会感到高兴。就算是为人耿直的洛佩军士也必须承认，爆发在这座农场中的战斗胜利了。

安保主管眨了眨眼。

洛佩在哪里？他突然想到。

第二十四章

一眼看上去，这群奔逃的马匹有一半是骑乘马，一半是重型驮马。在传统农场中，尤其是这种专门提供有机食品的农场，驮马仍然是田间工作的重要力量。随着这一群马匹在雷鸣般的蹄声中穿过越来越浓密的森林，躲避树干，越过倒下的枯木，洛佩注意到它们身上完全没有炸药。不过，他的驾驶员仍然谨慎地驾驶着这辆装甲车，在树林中觅路而行。

这名军士正在看着马群渐渐消失在树林深处，萝丝塔尔突然高声呼喊。

“那边！”女孩在后座上伸出手，抓住驾驶员的右肩头，用另一只手猛然一指，“那边，那一片大橡树林里！”

驾驶员立刻调转车头，朝萝丝塔尔所指的方向驶去。洛佩看到了萝丝塔尔所指的地方，不由得精神一振。两匹重型驮马，全都是佩尔什马，它们没有和马群一起奔逃。

这到底是……洛佩瞪着那里。

一匹马躺倒在地，一动不动，睁大的眼睛也不再眨动一下，四条腿伸得笔直。坐在车上的洛佩现在能够清楚地看到，这匹马从胸膛到腹股沟被整齐地切开了。伤口没有流血，也没有倾泻而出的内脏。不过那里有足够的空间能够装下器械、设备和一个人。

这批佩尔什马是一具半生化体——一部分是机器，一部分是人造有机质。洛佩知道，它的动作功能主要来自其机械部分。和沃尔特那样的完全人造体不同，这种混合生命形体也让这匹马的骑手能够以全新的方式驾驭它。同时这也是一种前所未有的隐匿方式——没人能想到竟然会有人这样做。

另一个半生化体和它的同伴外形完全一样。现在它正带着藏在它体内的骑手在树林中来回走动。这里的树木已经太密集，车辆无法再前进了——这让那种马形半生化体又拥有了一个优势。

洛佩和萝丝塔尔拽出随身携带的枪支，走出车外。萝丝塔尔向右边跳过去。洛佩告诫驾驶员留在车旁边，负责监视，然后向左边移动过去。他们两个向马匹移动过去。

在半生化马的另一边，两个男人正朝远处跑去。其中一个看上去虽然体态丰满，但无疑非常健壮有力，正用一只手臂将另一个男人挟在胸前，同时用一把小手枪紧紧抵住那名俘虏的脖子。

仍然保持站立的那匹半生化马突然张开口，用小口径枪支朝正在跑远的那两个人射击。几粒子弹钻进两个人左侧的土地里。警告射击，洛佩推测。那两个男人他都不认识。

洛佩躲进一棵树后，同时向萝丝塔尔点点头。女孩也同样找好了掩护。然后洛佩将头探出树干，把枪端稳，开始高声喝喊。

“我是丹尼尔·洛佩，维兰德·汤谷公司安保部队军士！说明你们的身份！”那个用枪抵住俘虏的人立刻做出回答。同时双眼紧紧盯住了向他射击的半生化马。

“永田阳二，浑蛋，”他也喊道，“维兰德·汤谷公司特别干事，隶属东京分部！”他竭力朝被自己拖行的人点点头，“我已经逮捕了邓肯·菲尔德斯，这个组织所谓的先知！”

不等他说完，那匹半生化马已经转向了洛佩，射出一连串的子弹，在军士用来当作掩护的树干上留下大片伤痕。洛佩绕到树干的另一边，瞄准射击。他能够听到右边的萝丝塔尔也在开火。

“瞄准头部！”洛佩能看到自己的手枪子弹撕碎了马身上的一片片人造皮肉，“瞄准眼睛！”

马匹里的骑手努力想要干掉刚刚出现的军士和列兵，却只打掉了一些树皮木屑。萝丝塔尔再一次证明了自己的技能，她一枪打坏了半生化马的一只摄像头眼睛。洛佩成功地打碎另一个摄像头之后，这匹半机械半有机的驮马开始脚步踉跄，但子弹还是从它的口中飞射出来。

永田阳二趁这个机会将他的俘虏带到一棵树后。他的五官精致，黑色的直发一直垂到眼睛上，看上去更像一名音乐家，而不是安保部队的自由雇员。因为要控制俘虏，和那匹半生化马作战，他已经气喘吁吁。

“谢谢你，洛佩军士！”永田阳二喊道，“我差一点儿就要失手了。”他在树后探出头来。挡住他和俘虏的是一棵老悬铃树粗大的树干为他们提供了很好的掩护。

洛佩点点头，再一次绕过掩护自己的橡树干，向那匹马望去。半生化马还在挣扎，但脚步已经越来越散乱，它的骑手也不再开枪了。

“留在那里不要动！”洛佩喊道，同时向那名东京干员的俘虏眨眨眼，“对于一个制造了这么多麻烦的人，你看上去可不怎么厉害啊。”

在永田阳二有力的手掌中，菲尔德斯早已停止了挣扎，平静地与军士对视着。“我从来都不想给任何人制造麻烦，我只是将我的梦告诉人们，告诉他们我看到的一切。努力拯救人类，让我们免于堕入那样的噩梦中——这是人们自己做出的决定。”在军士看来，这位先知并没有怒意，脸上只有疲惫和听天由命，“现在我只想让这一切结束。”

洛佩厉声喝道：“也许你应该让那些有能力和资源的人拯救人类。”

不等菲尔德斯说话，军士已经从橡树后面走出来。他向萝丝塔尔一招手，便向前走去。他低伏身子，以“之”字形路线向前移动，小心地不让自己停留在一条直线上。

不过，他的谨慎其实没有必要。半生化马的光学系统被摧毁了，根本无法发现他在靠近。洛佩小心地接近不住踉跄的半生化马身后，瞄准了它左后腿的膝盖，同时向萝丝塔尔打了个手势，示意她射击马的左前腿。他上下挥手，用手指倒数了三下，大吼一声："开枪！"便连续打了几枪。

膝盖被打碎，皮肉和金属碎片四处飞溅。半生化马倒在地上，马体内的骑手还想向看不见的袭击者射击。子弹不断地从马口中射出，直到几声扳机空响，表明子弹已经用光了。

洛佩挥手示意萝丝塔尔到右边去，自己站到了面对马肚子的位置上。他们都没有忘记那条城市暗巷中葛琳妮斯·哈丝尔顿的自爆，所以都和这匹马保持着安全的距离。尽管这匹半生化马已经没有了视觉，也无法动弹，但他们还没有破坏马的耳朵。

"我重复一遍，我是维兰德·汤谷安保部队的丹尼尔·洛佩军士！你已经被包围了，你的先知已经被逮捕。你失去了行动能力。我们不会进入你的武器伤害范围，你已经无力反抗。"他紧攥住自己的手枪，"没有理由牺牲你自己，举起双手走出来。如果我看到任何一点迹象表明你藏有爆炸物，我会毫不犹豫地射杀你。"

没有反应。萝丝塔尔站在对面，带着询问的眼神看向她的长官。洛佩摆手示意她保持耐心。在他们身后，永田阳二按住俘虏，恢复着自己的体力。

一阵空气流动的声音从马肚子里传出来。马的肚子和胸膛被打开了，一名身材娇小的女子从马肚子里滚出来，将双手举过头顶。军士盯着她缓缓站起，平静地抹了一把脸上的汗水，向后退去。洛佩缓步跟上去，依然保持着他们两个之间的距离。

"停在那里。"军士抬了抬手枪，"不要再走了。"

"抱歉，军士。"由纪子摊开双手，表明她没有武器，身上也没有按钮，没有任何隐藏的爆炸装置，"我必须在你们的人到来之前离开。你说的没有错，我的确做了牺牲——但还不够，至少现在还不够。”她表情严肃，声音僵硬，“为了人类献出生命，我不害怕。我会以先知之名继续竭尽所能，拯救值得拯救的种族，让他们免于……”

“我知道，我知道。”洛佩继续跟着她，“免于被深层空间的魔鬼杀光。抱歉让你失望了，但太空里只有星云和尘埃，如果我们运气够好，也许还能找到几颗可以居住的行星。你一直都在浪费时间，而且现在你还在浪费时间。趴到地上，将你的双手背在身后。”

由纪子摇摇头，继续缓缓地向后退去。洛佩想要冲过去把她打倒，她要比洛佩矮小很多，但他不知道这名女子的衣服里面是否还藏着什么致命的武器。

“我要开枪了。”他再一次警告这名女子。

由纪子微微一耸肩。“那只能成就我的牺牲，军士。来吧，开枪吧。”说完，她就转过身，飞跑起来。

由纪子刚刚跑出两步，却在惊讶中正面撞上了萝丝塔尔的右拳。她一直在专心和洛佩说话，却没有看到那名列兵已经绕到了她的背后。

洛佩跑过去，俯视倒在地上的由纪子，将手枪装回到枪套里，同时赞许地向萝丝塔尔点点头。

“你的速度很快。”

“我希望自己一直都够快。”萝丝塔尔把手伸到背后的口袋里，拿出一副手铐，跪下去，铐住了失去知觉的女子的手腕，同时朝挡住地球拯救者先知和东京分部干员的那棵大树点了一下头。“那个漂亮男孩是从哪里来的？”

“他说是东京。”军士一边回答，一边也看向那棵大树。

“他怎么会跑到这里来？”铐好犯人之后，萝丝塔尔开始在犯人身上寻找诡雷。被她压在身下的女子醒来转过头，开始呻吟。萝丝塔尔用老到的技巧为犯人搜身，同时向军士问道：“你认识他吗？”

洛佩摇摇头，同时用兼有气恼和钦佩的语气说：

“他会出现在这里，倒是很符合我听说的那位老人的行事风格。汤谷的确喜欢另外派遣独立干员帮助解决这样的棘手问题。”

萝丝塔尔完成搜身之后，满意地站起来。“那么，汤谷其实是不信任他的下属喽？他不信任我们？”

“我不这么想，他只是在赌局上悄悄多押了一注。”他低头看着已经被制伏的犯人，“永田阳二一定一直窥伺在比弗利芝建立的警戒线外围。如果不是他，这个女人和她的‘先知’也许就能和那些真马一起成功逃亡了。”他再一次转向那两个人藏身的大树，“我们应该感谢他，或者至少应该祝贺他。”

“我们应该相互祝贺，”萝丝塔尔说，“如果不是我们找过来，他很有可能抓不住这两个人。他不可能将那个‘先知’一直拖回到大路上去。而且先知的保镖还在追杀他，如果他试图用通讯终端呼叫支援，先知先生可能会从他的手中挣脱出去，那样他就没有自保的办法了。”

洛佩若有所思地看着大树。“说到支援……”

第二十五章

听到军士的报告，比弗利芝长出了一口气。他派遣部下对农场建筑进行彻底搜索，随后便命令自己的驾驶员将车朝洛佩的通讯终端所在的位置开过去。车离开大路，很快就遇到了军士的车。那辆车上的驾驶员朝前方茂密的古老森林指了指。

就在萝丝塔尔将先知邓肯·菲尔德斯也铐起来的时候，洛佩向比弗利芝介绍了那位来自东京的意外援兵。两个人进行了职业式的相互问候，饶有兴致的军士注意到比弗利芝在努力对永田阳二的插手表现出感谢的样子。而实际上，安保主管对于自己的权威遭到削弱一定感到非常不安。

不过洛佩知道，这些都没有关系。这次行动大获成功，地球拯救者组织被彻底捣毁。它的先知和领导集团尽数被逮捕，尽管可能还有为数不多的低阶人员在活动，但已经没有人会向那些人下达命令了。很快那些人就会湮没在默默无闻的人海中了。

一辆载满了武装安保队员的卡车驶过来，收押了两名刚刚捕获的囚犯。洛佩希望自己能看看那些地球拯救者见到他们的先知时会有怎样的表情。他们曾不计代价地将安保部队的注意力从先知身上转移开，但他们的努力失败了。他们所遭遇的敌人无论从人数还是从火力上都要远远强过他们。他们的“事业”已经走到了尽头。

比弗利芝用通讯终端和人进行了对话，也许是向他的上级报告了这次行动已经达到目的。萝丝塔尔将被铐住的先知一直押送到赶到的卡车上。那名日本干员站到了先知旁边。

洛佩悠闲地走过来。看到军士，永田阳二略微鞠了一躬。当他挺直身子的时候，脸上露出了微笑。

“非常感谢你和你的搭档，军士。虽然我取得了一点战果，但你们的及时赶到还是让我很高兴。”

洛佩点点头，干脆地回答道：“也许吧，否则你就会丢掉你的俘虏，被一个狂热分子打上几枪。”

永田阳二的笑容一下子绷紧了，不过并没有消失。

“这也是有可能的。”

“你不会是碰巧开着一辆深蓝色四座新款轿车过来的吧？上面还有暗铜色包边？”

永田阳二露出惊讶的神色，“你怎么知道的？”

洛佩哼了一声。“我看了一眼身后的车，不过有一件事还是让我很好奇，”洛佩朝西边指了指，那群真马早已在那个方向消失得无影无踪了。“你守在这里，远离战场，进行巡逻。突然，一群马跳过环绕农场的石头矮墙，朝你这里跑过来。你没有躲到树后，为那群马让出道路，而是立刻在二十多匹马中辨识出了那两匹半生化马，可能只用了几秒钟时间。”他专注地盯着这名年轻的干员，朝森林里指了指，“你是怎么知道的？你怎么知道那两匹马与众不同？更不要说还那样迅速地打倒了一匹马，给它开了膛。”

永田阳二的笑容变得更加灿烂。“我没有加入到战斗中，所以有足够的时间监控通讯，既有他们的通讯，也有你们的通讯。”

军士却没有半点愉悦的表情。“所以当这两匹马冲出来的时候，你已经知道了……”永田点了一下头。“但你没有想过要通知别人。”军士皱起眉，阴沉着脸，等待永田回答。

“没有时间，”年轻的日本人只是耸耸肩，“我必须先拦住他们，确保他们不会逃走。”

“这就是你的判断。”洛佩不眨眼地盯着他。

“这就是我的判断，是的。”

“如果他们逃走了，或者杀了你呢？”

“那么，我就会因为做出了错误的判断而深感内疚，”永田平静地回答，“一开始，就像你描述的那样，军士，我看到马群向我冲过来，便躲到树后，让它们过去。当它们接近我的时候，我迅速注意到有两匹肩并肩奔跑的马步伐很不自然。任何正常的马都不会那样跑。那不只是不自然，而是完全不符合马结构动态和生物力学。”他耸耸肩，“如果我犯了错，射倒了一匹真马，我会感觉非常糟糕。因为我爱马。”

洛佩理解地点点头。“所以这才是引起你警惕的地方，马匹不自然的姿态。”永田赞同地点点头。军士又说道：“我没想到一名维兰德·汤谷的安保干员会对马匹如此热爱。”

永田解释说：“在我童年的时候，我很崇拜我国的一位英雄——法津。他两次以最大的年纪参加古老的国际奥林匹克运动会。在日本，他也是年纪最大的参赛选手。”

洛佩的脸上显出了然的神情。“让我猜猜看，他参加的是马术比赛。”

永田点点头。“我想要像他一样，但养育马匹是非常昂贵的，要比用枪昂贵得多。我对这二者都很有感情，也一直没有放弃它们。”他转过身，向森林中一指，“那时，我立刻就知道了那两个奔跑的东西不可能是真正的马。所以我赌了一把，向其中一个开了枪。”

“赌得很准，射得也很准。”洛佩哼了一声，“我也很爱马，被烤到半熟的时候味道非常完美。”看到永田脸上的表情，军士急忙安慰他，“只是开个玩笑，玩笑而已。好了，我们回到城里之后，我请你吃饭，那时你可以将你是怎样来到这里的和我说一说。”

“我不能把一切都告诉你。”他们开始向载来洛佩和萝丝塔尔的面包车走去，“这是公司的政策。”

军士咬住嘴唇，“你告诉我多少都可以，这其实没什么关系。用不了多久，我就会进入深度睡眠，没办法把任何事情告诉别人了。而且，”他又用轻松的语调说道，“我知道一家非常不错的乌兹别克饭店，那里的烤马肉……只是个玩笑，我的朋友，只是一个玩笑。”

不过这一次，洛佩并没有开玩笑。

安保车队重新在通向农场的大路上集合。洛佩的心愿实现了，被俘虏的先知和他的保镖被送上了关押着另外四名囚犯的卡车。但那些人没有哀叹或哭泣，只是相互点了一下头，就连脸上的表情几乎都没什么变化。

这很不合理，让洛佩感到很困扰。

在地球拯救者的先知和议会被捕之后，他们的整个组织都被摧毁了。但这些人却仿佛完全不在乎，这不符合狂热分子的行事风格。他们是对自己的律师很有信心，还是认为会被他们安插在政府内部的同党释放？如果是这样，洛佩觉得他们实在是低估了维兰德·汤谷的影响力，以及汤谷英雄本人复仇的能力。

或者他忽略了什么？

我担心得太多了，洛佩对自己说，我们已经完成了远超分内的任务，帮助地面安保部队打掉了妨害我们的敌人。现在该是轻松一下的时候了。他尽可以最后享受一下地球上的景色、声音和气味，然后就登上最后一艘穿梭机，返回契约号，向地球母亲道别，回到飞船强大的 AI——主母身边。

至少飞船上已经不会再潜藏任何意外了。

即使是这样，当比弗利芝和他握手，一遍又一遍地庆贺这次行动的成功时，军士却只是回想着那些俘虏不可思议的镇定表情，心中感到一丝隐隐的不安。

天气预报说一场台风将要袭击日本列岛，汤谷英雄当然不会为此感到不安。他所担心的那场真正的风暴——那场极为重要的风暴，已经停息了。

永田阳二已经联系过他，向他报告了好消息。地球拯救者——那个曾经用暴力手段企图阻止契约号启航的组织被粉碎了。那个所谓的“先知”束手就擒，组织核心被一网打尽。一旦维兰德·汤谷的专家们有机会彻底审查这个组织的记录和文件，剩下的那些组织成员也将被逐一查明，予以逮捕。

那个人应该被提升……只是像永田阳二这样的人不在公司的提升范畴之内。他没有级别，没有公司职位。不过，公司懂得这种人的价值和使用他们的必要。

棋盘上的一颗棋子而已，汤谷向楼顶寓所的窗外望去，受雇为公司服务。这一次，正是他的服务使得殖民任务得以顺利实施。当然，汤谷本人将无法活着得知那艘飞船成功抵达奥利加 -6。不过这没有关系。

真正重要的是，最后的障碍已经被清除了，人类的命运得以延续下去。汤谷知道一切都将顺利实施，于是他命令自动酒吧为他准备饮料，他要庆祝一下……一个人庆祝，就像他习惯的那样。

第二十六章

“你从没有进行过穿梭机跳跃？”

坐在军士对面的萝丝塔尔舔了舔嘴唇，竭力显得不那么紧张。但实际上，她正用尽全力将后背紧贴在跳跃座位上。

“只进行过模拟训练。”

洛佩若有所思地点点头。“模拟训练，那样也可以了。”看着这名列兵，竭力想找办法安慰她一下，“你知道，这不会有危险。跃迁到近地轨道要比走过任何大城市的街道都更加安全。”

“我知道统计数据，”萝丝塔尔的身子和座位贴得更紧了，“但数据无法否认的是——我们就要离开地球，进入真空环境了。”

洛佩皱起眉头。“如果你对进入太空这样不安，你又为什么要加入殖民任务？”

萝丝塔尔看着军士，露出一个紧张的微笑。“我们只要进行两次跳跃。从地球到契约号，还有从契约号到奥利加 –6 的表面。我想，我能应付。”

很快，她证明自己的机会就来了——穿梭机在引擎的咆哮声中离开了沃什航天港。洛佩放松下来，闭上眼睛，安稳地坐在座位里，听着耳中唱盘的音乐。萝丝塔尔绷紧了身上的每一根肌肉。直到引擎熄火，穿梭机进入失重空间中的会合轨道，她仿佛才再次开始呼吸。

洛佩睁开一只眼睛查看了一下自己的列兵。他希望如果萝丝塔尔要呕吐，至少要记得使用她面前安装在座位里的真空吸槽。他很高兴看到这个女孩虽然情绪有些失控，但还能控制住自己的肠胃。

洛佩叹了口气，关闭了音乐，又开始和萝丝塔尔聊起了天。让这个女孩看着他要好过让她看着正在舷窗外旋转的地球。闲谈可以帮助萝丝塔尔不要胡思乱想，直到巨大的契约号吸引了她的注意力，让她忘记自己的不安。

他们很走运。穿梭机顺利地停泊到飞船上，穿过主气密舱之后，飞船的人工动力就在他们脚下起了作用。萝丝塔尔终于放松下来，当其余的乘客纷纷走出穿梭机，包含这名列兵的私人物品在内的货物也被卸下来的时候，洛佩和萝丝塔尔以及丹妮尔丝见了面。船长还在别处为永远都没有尽头的准备工作而忙碌着。

“能见到你回来实在是太好了。”丹妮尔丝和洛佩握手，又转过头，打量着安保部队的最新成员。“公司已经将你的情况通知了我们，列兵萝丝塔尔。另外，洛佩也对你有很高的评价。”

萝丝塔尔显然已经忘记了自己在零重力状态中遭受的磨难，她向自己的上级瞥了一眼，然后转回头对丹妮尔丝说：

“谎话，他说的全都是谎话。”

“嗯，能够认识自己的缺点也是好事。”洛佩在旁边说道。三个人都露出笑容。

洛佩向丹妮尔丝告辞：“我要去看看我的队伍，让他们知道我回来了。”

丹妮尔丝点点头，又给了萝丝塔尔一个微笑。“我会带你去看看你的宿舍。也许那里会比你想象的更大，尤其是对一名单身船员而言。不过这其实不太重要，毕竟我们在旅行中的绝大部分时间里都会在深度睡眠中度过。我们有一些相当奢侈的享受，你会喜欢的。如果你希望在我们醒来的时候和别人交流，保持体形，补充体力，我们这里有就餐区和健身区，还有面积很大的淋浴房。当你距离家乡有许多光年的时候，每一个细节都很重要。”

“谢谢。”萝丝塔尔和货物管理人并肩而行，“我带上了允许我携带的一切物品。”

丹妮尔丝理解地点点头。“当我们开始建造殖民地，看上去微不足道的事情也会具有很大的意义。不管怎样，心理建设小组就是这样说的。”她在沉默中走了一段路，然后又说道，“官方通讯说地面上的问题都解决了，我们已经不必再担心。我知道你也参与了那里的行动。”

萝丝塔尔点了一下头。“那里有一群反对殖民的狂热分子，他们非常有献身精神，组织良好，而且拥有很多资源。不过，他们已经被逮捕了。是的，我也参与了逮捕他们的行动，做了一点事。这原本不在我的计划之内。”她耸耸肩，“我那时还正要应征契约号安保部队的最后一个位置，一切就发生了，非常快。”

丹妮尔丝的兴趣被勾了起来。“我们出发之后，你要好好和我讲讲那些事。”

列兵显得有些犹豫。“我不知道我能不能说，不知道这里面有没有需要保密的事情。”

丹妮尔丝又露出微笑。“如果你泄露了什么，我可不觉得会有人来调查你。如果你愿意，你可以等到我们到达第一个维护和充能点的时候再说。到时我们会有许多时间交谈。其实在飞船进行维护和重新充能的时候，我们并没有多少事要做。”

随着她们在走廊中并肩前进，他们之间的交谈也变得越来越放松。两个人越来越熟悉，萝丝塔尔很快就发现自己很喜欢丹妮尔丝。在一段长达数百光年的旅行中，船员之间的好感是非常重要的，即使在大部分时间里她们都会处于沉睡不醒的状态。

“瓦尔扎扎特（摩洛哥南部的一个地方）一直都很热。”这句歌谣一直被重复着。这首歌远不止这么一句词。实际上，它有几个语言的版本，其中一些内容相当下流，不过穿梭机飞行员可没有心思去细想自己到底在唱什么。

至少这个船员和维护人员的待命区很舒服。两名飞行员全都放松地喝着冷饮，看着火热的视频。外面的温度常常会达到五十摄氏度。在撒哈拉沙漠的东北角，高耸的阿特拉斯山脉背面，这种气温并不罕见。

瓦尔扎扎特航天港的北边，数百万块太阳能收集板整齐地排列着，如同一支规模庞大，纪律严整的军队，一直延伸到地中海南岸，提供照明、车辆、公共交通和其他各种人类活动所需的电力能量，其中最重要的就是过滤空气的能量。这个太阳能发电阵列所支持的地区包括古意大利和西班牙，直到欧洲大陆被严重污染所困扰的核心地区。从太空中望下去，能看到这颗行星上有许多这样的太阳能阵列。即便如此，它们仍然无法提供足够的清洁能源。这颗行星上迅速增长的人口对能量的渴望永远无法得到满足。

就在发射前不到一个小时，两名飞行员身边来了另外两名同事。新到的人看上去精神焕发，仿佛他们从基地宿舍到待命区的路上完全没有经过气温炎热的室外。

“帕特里克·约德，”新来的人报出自己的名字，“伊尔丝·斯帕德，我们来接替你们。”

更靠近门口的飞行员身材细瘦，本来一直躺在软椅上，他皱起眉头，坐起身。“我可没听说过什么工作接替。”桑切斯看着自己的搭档——科派西——看上去也同样半信半疑。

约德和他的同伴也交换了一个困惑的眼神，拿出通讯终端，拨弄起来。桑切斯看了看他，也掏出自己的终端，开始接受新人传递的数据。他仔细审视瞬间收到的数据结果，眼神变得更加困惑了。然后，他再一次转向自己的同伴。

“科派西，你能确认这一点吗？”

随后又是一阵设备之间的数据分享。新来的人耐心地等待着。终于，桑切斯带着歉意看向新来的人。

“看上去的确是这么回事,”他说道,“我只希望我们能早些得到通知,这样我们就可以留在菲斯(摩洛哥北部城市)了。”然后,仿佛刚刚想起一样,他又说道:“我们查看一下中央服务器,你们不会介意吧?”

女性飞行员伊尔丝耸耸肩。“你查吧,多检查一下总没有坏处。”

桑切斯点点头,继续操作起他的通讯终端。片刻之后,他语焉不详地咕哝了几句,转向自己的同伴。“是合法的。”

“这是怎么回事?”他的同伴问道,“我们都已经准备出发了,在这个时候更换飞行员,完全不合道理。”

“嗨,”约德说,“如果你们打算违抗命令,我和伊尔丝很高兴留在这里。宿舍里的水池刚刚新换了水,而且……”

“不,不,”科派西急忙说道,“你们两个去开穿梭机,我相信你们一定已经看过货物清单了。标准补给程序,你们以前去过第九站点吗?”

“去过几次。”新来的飞行员露出让人宽慰的微笑,“伊尔丝去那里的次数比我还要多。我一般在巴利或者吐鲁番工作。”

“那么好吧。”科派西站起身。桑切斯已经向门口走去。“现在只需进行最终检测就好了,我们已经完成了全部预检验——引擎、生命维持,一切都很正常。纯货物运输,没有乘客。”

“我们知道,”约德回答道,“你们好好休息。替我们打个盹儿,不要让骆驼在水池里撒尿。”

“我们先出去了。”两个飞行员在出门的时候还差点儿撞到了一起。

待命区里只剩下了两名新飞行员。他们没有像原先那两名飞行员一样放松休息，而是径直向穿梭机走去。经过几个电子查验点和一个人工警戒哨之后，他们来到停泊中的飞行器旁边。就像他们接替的飞行员说的那样，穿梭机里载满了要运往第九站点的补给货物。

登上穿梭机，他们向机内 AI 表明了自己的身份，随后便坐到了各自的座位上。然后他们开始对所有项目逐一进行飞行前的检验。准备好起飞之后，他们向港口控制发出信号，立刻就得到了清晰的回复。

全部六台引擎同时点火，沉重的货运穿梭机向空中升起。几分钟之后，它就比旁边被冰雪覆盖的图卜卡勒山还要高了。又过了不久，它穿过平流层上缘。依照穿梭机的飞行状况，两名飞行员做出几次调整，确保它符合预先设定的轨道。所有工作都在沉默中完成，两个人甚至没有交换过一个眼神，他们将全部精力都集中在了自己的任务上。

这任务并不包括将补给品运往第九站点。

第二十七章

丹妮尔丝正在主货舱中忙碌着，突然从通讯终端中传来警报声。这是一段保密通信，只会传送给相关船员。丹妮尔丝冲通讯终端做了一个鬼脸，然后向站在旁边等待命令的两个人说道：

“继续做事，不必等我。”她朝两排巨型地形改造设备之间的通道指了指，“我们就快干完了，最后检查一下这些货物，确认一切都被安全固定住了，我马上就回来。”

两名工作人员向她保证会完成任务。随后丹妮尔丝就转过身，大步朝货舱门口飞快地走去。警报声非常急促，召集所有关键船员前往契约号的舰桥，却又没有说明原因。

也许只是突发事件演习，丹妮尔丝对自己说。主母一直都很强调这件事——船员们不仅要了解自己的业务，而且绝不能偷懒。丹妮尔丝告诉自己，再过几分钟她就会回来继续工作，完成今天的货物清理。她并不着急损失这一点时间。在她、雅各、奥拉姆和凯莉恩必须全部签名同意之前，契约号哪里都去不了。

丹妮尔丝大步来到舰桥上，看到同伴们的表情，不由得吃了一惊。两名飞船驾驶员田纳西和法瑞丝坐在自己的座位里。丹妮尔丝的丈夫正站在他们中间，注视着悬浮在面前控制台上的投影。丹妮尔丝来到雅各身边的时候，她的丈夫甚至没有瞥她一眼，这一点很不寻常。

也许不是演习，丹妮尔丝暗自想道。她立刻又想起了那名曾试图破坏飞船，只是未能成功的汤谷雇员。现在，已经大幅度加强的安保措施应该能够防止同样的事情再次发生了。未经授权，就算是一只蟑螂也不可能溜上契约号。

看到洛佩军士也在，丹妮尔丝的脉搏立刻加快了速度。在紧急事件演习中，飞船的安保长官应该前往武器库或是动力通道，甚至是殖民者的深度睡眠舱，而不是出现在舰桥。一定是发生了什么严重的事情。

丹妮尔丝站到雅各的身后，将一只手放在丈夫的肩膀上。雅各匆匆给了妻子一个微笑，随后就将注意力转回到了悬浮在面前的投影和两名驾驶员身上。

“嗨，亲爱的，”他说道，“我们遇到问题了，也许是一个严重的问题。”丹妮尔丝从没听到过丈夫的语气如此严肃。

“不是‘也许’，船长。”法瑞丝紧盯着操作台，头也不抬地说道，“它不仅没有慢下来，还在不断加速。”

丹妮尔丝困惑地问道：“什么没有慢下来？什么在不断加速？

到底出了什么事？”

“一艘货运穿梭机正处在我们的轨道上，亲爱的。”田纳西的声音清晰有力，完全不是他平时那种悠闲自得的样子。他是一个身材高大的男人，有一副邋遢的胡子，总是戴着那顶与众不同的牛仔帽。

丹妮尔丝还是不明白。“到底出了什么问题？”

“那艘船不在日程表上，”法瑞丝指了指自己左边的数据显示，“上一艘常规运输船在一个小时以前离开了，下一艘要到通用时十八点才会到来。”丹妮尔丝向旁边的时间读数看了一眼，发现还要再过三个小时才十八点。

“是特别航班，”她猜测着问道，“还是补给货物？”她知道情况不会这么简单，但她必须问一问。负责通讯的乌浦沃丝回过身，向她摇了摇头。

“我们查看了中烟数据库，现在不应该有穿梭机来找我们。”

“而且这艘穿梭机到现在都没有减速。”田纳西就像音乐会上的钢琴家一样操作着控制台上的按键，目光不断地在屏幕数据和立体投影之间转动。

“最严重的可能性是什么？”雅各船长问田纳西。

驾驶员进行了一系列快速运算。“他们会撞穿我们的外壳，现在还说不清撞击点在哪里——他们的距离还太远了。遭受撞击的部位会发生爆炸性减压，伤亡情况也要视撞击点而定，也许船员和殖民者会有大量死亡。至少，如果是那些深度睡眠中的人死去，他们永远不会知道发生了什么。”他停顿了一下，又严肃地说，

"如果他们撞上了主推动器，契约号在很长时间里就去不了任何地方了，或者永远也无法离开近地轨道。"

"我们尝试和他们联系过。"里克斯是乌浦沃丝的丈夫，这艘船上的另一名通信负责人。他迅速向面色冷峻的丹妮尔丝瞥了一眼，"他们立刻做出了回答，说他们带来了'额外的补给'。这种回答没有任何意义。"

"也许他们说的是实话。"丹妮尔丝说。

法瑞丝气恼地一摆头。"这根本无法解释他们为什么飞得那么快。我们也就穿梭机的异常速度向他们提出了质疑，他们回答说会以更高的速率减速。"法瑞丝用一根手指敲打着面前的控制台，"但这完全不符合计算机的计算方法。即使现在他们全力减速，仍然只会从我们旁边窜过去。看起来，他们越来越像是要直接撞上我们了。"

"所以……这是神风攻击。"丹妮尔丝转身朝背后望去，看到了一言不发的洛佩。军士平静地来到丹妮尔丝身后，丹妮尔丝对他说："我记得你说过，公司已经除掉那一窝疯子，把他们一网打尽了。或者这又是完全不同的另一群疯子？"

洛佩微微耸肩。"不太可能。看样子，我们可能忽略了一些漏网之鱼。逮捕那些人的时候，我就觉得他们的神情有些过于轻松了。没有喊叫，没有抗议。现在我明白为什么他们如此平静了。他们已经布置好了这次行动，既然他们之前就曾经为了他们的'事业'而不止一次杀人，如果这一次为了阻止这次任务而打算牺牲掉契约号上的所有人，我一点儿也不会惊讶。他们本来就都疯了。"

洛佩将注意力转移到两名驾驶员的身上，向田纳西问道，“你能让飞船躲开他们吗？”

田纳西面色严肃地看着军士说道：“这艘船可不是小型维修船，契约号是一座殖民基地。即使我们有充足的时间，我们也无法离开轨道。更何况他们可以灵活调整航向，让他们的轨道和我们的相交只需要几分钟，而不是几个小时。我们不可能及时躲开他们。而且我们不能直接启动主引擎，这样做会直接导致任务失败，甚至可能因为飞船剧烈震动而导致一些殖民者死亡。我们被困住了。”

雅各转向安保长官。“我们有什么样的武器？”

“你都知道。”尽管情况严峻，洛佩仍然保持着平静，“小型枪械，M90 步枪和类似枪支。不可能用于飞船之间的作战，更不可能阻挡全速冲过来的穿梭机。我们也没有足够的爆炸物和投射物。”他看了一眼丹妮尔丝问，“或者可以使用那些能把山打碎的设备？”

丹妮尔丝想了一下便回答道：“也许有一些大型爆破设备能派上用场，但它们全都已经被牢固封存了，现在没有足够的时间将它们解封使用。”

“该死的，我们需要一样大东西，而且马上就要。至少要大到能够把他们从轨道上撞开。”雅各转头看着自己的妻子，“我们能不能从货舱里抛出重型设备？”

“可以，”丹妮尔丝又思考了一下，“如果我们能够调转飞船方向，将舱口完美地对准来袭的穿梭机，再想办法把那些设备推出去。”

“这就像是从摩天大厦顶上射击河里的小鱼。”田纳西嘟囔着，“子弹要大，但操作性又要很强。”

突然间，丹妮尔丝有了答案。“契约号装备有两艘登陆艇，可以用于巡逻和应对紧急情况。我相信公司里不会有人否认现在正是紧急情况。”现在，就连两名驾驶员都在看着她。“我们派出一艘登陆艇，把穿梭机拦住。”

田纳西转头看着自己的妻子。“应该可以。登陆艇比货运穿梭机小，但也足够大了。尤其是如果让它的引擎打开到最大马力的话。”

法瑞丝赞同地点点头，又犹豫了一下。“如果我们在奥利加 -6 需要登陆艇呢？”

丹妮尔丝已经有了答案。“也许那两艘登陆艇我们都不需要。契约号降落之后就不会再起飞了，如果发生特殊状况，我们还有第二艘登陆艇。”她指着悬浮在丈夫面前的数据说道，“如果我们不尽快采取措施阻止那架穿梭机，我们就永远都无法见到奥利加 -6，到时无论船上有多少艘登陆艇都没有意义了。”

“那么——我来负责。”雅各抬高声音，“主母，准备让二号登陆船紧急发射。”他们不必等待太久。船上 AI 的声音传来，让人感到安慰和平静。

“二号登陆艇准备好紧急发射。”

“很好。发射轨道为阻拦靠近的穿梭机。”

AI 的声音依旧平稳如常。“我不能这样做，船长。”

田纳西低声骂了一句。法瑞丝和两名年轻的通讯官只能努力保持镇定。

“为什么，主母？”雅各紧张地问道。

“这样的阻拦会导致专门用于殖民项目的设备被摧毁。没有维兰德·汤谷殖民部的正式授权，我不能服从你的要求。”

“该死的维兰德·汤谷殖民部！”雅各咆哮道，“如果不拦住那艘穿梭机，就再也没有什么可以授权的殖民项目了！马上设定拦截轨道！紧急授权编号jc−21。”

回答他的仍然是那个镇定从容的，该死的非人类声音：“很抱歉，船长。我不能服从你的要求，因为这会导致公司用于殖民计划的财产被毁。”

激动得满面通红的雅各还在努力想要和AI讲道理。丹妮尔丝靠近法瑞丝，悄声说道：“我们没有时间为电脑的官僚作风吵架了。你能绕过主母的控制吗？”

法瑞丝努力思考着。“不能绕过总控制线。必须有人进入登陆艇，手动解除和契约号的全部连接，然后还必须手动设定航线。人工设定的航线不会向主母做得那样精准，但只要那个人知道该做些什么……嗨！”

田纳西从椅子里跳起来，向舱门跑去，一边又回过头，笑着给了妻子一个飞吻。“这事我能做，亲爱的！”

他将目光转到雅各身上，脸上关爱的神情也消失了。“告诉那个统治一切电路的女王婊，不要挡我的道！”

“等等，田纳西！”雅各向那名大汉喊道，但驾驶员已经消失在舱门外了。“该死的蠢货！”雅各喃喃地说道。

“如果有人能够干这件事，那只能是田纳西。”田纳西的妻子坚持说道，但她的声音却忽然低沉了下去，“唯一的问题是，如果他进入登陆艇，而主母突然决定服从你的命令，把登陆艇发射出去……”

“告诉她不要那么做，”丹妮尔丝急忙对自己的丈夫说，“告诉她除了维持飞船的正常功能，忽略其他一切命令。告诉她……不，也不要这么说。什么都不要对她说，不要理她。”

他们随后便不再说话，只是静静地等待着。让舰桥上的每一个人感到安慰的是，主母也没再提供任何信息或者建议。而田纳西的声音比众人预料中的更早地从扩音器中传出来。

“我就位了，”他说道，“正在关闭舱内连接。登陆艇已经做好发射准备——主母干得不错。”

法瑞丝向座位旁的一部拾音器俯过身。“田，如果你关闭全部连接，我们就不可能听到你的声音了，田？”

没有回应。

他们已经无事可做，只能等待，监视还在不断加速的货运穿梭机，希望主母不会突然决定阻挡那艘危险的计划外穿梭机要比保护公司的财产更重要，鬼使神差地发射现在已经除去一切连接的登陆艇去挡住穿梭机。田纳西现在还在艇里。

时间缓慢得让人难以忍受——这和爱因斯坦的相对论完全没有关系。大家都在为眼前的局势而窃窃私语。洛佩考虑调集安保部队，但他知道，这只会引起不必要的恐慌。现在，他们做不了任何事情来改变这种该死的局面，更不能因为自己的行为让整艘飞船陷入恐慌。在恐慌中，人们最终会难以避免地伤害到自己。

雅各走到右边，看着悬浮在指挥控制台上数不清的数据终端其中之一。那是正在逼近的货运穿梭机的态势描述。他能够找一个舷窗，向外观望，但他没有必要这样做。如果冲过来的穿梭机已经靠近到能够用肉眼看见，就连惨叫的时间他都不会有了。

法瑞丝还在有规律地发送信号，想要和她的丈夫取得联系。但始终没得到任何回应。过了一段时间，她回过头看向丹妮尔丝。

“田纳西总是喜欢干蠢事。你不会……你不会认为他能够蠢到手动驾驶登陆艇吧……他会吗？”

“不。”但在心里，丹妮尔丝也无法不去想象田纳西发出挑战的吼声，驾驶登陆艇径直冲向穿梭机的样子。“不，田纳西不会那样做的。而且，”丹妮尔丝又用鼓励的口吻说，“你了解他，如果他打算那么干，他就不会告诉我们他要做什么了。他会直接把通信关掉。”

“是的。是的，你说得没错。”法瑞丝显然得到了安慰，“那个白痴总是把愚蠢当作勋章。他会给登陆艇设定好路线程序，只是设定程序。”

丹妮尔丝面带微笑地点着头。“我相信。”

但在心里，她依然在想，希望田纳西能够想办法联系上我们。

“最好知道他在干什么，”雅各喃喃地说道，“我们只有一次机会。如果航线设定发生错误，引擎序列紊乱，或者发生了别的什么事，登陆艇和穿梭机错开，我们就完了。”

一段时间之后，法瑞丝竭力以专业的语调做出报告。

“登陆艇脱离飞船了。”

所有眼睛都转向了悬浮在法瑞丝右手边的数据投影。投影图像相当清晰，大家能够看到货运穿梭机离他们还很遥远，但正在迅速靠近契约号的大坐标。而一个和穿梭机同级别的小坐标正离开殖民船，向穿梭机驶去。那肯定就是登陆艇了。

田纳西依然没有和他们联系。

该死的，你到底在哪里？你这个只懂得驾驶飞船的大块头！丹妮尔丝愤怒地想着，紧随而至的一个念头又让她生出一阵负罪感，这么短的时间里，我们又该到哪里去找另一个飞行员？

“成功发射了。”这个声音从扩音器中传出来的时候，舰桥上的所有人差一点儿相互抱在一起。

不久之后，一个熟悉的高大身影走进指挥舱。田纳西喘着粗气，全身都是汗水，但他的脸上全是兴奋的表情。法瑞丝表现出强大的自控能力，仍然留在自己的岗位上。丹妮尔丝怀疑自己可能没办法这样忠于职守。

“成功了！”他几乎没感觉到雅各拍在他背上的手掌，只是大步走过船长，回到了自己在指挥控制台后的座位里。“我在重新设定航线的时候有些地方只能靠主观臆断了，不过应该能行。”

“如果不行，”雅各平静地对他说，“我会在来世找到你，亲自把你的屎打出来。”

田纳西摇摇头，操作着各种控制器。“你不会有那种好运的，船长。我们死后一定会去不同的地方。”他瞥了一眼自己的妻子，

“看上去怎么样，亲爱的？”

法瑞丝心存感激地知道自己到达奥利加 −6 以后不会是一个寡妇了，于是开始专心地操作面前的许多设备。

“正在靠近，”她喃喃地说道，“已经非常近了。”

“即使登陆艇只是蹭到他们，也足以让他们偏离航线。”雅各专注地审视着仪器读数。很快，一切就都结束了——无论最终会是怎样的结果，“他们现在的优势之一是速度，就像子弹一样快，但这让他们无法改变航线。”

这一次他们是真的无事可做了，只能静静地看着太空中迅速接近的两部航天器。如果登陆艇没能及时切入穿梭机的轨道，他们将只有不到一分钟的时间应对撞击造成的伤害。如果撞击点靠近舰桥，就连这一点时间他们都没有。丹妮尔丝靠近自己的丈夫，伸手挽住他的腰，轻轻捏了一下。雅各则给了妻子一个与此刻严肃气氛非常不合拍的亲昵微笑。

在空中，距离契约号极近的地方，突然爆发起一团强光。很快，这团光就消失不见。货运穿梭机和登陆艇都以极高的速度对撞在一起，转眼间，它们的大部分船体都蒸发掉了。随之产生的细小残骸已经无法再对契约号造成任何伤害。

突然间，他们感觉一次撞击导致的微微颤抖漫过整艘飞船。田纳西的手在控制台上飞快地跃动着，他同时在不断检查仪器读数。一大块没有被蒸发的金属以足够的体积和速度击中了第八供给舱的船壳。通往周围区域的紧急闸门骤然关闭，将第八供给舱和整艘飞船隔开。雅各要求得到损失情况。主母宣布说裂隙不是很大，可以在几天之内修复如新。

田纳西靠在自己的椅子里，向后推了推从不离开头顶的牛仔帽，将双手枕在头后，长出了一口气。在他身边，法瑞丝发出一阵紧张的笑声，同样宽慰的表情出现在舰桥每一个人的脸上。只有雅各没有放松下来，反而稍稍提高了声音。

“保持警惕，主母，”他说道，“对周围一切保持高水平警觉，直到我们穿过土星轨道。”

“我会继续监视船上的一切，船长。”AI平静地回答，“请好好休息吧。”

里克斯一直专注地在自己的岗位上工作着。忽然他转过头来向大家说：“他们终于回答了我们的质问，就在撞击以前。”

丹妮尔丝和其他人都转向这位通讯官。

“你能把他们的回应存下来吗？”雅各问他，“他们说了什么？”

里克斯再一次查看自己的设备，他的表情显得相当困惑。“毫无意义。‘深－空－有－魔。’”他看了一眼自己的同伴们，“你们明白吗？”

田纳西摇摇头，法瑞丝耸耸肩。一阵困惑之后，大家就分别回到各自的工作岗位去了，同时心中带着幸免于难的庆幸。

洛佩非常清楚那些自杀攻击者这段通讯的意思。但他只是沉默地走出指挥舱，去查看安保部队的情况。他不认为自己需要向同伴们解释这段咒语的意思，那些发了疯的狂热分子暂时可以放到一旁了，以后有机会的时候再提也不晚。

第二十八章

维兰德·汤谷的地勤人员突然检测到在靠近殖民船的近地轨道上发生了一场高能爆炸，他们立刻发来了最高级别的警报和询问。里克斯和乌浦沃丝用了一些时间才让地面上的人们平静下来，向他们保证飞船和船上的人都安然无恙，并说布兰森船长将会提交一份详细报告。

暂时充满船员心中的恐惧和忧虑很快就被紧张的日常工作取代了。同时还有一个稍稍令人兴奋的消息传来——为他们制造的人造人将跟随下一班穿梭机登上飞船。

法瑞丝得知此事以后，建议应该举办一个欢迎和庆祝仪式。雅各表示赞同，丹妮尔丝则不以为然。人造人只不过是船上的又一件装备——就像是自动挖掘机或者净水塔。

当契约号最新、也是最非同寻常的船员到来的时候，与他一同到来的还有维兰德·汤谷神经工程学部门的一位主管，以及负责人造人项目的两位主管。雅各和丹妮尔丝在气密舱外向这一行人表示了欢迎。

就在自己的丈夫和项目主管哈碧森和吉莉德互致问候和祝贺的时候，丹妮尔丝注意到部门主管斯登梅茨只是站在后面，她觉得这个看上去很可怜的老人似乎很不愿意来到这里。一位勤勉且才能卓越的科学家，只不过对太空也是有着无理由的恐惧——丹妮尔丝这样向自己解释。

人造人站在斯登梅茨身边，相貌英俊，表情温和。丹妮尔丝感觉他看上去要比自己想象中更加温暖，几乎完完全全像是一个人类。丹妮尔丝惊讶地发现自己很难将他看作一个彻底的人造器具。

察觉到丹妮尔丝专注的目光，斯登梅茨走上前，有些焦躁不安地摸了一把光亮头顶上的汗水。人造人当然不会有出汗的问题，他有许多和人类相同的特征，但就是不会出汗。

“我是丹妮尔丝。”丹妮尔丝向部门主管伸出手。斯登梅茨握住她的手，似乎是长出了一口气，很高兴自己终于能握住一样牢靠的东西了。看到斯登梅茨茫然的眼神，丹妮尔丝又补充说：“货物管理人，负责管理船上全部的殖民物资。”她的目光转到人造人身上，“但不包括你。”

尽管船上的人们都已经知道这名人造人会像人类一样做出反应，但沃尔特还是让丹妮尔丝吃了一惊。

“我的名字是沃尔特，不过也许你已经知道了。很高兴我不会被当作船上的物资。”它……不，是他在微笑。作为一个人造器具，他的笑容真的很迷人。“我不喜欢被打包在箱子里，与干海鲜和维生素片一同度过这段旅程。”

“不必担心。”丹妮尔丝从惊讶中恢复过来，也努力向沃尔特报以微笑，又指了指她身边的同伴，“我们才是会被装在箱子里度过绝大部分旅程的人。当我们在深度睡眠中做梦的时候，你还要与主母合作，负责照顾这一整艘船。”

沃尔特点点头。丹妮尔丝注意到，他的眼睛非常蓝。

“我已经和契约号的AI建立了必要的链接，”沃尔特说，“我们融合得很好，在未来的合作我们得到了很高的期许。”

“我们可全都要指望你们了。”看到雅各正忙着和两位项目主管谈话，局促不安的斯登梅茨也在旁边听着，丹妮尔丝便向左边指了指，“如果你准备好了，我会带你去你的宿舍。”

“你是说，去我的安置舱。”又是一个完美的微笑，“我其实完全可以在这艘船的任何地方停止活动，固定在那里，但如果你愿意称那里为我的‘宿舍’，那我也很高兴接受你的定义。”

“你可真随和。”丹妮尔丝一边说，一边带领沃尔特离开了其他人。

“否则我还能怎样？”沃尔特微微一歪头，端详着丹妮尔丝的脸，“你也是非常随和的人。如果有什么问题，敬请提问。关于我的功能，我的制造过程，我的思考程式——一切你觉得有趣的东西。”

“这个以后再说。如果你愿意，我可以带你看看这艘船。”

“就像你说的，这个也可以以后再说。我已经研究过契约号的细节蓝图，现在没有必要再游览它了。不过，这艘船上一定会有一些新增的部分，需要了解的新星系。我总是很高兴有人能够为我做讲解，而且我和船员们建立友谊和融洽的工作关系也是很重要的。我很高兴能够从你开始。”

“你对我太客气了。”他们转进了邻近的一条走廊。登船之后，沃尔特第一次流露出些许不确定的神情。

“我不想如此。”

“我只是随便说说，”丹妮尔丝对他说，“不要太在意。”

沃尔特点点头，又说道：“契约号任务包含了大量信息，我不确定自己能够立刻完全吸收其中的每一个细节，不知你是否能够帮我做一下说明？”

“当然，你想知道什么？”

片刻间，沃尔特似乎犹豫了一下，这让丹妮尔丝觉得有些奇怪。一个高级的人造人是不应该有所犹豫的。

“透过公司的许多监控器，我得知最近这里发生了一些……问题，一些严重的事故，涉及到反对殖民计划的外部势力。”

丹妮尔丝若有所思地看着这名人造人，沃尔特的程序中应该装满了公司认为他的功能所必需的信息。但如果丹妮尔丝没理解错他的话，那么，他也被设计成可以学习，能够在船员中更好地担当自己角色的智慧生命。她能告诉他多少？他应该知道多少？丹妮尔丝最不愿意做的就是让他们之间的关系从谎言和欺骗开始。

丹妮尔丝决定告诉他事实。没有删减，但她必须小心谨慎，字斟句酌。

“是的，我们遇到了一些问题。地面上有一些人不希望看到契约号进入宇宙。”

沃尔特一皱眉。丹妮尔丝不由得注意到那皱眉的表情有多么完美。

“为什么，”他问道，“难道有人不希望见到殖民计划实现？”

丹妮尔丝轻哼了一声。“并非所有人类都是依照逻辑和理智做事的。”

“我也是这样被告知的。自从被激活之后，我也不止一次注意到了这一点。对于人类，情绪变化往往会影响到决定的做出。”他似乎陷入了沉思，“我能够模仿情绪，模仿得很完美。你想要看我哭泣吗？在科学家中流行着一句话：‘即使是机器人也能哭泣。’”

“现在不要。”他们转过一个拐角，“我会记住你的话，我们可以等到一个合适的机会，让你用出神入化的表情让大家大吃一惊。”

沃尔特看着她。“我也能识别出嘲讽，当有人采用它的时候。”

丹妮尔丝摊开双手。“好吧，我承认，他们真的把你做成了一个人，也许比我知道的一些更像是人。”

“或者也许不那么像，”沃尔特若有所思地说，“我期待着能够亲自体验和发现一些事情，就如同期待着即将到来的殖民任务。”

“我们都很期待。”丹妮尔丝发现这名人造人又露出了新的热情，“我的伙伴和我只有在飞船重新充能的时候才能真正体验这段旅程了。”她微笑着看向沃尔特，“但你能够一直‘醒着’，所以你可以在我们熟睡的间隙把你见到的一切有趣的东西告诉我，我可就指望你了。”

沃尔特也报以微笑。“不必担心，我绝不会让你失望。无论发生了什么。”

图书在版编目（CIP）数据

异形：契约·起源 /（美）埃兰·迪恩·福斯特著；李镭译．
—北京：新星出版社，2018.11

ISBN 978-7-5133-2688-9

Ⅰ．①异…Ⅱ．①埃…②李…Ⅲ．①科学幻想小说－美国－现代Ⅳ．①I712.45

中国版本图书馆 CIP 数据核字（2018）第 080798 号

异形：契约·起源

（美）埃兰·迪恩·福斯特 著　李镭 译

策划统筹：贾　骥　陈　曦
责任编辑：汪　欣
装帧设计：张恺珈
责任印制：李珊珊

出版发行：新星出版社
出 版 人：马汝军
印　　刷：北京市西城区车公庄大街丙3号楼　100044
网　　址：www.newstarpress.com
电　　话：010-88310888
传　　真：010-65270449
法律顾问：北京市岳成律师事务所

读者服务：010-88310811　service@newstarpress.com
邮购地址：北京市西城区车公庄大街丙 3 号楼　100044

印　　刷：北京玥实印刷有限公司
开　　本：910mm × 1230mm　1/32
印　　张：9.625
字　　数：150千字
版　　次：2018年11月第一版　2018年11月第一次印刷
书　　号：ISBN 978-7-5133-2688-9
定　　价：49.00